文學研究叢書・古典文學叢刊

明代理學家文學理論研究

安贊淳　著

目次

第一章
緒論

第一節　研究旨趣

　　理學[1]自從在宋代正式形成以來，在官方的極力倡導下，雖各時期有各時期的不同風貌和演變，但經歷了宋、元、明、清各朝，始終都佔領著各朝學術領域的主導地位。尤其，宋明二朝乃是理學的全盛期，此期包括文學在內的整個學術界幾乎都在理學的籠罩之下。因此，當今學界已有不少人注意到宋明理學與文學的相關問題，其中或直接探討理學家的文學理論[2]，或將研討的重點置於宋明理學與文學的交互影響關係上。這些對研究宋明文學乃至文學批評理論，是不可或缺的一環。因為宋明時期理學與文學確有過相當程度的互動關係，而這種影響關係並非都是直接的，更多的時候是在互相對立、衝突、

1　筆者取用當今學界習以為用的「理學」一名，以包含「道學」、「理學」、「心學」。
　關於理學與道學的名稱含意，陳來在《宋明理學》一書中說明得甚明確，其頁8，
　謂：「宋明理學，有人又稱為宋明道學。（馮友蘭：《中國哲學史新編》第五冊〔北
　京市：人民出版社，1987年〕）其實道學之名雖早出於理學之名，但道學的範圍比
　理學要相對來得小。北宋的理學當時即稱為道學，而南宋時理學的分化，使得道學
　之稱只適用於南宋理學中的一派。至明代，道學的名稱就用得更少了。所以總體上
　說，道學是理學起源時期的名稱，在整個宋代它是理學主流派的特稱，不足以囊括
　理學的全部。」筆者即取此意。至於需要區分理學中程朱一系的「理」與陸王一
　系的「心學」時，將以「」符號標之。

2　因筆者認為學界普遍使用的「文學理論」、「文學批評」、「文學理論批評」、「文學
　論」、「文論」等，雖其名稱各不一樣，但如此區別使用的實際效用不大。即書中所
　包含的內容多在於作者如何去詮釋和討論，而不在於其名稱本身的含意。

抵制過程中吸收和揚棄。當今學界對這種理學與文學之間所產生的關係，普遍採取頗不以為然的態度[3]。的確，理學家的那些針對詩文所發表的大多數典型言論都不利於純文學的積極發展，但理學家有關文學方面的言論也有其不容否定的一面。

　　關於宋明理學家的文學理論方面，除了宋代部分已有較全面深入的研究成果[4]之外，明代部分則仍鮮有人問津。不過，眾所周知，明代理學的盛況並不亞於宋代，理學對包括文學在內的明代整個學術的影響也不減於宋代。只是因為明代理學家們並不像宋代邵雍、朱熹等喜談詩文，除少數幾家之外，即使有些實際參與詩文創作的也不愛談論詩文，所以明代理學與文學的關係也顯得不像宋代那麼直接、明顯。正因如此，學界也很少有人對明代理學與文學的問題表示關注，即使有所關注，其關注點也多側重在理學對各種文學的諸般影響問題上[5]，且因受其關注點的限制，對明代理學家的文學理論批評則幾無論及。

3　這一方面的言論可以馬積高著《宋明理學與文學》（長沙市：湖南師範大學出版社，1989年），頁7為代表，該書第7頁說道：「如果說理學的整個體系尚有其某些可取的思想資料的話，理學對文學的影響則幾乎難以找出什麼積極的東西。這是因為文學是人學，它的生命在於反映人的豐富的生活和生動的思想感情。當然，文學家對生活、思想、感情也不能沒有抉擇，更不能對所有東西一視同仁，不分好醜真假和美惡，因而它也不是不受時代、作家的政治倫理道德的約束。但是，文學本身堅決要求摒棄那種僵化的政治、倫理道德教條，也要求作家那種「以物觀物」沒有激情的生活態度。這同理學家的人性論和道德修養學說是從根本上相衝突的。故從理學開始形成之時起，理學家與文學家就展開了衝突。」

4　如張健的《朱熹的文學批評研究》（臺北市：臺灣商務印書館，1980年）、洪光勳的《兩宋道學家文學論研究》（臺北市：臺灣大學中國文學研究所博士論文，1993年）等。

5　如馬積高著《宋明理學與文學》及《理學文化與文學思潮》，可算是這一方面的代表著作。另外，近期出的各類中國文學理論批評史開始關注，不過所論不出此二著的範圍。

　　不過，我們仔細觀察有明一朝的文學以及文學理論批評的發展、演變的軌跡，可發現幾乎每一階段的演變發展都與理學或理學家有或多或少的牽連。理學思潮對文學的影響，如上所述，與一般學術對文學的影響一樣，一般而言，不是直接的，多半需通過理學與文學之間的溝通媒介，而理學家的文學批評正是最有可能產生此媒介作用的。因為理學與文學各有各的領域，所以它們之間的關係原本也不必那麼密切，而主要是當理學家干預或參與文學創作之後[6]，方產生它們之間的互動關係。即，理學家在他們理學思想的指導下直接參與文學創作或提出有關文學的見解之後，它們之間便有互相衝突、抵制或吸收的關係發生。因此，要理解理學與文學的種種關係或在一種思想色彩較濃厚的學術環境中的文學的流變情況，也必須從思想家的文學論評切入，方可深入且正確，不如是，則只能談其皮毛。據筆者的瞭解，在前輩學者之中已注意到明代理學與文學的影響問題者雖不乏其人，不過因為他們都未能從明代理學家的實際文學理論批評著手，所以每當論及，往往只能用「想當然耳」式的猜測或因襲前人成說而不加思辨，因而造成一些誤解，或在需要詳細說明之處卻往往語焉不詳。因此，除了深入探討每位理學家的具體文學理論批評之外，還要對這些成說加以指正、彌補。

　　本研究將與一般「理論批評史類」主要以「史」的發展規律為首要考慮的研究方法不同。但筆者也知道：寫批評史自有它的立場，必須以「發展史」上的價值為優先考慮。因此，即使一家文學理論有較豐富的內涵，但若其內涵沒有「史」上的意義，而主要是老調重彈的

6　當然，與之相反的情況也有，如明代唐順之、王廷相等般到晚年始潛心於理學。不過，因為他們一由文章之學轉向理學之後，便如同純正理學家一樣絕口不提文章，還以摒棄早年之習為務，所以他們再反過來對文學或文學理論產生影響的機會就不是很大了。

話，就往往被排除於外，這主要囿於其立場，這也是我們無可厚非的。明代理學家的文學理論一向沒有充分受到他們的重視也主要是基於這種原因。

　　而本研究的目的之一就在於彌補那些「批評史類」研究往往因強調理論批評的「縱面」而忽略「橫面」的傾向所造成的缺失。若從文學理論批評發展史的眼光看，「縱面」固然比「橫面」重要，而且對「縱面」的重視結果確能讓人一目了然，這固然是理論批評史的研究必須有的做法。不過我們也知道「史」的進程並非只有向前發展的，即使說「史」的總趨向是向前發展，不過其過程必然是在錯綜複雜中進行的。而我們倘若撇開其錯綜複雜的經過不談，那麼所謂「發展規律」云云也是枉然的。當然我們也知道，就學術史的立場而言，「史」上的價值與研究的價值本不可等量齊觀。本論文基於這種認識，並秉持「愛而知其醜，憎而知其善」的實事求是的態度，想對一向不甚受學術界重視的明代理學家的文學理論進行一番詳盡的探討並給予合理的評價。

第二節　研究概況

　　眾所周知，理學奠基於北宋而興盛於南宋與明二朝。因此，歷來稱理學者多以「宋、明」並稱。而如明末清初的黃宗羲批評明代初、中期理學的情況說道：「此亦一述朱，彼亦一述朱」[7]，這固然主要在反映明初理學無甚突破的沉悶局面，而這正也反映出宋代理學與明代理學的血緣關係是非常明顯且濃厚的。即雖自明代中期以後，「心學」由王陽明完成而可以與程朱「理學」分庭抗禮，甚至已有壓倒的局面，不過包括王陽明在內的「心學」大師鮮有不從程朱「理學」入

7　見於〔清〕黃宗羲：《明儒學案》（北京市：中華書局，1992年），卷10。

手的。因此，本論文雖擬以明代為主要探討範圍，但認為必須在掌握明以前理學家文學理論批評的基礎上方可進行較全面、深入的研討。當今學界對宋代理學家的文學理論批評的研究方面，無論是短篇的期刊論文或是學位論文等專著已都有較豐碩的研究成果。關於這一方面的研究成果，由於洪光勳在一九九三年所完成的博士論文《兩宋道學家文學論研究》中已進行過較詳盡的評介，所以此不贅述。本節將主要對明代部分以及包括洪著在內的其他論著沒有介紹過的宋代部分加以進行簡單的評介。

首先，在宋代理學家文論研究方面，以下是頗值得介紹者：

金周漢　《中、韓理學家之文學觀及其影響》[8]
洪光勳　《兩宋道學家文學論研究》[9]
謝佩芬　《宋代道學家美學觀念探究──美善合一的理論意義》[10]

金著的重點主要在中、韓理學家文學觀的比較上，所以討論的範圍也以可比性較大的程朱學派諸家與韓國朝鮮幾位理學家為限，中國部分也僅以宋代諸家為限，而全未涉及明代。但這是在學界不甚注意理學家文學理論時所作[11]，而其資料以及討論所涉及面亦頗為廣泛。僅就宋代而言，其專門討論的就有周敦頤、邵雍、張載、二程、楊時、羅從彥、李侗、朱松、朱熹等共十家之多，又除對宋代諸家與朝

8　金周漢：《中、韓理學家之文學觀及其影響》（臺北市：中國文化大學中國文學研究所博士論文，1985年）。

9　洪光勳：《兩宋道學家文學論研究》（臺北市：臺灣大學中國文學研究所博士論文，1993年）。

10　謝佩芬：《宋代道學家美學觀念探究──美善合一的理論意義》（臺北縣新莊市：輔仁大學中國文學研究所碩士論文，1994年）。

11　在他之前有關方面的研究，可舉者只有張健先生的《朱熹的文學批評研究》一部耳。

鮮諸家的文學觀進行探討和比較之外，另設專章對其分量最大的朱
熹、李退溪進行了比較詳盡的討論，堪稱是勞作。至於洪著，則將在
第二章第一節中有機會較詳細討論，所以暫不予置評。謝著乃是從美
學的角度探索，故探討範圍自不以宋代理學家[12]文學方面的觀點為
限。謝著因認為一般中國文學批評史或美學史中往往對理學家文藝觀
僅以「文以載道」簡單概括，遠不足以涵蓋理學家文藝觀之全貌，所
以主要從美學及哲學的高度切入，探索理學家的文藝觀在中國美學史
上所具有的意義，又嘗試以「美善合一」這一命題含攝理學家的文學
和哲學的思考重合點。因為其立論角度與一般研究文學批評理論的不
同，所以對理學諸家的文學理論以及各家之間的具體特色皆無暇深
辯。且若單以「美善合一」涵蓋宋代理學家文學思想，似乎仍有所牽
強之嫌，因為理學家一般是不喜歡公開談論文藝之美的[13]，因此所謂
「美善合一」只能如該著者自己所言，是在自定的新架構上所作的詮
釋，而不是就宋代理學家的文藝美學觀點所作的客觀詮釋。[14]不過該
文所採取的掌握宏觀、大體的方式對我們研究理學家文學理論批評也
有一定的參考價值。

　　至於明代理學家的文學理論批評部分，據筆者目前的瞭解，學界
還沒有一部專門研究明代理學家文學理論的著作。因此，我們只能對
其論題較接近或其內容中之某部分涉及到明代理學家文學理論的著作
進行簡單的評介。以下，將其主要者據其內容性質分為如下幾類來
介紹：

---

12 此用「理學家」之名代替謝作慣用之「道學家」並沒什麼特殊用意，只因本論文採
　用理學之名以包含程朱「理學」與陸王「心學」，故僅為名稱之統一而用此名。至
　於所以用理學以替代道學之名，則可參考前一節的說明。
13 這一點將在第二、三章中具體討論，故暫不詳論。
14 筆者認為真正的「美善合一」的文學思想應是如古文家所繼承的傳統儒家的「文質
　彬彬」一系的文學思想。

　　第一類，在專人研究中附帶論述理學家的文學觀點或文學思想的，可見者有：

邱素雲　撰　　《陳白沙思想研究》[15]
崔完植　撰　　《王陽明詩研究》[16]

　　邱著在主要探討陳白沙哲學思想之餘，設「文學論」一節，再分「創作與性情」、「學力與風格」、「文學與道德」三方面來介紹陳獻章的文學思想。不過，主要只是排列陳獻章有關文學方面見解，而未能對這些引文詳加闡釋和分析，所涉及的內容也遠不足涵蓋陳獻章複雜多端的文學理論全貌。崔著雖是研究王陽明詩之專著，但在該論文中特設「陽明之文學活動及其文學觀」一章，再細分「詩才與五溺」、「陽明與古文辭派」、「理學家文學觀之輪廓」、「陽明之文學觀」共四節來廣泛地探討了王陽明的文學觀點之特色和成因，唯因其研究主旨不在討論其文學觀點，所以「理學家文學觀之輪廓」部分以宋代為主，明代王陽明之前則僅舉陳獻章的部分主張。至於王陽明，僅選「陷溺」觀念與「重視樂教」二項，未免太簡略些。

　　第二類，是在近期學界的著作中較多的一類，即以明末清初文學或文人為題的著作。其中，中國大陸學者對晚明文學思潮的高度關注是頗值得注意的現象。關於這一類的研究方面，雖在臺灣學術界也不乏其人，不過相形之下還是不如中國大陸學術界來得熱絡。這方面著作中與本論文的論題有關係者，有：

---

15 邱素雲：《陳白沙思想研究》（臺北市：臺灣師範大學國文研究所碩士論文，1982年）。
16 崔完植：《王陽明詩研究》（臺北市：臺灣師範大學國文研究所博士論文，1984年）。

陳居淵　　《清代詩歌與王學》[17]

左東嶺　　《李贄與晚明文學思想》[18]

朴鍾學　　《晚明文學思想研究》[19]

　　在這些著作中，所謂「晚明」者，都有他們的共識，乃是以在該期中的某部分人所具有的特定的時代色彩為其指涉。因此，他們的著作不約而同地皆以李贄、徐渭、湯顯祖、公安派、竟陵派等該時代新興思潮的主導者為主要對象。特別要指出的是，這些著作每當論及晚明這些人物之文學思想背景或傾向時皆將晚明文學思潮的來源，遠溯至王陽明之「心學」，近歸到李贄之思想。甚至還有些人直接以李贄等人的思想與王學一視同仁[20]，但我們知道他們的思想固然曾受了理學——主要是王學左派的部分影響，不過其實所謂王學左派與李贄等人的思想之間是有一段距離的，更不用說王陽明與李贄的主要思想，不管是基本思想或價值取向都有懸殊的差別。不過這些著作[21]每當論及時，往往籠統地把王學與李贄等人之學等同起來，並不嚴加區分，也不作應有的解釋。這可以說是近期中國大陸有關著作的大傾向，有些著名學者的著作也難免此失。這一點也應加以注意。

　　第三類，為中國文學批評史或理論史類，主要有：

成復旺等　　《中國文學理論史‧第三卷》[22]

---

17 陳居淵：《清代詩歌與王學》（臺北市：文津出版社，1994年）。

18 左東嶺：《李贄與晚明文學思想》（天津市：天津人民出版社，1997年）。

19 朴鍾學：《晚明文學思想研究》（北京市：北京師範大學中文系博士論文，1997年）。

20 比如董國炎的〈明代理學與文學思想〉，收於《山西大道學報》1995年第3期（1995年），頁24-29。

21 朴著在這一方面，能不人云亦云，頗能實事求是，但仍不能完全避免。

22 成復旺等：《中國文學理論史——第三卷》（北京市：北京出版社，1987年）。

張少康等　　　《中國文學理論批評史‧下卷》[23]

王運熙等　主編　《中國文學批評通史‧明代卷》[24]

陳書錄　　　　《明代詩文的演變》[25]

　　在學界還沒有針對明代理學家的文學理論進行專門研究的情況下，這一些批評史類無疑是參考價值較大的。不過，或許因為作者主要從文學理論「發展史」的觀點看問題，以致過於重視「史」，所以對在中國文學理論史上相對缺乏理論創見與貢獻的明代理學家的文學理論，則普遍不加注意和重視。即使有所注意，也往往不是語焉不詳，就是沿襲成說敷衍帶過。很遺憾的是，最近幾年出版的這些篇幅龐大的批評史或理論史，在明代理學家文學理論的評述上也只不過對郭紹虞《中國文學批評史》中所提的幾個觀點作一些發揮而已，幾無拓展[26]。

　　最後，還有直接以宋明理學與文學之關係為命題的專著：

馬積高　　　《宋明理學與文學》[27]

宋克夫　　　《宋明理學與章回小說》[28]

韓經太　　　《理學文化與文學思潮》[29]

23　張少康等：《中國文學理論批評史——下卷》（北京市：北京大學出版社，2005年）。

24　王運熙等主編：《中國文學批評通史——明代卷》（上海市：上海古籍出版社，1996年）。

25　陳書錄：《明代詩文的演變》（南京市：江蘇教育出版社，1996年）。

26　這些著作，雖主要對郭紹虞《中國文學批評史》曾提及過的元代理學家以及可視為明代理學之先驅的宋濂、方孝孺有較詳的論述，其餘則沒有多少增添或拓展。成復旺著《中國文學理論史》除郭紹虞所提的宋濂、方孝孺二人之外，還加提了陳獻章詩論一項，也算是一種發展。

27　馬積高：《宋明理學與文學》（長沙市：湖南師範大學出版社，1989年）。

28　宋克夫：《宋明理學與章回小說》（武漢市：武漢出版社，1995年）。

29　韓經太：《理學文化與文學思潮》（北京市：中華書局，1997年）。

　　這幾本書都在探討理學對文學的影響，值得注意的是他們將宋與明幾乎同等重視，甚至有更偏重於明代的傾向。這一點與以往的一般文學批評的研究都集中在宋代理學家者相比較，頗有不同之處。唯因這些著作的重點皆放在宋明理學對文學以及特定文類的影響關係上，故主要討論哪些作家或作品受到理學哪些影響的問題，而對理學家的文學批評則不甚予以關注，這無疑是一大遺憾。不過，他們至少已注意到明代理學與文學的關係亦如宋代理學與文學的關係同樣重要，這是這一方面研究的一個開始，也是一種發展。

　　馬著雖主要以理學思想對文學家、文學作品的影響關係為其探討重點，所以凡對與理學稍有關係的作者、作品都有較深入、詳盡的論述。總觀全書，因馬著的旨趣似乎不止於理學思想與文學的問題，所以雖其討論範圍甚為廣泛，但時有離題之嫌。不過因其能見大體，所以雖對理學家的文學批評方面著墨不多，但間有精闢的見解。

　　宋著亦如馬著一樣，主要由理學與文學的外緣關係出發，先把各時期較重要的章回小說——如「四大奇書」、《儒林外史》、《紅樓夢》等六部與相應階段的理學——分別為「理學」、「心學」、「氣學」等特色相對應，並尋找它們受各階段理學影響之跡象，然後加以發揮。即主要從作者通過作品人物所呈現的價值取向中觀察其特色，並從那些價值取向與各階段理學思想之中找出一些聯繫之處。這種做法或許有其「有利地顯示這些作品的時代烙印」之功效[30]，不過還是難免有以先入之見強加區分之嫌。

　　韓著可謂是這一方面研究的後起之秀。他所論述的內容固然與馬著有重複的一面，但他能抓住宋明理學每一發展階段與相應時期主要文學思潮的演變脈絡，更深入探討了相關關係。該書所涉及的明代部

---

30 王毅先生在宋著〈序〉中語，見於王毅：《宋明理學與章回小說》，頁4。

分，分「兼綜與復古：元明之際的理學與文學形勢」、「靈性與靈明：明代心學發展中的文學意識」以及「虛學與實學：理學之總結與疾虛妄的文學精神」。可發現該書除特別注意改朝換代之際文學的變化之跡以外，主要還是把其關注點放在中晚明的心學思潮與文學思潮的關係上。因他所注意的是理學與文學思潮的相關問題，因此其所論不像馬著僅以文學現象為主，而能接觸到許多在理學文化的影響下所形成的文學理論問題，並時有精闢的論述。[31]

除以上專著之外，還有董國炎的短篇論文〈明代理學與文學思想〉[32]，該文旨在分析明代理學與文學思想，董氏基於「某些理學問題的性質，如泰州學派的歸屬，若不辨明，不但影響理學研究，也直接影響文學研究」[33]的認識撰寫此文，董氏又自認為「提出了與權威觀點相反的看法」。不過實際上，他所謂「與權威相反」，只不過是在泰州學派與李贄的歸屬問題上，與黃宗羲《明儒學案》不同而已。另外，該文雖以明代理學命題，但所論也只集中在王陽明以後的晚明幾家身上，在內容上也無甚新意。

---

31 除了以上論著之外，一九九九年筆者的博士論文完成之後近幾年也有幾本與理學相關的專著接連出版，主要的有：許總主編的《理學文藝史綱》（南京市：江蘇教育出版社，2001年），吳承學和李光摩編：《晚明文學思潮研究》（武漢市：湖北教育出版社，2002年），查洪德著：《理學背景下的元代文論與詩文》（北京市：中華書局，2005年），宋克夫：《宋明理學與明代文學》（北京市：中國社會科學出版社，2013年），從而可見近幾年有不少學者關注理學和文學之間的問題，不過我們看這些論著的著重點主要還是在理學和文學的關係或者理學家的文學作品上，很少涉及明代理學家的文學理論問題。除此之外，近幾年有大量的小論文寫有關理學家的文學方面的內容，絕大部分集中在宋元諸家，尤其是二程和朱熹，也很少有論及明代理學家者。

32 董國炎：〈明代理學與文學思想〉，《山西大學學報》（哲學社會科學版）1995年第3期，頁24-29。

33 見董國炎：〈明代理學與文學思想〉，《山西大學學報》（哲學社會科學版）1995年第3期，〈提要〉。

第三節　研究範圍、方法與大綱

一　研究範圍與方法

　　本論文原則上以明代所有理學家的文學理論為討論對象，但目前在學界對明代理學家文學理論方面還沒有一篇研究專著可參考的情況下，欲進行該研究，擬定研究範圍是首要的。因為明代理學家數量眾多，據黃宗羲《明儒學案》在〈師說〉底下所列的大師級的就有二十四家之多，另外，在其十數〈學案〉底下所列的理學傳人就有上百位。可知，當今可考的明代理學家之數與宋代相比，顯然有過之而無不及。因此，該研究首先要面對的難題就是如何從如此眾多的理學家群裡篩選出討論的對象。因為在明代理學家裡，大家與非大家之分也不像宋代那麼顯著，所以要從中篩選確實是非常棘手的問題。若要翻閱數以百計的每位理學家的文集，這是筆者怎麼也無法勝任的；但若只挑選幾位名氣較大者，又有遺珠之慮。不過，難題歸難題，這是必須要直接面對且要設法解決的課題。本論文在此就選擇其折衷方案，即先將一般哲學思想史類書中常被提及的理學大師都納進討論之列，因為由此可見明代理學家較典型的文學理論；再以雖非理學大師而有一定的名氣且文集廣傳者[34]為優先考慮對象，因為其文集流傳較廣泛者的身分較能確定，且因他們多半實際參與詩文創作，故往往可看出他們在文學方面的見解；再將與當時文壇交流較密切的理學家也列入探討，因為明代理學家，除少數幾位之外，普遍避諱談論詩文，而這些與當時文壇交流較密切者較容易有文學觀點。採用如此的折衷方案似乎能比較周到，不過筆者也知道：無論想得如何周延都難以避免遺

---

34 主要以《四庫全書》或《四部叢刊》所收載者而言。

珠之嫌。筆者既以全明理學家文學理論為討論範圍，卻無法將明代所有理學家的文學理論納入探討，因此本論文另用一方法以彌補缺憾：即因本論文的研究在明代理學家文學理論的研究上僅是拋磚引玉之作，所以筆者將不管其有無文學理論見解可討論，凡對於筆者所翻閱過的理學家文集，儘可能交代，以免往後的研究者無謂地重複翻閱毫無文學理論見解的巨帙文翰，並由此使得他們能夠在筆者所沒看過的理學家文集中披沙揀金。當然，也不能排除獨具慧眼的研究者從筆者曾翻閱過卻無任何發現的文集當中找到一些寶貴的見解，不過筆者仍認為這樣做對往後的研究者總有一定的參考價值。

還有，必須要說明的一點是：對於一般中國大陸學者的專著中常以王學一派看待的李贄、徐渭、湯顯祖等所謂「晚明人物」，筆者認為還是有些可商榷之處。筆者認為：他們與其說是理學家，不如說是有「思想」的文學家、文學評論家，至於他們的「思想」成分則又不是理學所能涵蓋，所以將僅對他們文學理論中能明顯看出理學色彩的部分進一步進行介紹和適當的說明，至於筆者認為與理學不大相關的文學理論，則將不予討論。

因為本論文主要是直接從第一手資料中尋找條理線索再加以排比分析，所以首先為了保持客觀持平，要儘可能排除先入之見。因此在具體方法上，不以理學宗派為討論單位和順序，而主要按時代先後為討論次序，並且先以個人為討論的基本單位。本論文這樣做，有部分原因是明代理學的原有特色使然。即明代理學與宋代不同，因為明代理學在「理學」與「心學」之間本有許多互相溝通的跡象，所以某些理學家在思想特徵上就有不便明確以學派區分之處。因此，筆者認為：若只按宗派以區分討論，不但不見得能獲取預期的效果，反而會造成某些附會的可能。當然，筆者在完成每位理學家的個別性的探討之後，也會再進行整體、綜合性的補述。

　　我們在討論理學家文論時，或許應該對理學家的主要哲學思想特色進行介紹，不過據筆者初步認識，他們每人的理學思想與文學思想之間並沒有必然關係，因此也不打算特別介紹每位理學家的思想，而只在討論他們文學理論的過程中，筆者認為有需要說明其思想因素時，才做適當的介紹。

　　另外，因本文是紹繼前輩之作，所以要對明代之前理學家文學理論做一簡略的回顧和探討，以避免孤立的研究造成的缺乏。至於將討論的具體範圍及人物，將在以下的研究大綱中補述。

二　研究大綱

　　本論文將明代理學家分為明代初期、中期、中晚期、末期四個階段，再對相應階段的理學家文學理論作詳盡的探討。不過，如此分四個階段主要是為了論述上的方便起見，而這並不代表事先假定這四個階段的理學家文學理論有什麼明顯的不同。將本論文的大綱及步驟介紹，則如下：

　　第一章為本論文的「緒論」，此章的內容包括對研究旨趣的表述以及對相關研究概況和研究範圍、方法的介紹，最後再通過研究大綱以示本論文的主旨與整體規模。

　　第二章為「明以前理學家文學理論」，此章的主旨在於通過明以前理學家文學理論的回顧和評介，作為正式探討明代理學家文學理論之資。此章內容包括：第一節「宋代程朱的文學理論」，將舉出兩宋理學家文學理論中較有爭議性的問題，並提出些管見；第二節「元代許、郝、宋的文學理論」，對元代許衡、郝經二位以及元末明初宋濂等具有代表性的理學家的文學理論進行較仔細的討論，至於同樣是跨

朝的宋濂與其弟子方孝孺，一置於元代，一置於明代，筆者自有理由，這一點將在下文中做應有的解釋。第三節「小結」綜合評估明代以前理學家文學理論。

　　第三章「明代理學家文學理論」，分初、中、中晚、末四期來討論，此四期就理學史的角度而言，大致具有分別代表明代理學演變各階段的特徵：即大致而言，初期由程朱理學佔主導地位；自中期開始其主導地位似乎由王學接掌，但是王學經過明代中晚期的演變也開始分化，同時又夾雜著與程朱學分庭抗禮的局面。而程朱學到明代中晚期與初期相比，其氣勢的確明顯減弱，但其傳承則不但未曾間斷，至明末東林黨起，更有其復甦之勢。

　　本章在具體的研討範圍方面，正式討論的理學家分別以方孝孺與劉宗周為其上、下限，共有十五人。除此之外，因主要以專業的理學家文學理論為討論對象，至於李贄等所謂「晚明」人物的文學理論，則將在第四章另有機會討論。以下介紹各期的主要討論對象：

　　第一節「初期諸家的文學理論」，此節將討論的理學家有方孝孺（1357-1402）、曹端（1376-1434）、薛瑄（1389-1465）、吳與弼（1391-1469）、胡居仁（1434-1484）等五人；第二節「中期陳、王的文學理論」，在此有一點須加說明，拙著之所以將陳獻章（1428-1500）置於中期與王守仁（1472-1529）一起分節討論，自有理由。即，他們同樣是在明代學術發展的轉捩點上的人物，因此他二人在有明一代理學家裡面所佔的分量極大，加上陳獻章的文學理論規模之大，又堪稱是明代所有理學家之冠。因此，將此二人一併討論較為妥當；第三節「中晚期其他諸家的文學理論」，此節將討論的有羅欽順（1465-1547）、王艮（1483-1542）、聶豹（1487-1563）、鄒守益（1491-1562）、王畿（1498-1583）等共五人；第四節「末期諸家的文學理論」，此節將討論的有顧憲成（1550-1612）、高攀龍（1562-

1626）、劉宗周（1578-1645）等三人；第五節「小結」，綜合論述有明一代理學家文學理論批評的整體特色，以及在諸家文學理論的不同特色。至於各家文學理論所具有的其時代意義，將在第四章中進行探討。

第四章「影響與淵源」，關於理學家文學理論對後世文學或文學理論的影響問題以及宋明理學與文學的關係問題，因學界已有較深入的研究，故此章不擬重複討論前人已討論過的舊課題。第一節「明代理學家與七子派」將以明七子派文學復古思潮為主要考論對象，觀察明代理學家的文學理論和這復古思潮中的主要文學理論之間的交互影響，並從中觀察他們之間的內在聯繫問題。至於具體探討範圍，將以七子派文人為主，七子派又將以李夢陽為主要討論對象。另外，在討論方法上，對於筆者認為與文學理論無大相干的某些文學現象，或是某些文人與理學家有何淵源關係等問題，除非筆者認為有必要，否則都不予討論。第二節「理學與晚明文學思潮」，將以李贄與袁宏道二人的「童心說」與「性靈說」為主要討論對象；第三節「傳統儒家與理學家的文學理論」討論：在理學家的典型文學理論與所謂的傳統儒家文學理論之間的異同以及造成這異同的主要原因等問題。

第五章「結論」，將對本論文前四章所探討的所有內容做一總結，並對本論文的得失進行一番自我探討，以示往後研究的方向及將彌補之處。

第二章
明以前理學家文學理論

第一節　宋代程朱的文學理論

一　引言

　　宋代學術普遍以其哲理性、議論性見長，故南宋陸九淵自我評估時指該朝理學之興盛而說：「本朝百事不及唐，然人物議論遠過之」。宋代理學極度盛行，其影響所及，宋代所有學術、文化與政治幾乎都在理學的籠罩之下，文學也不例外。宋代文學的特徵之一的所謂「以道為文、以理為詩」，與宋代理學的盛行是分不開的。以二程與朱熹為代表的理學家，不僅在其基本態度上「崇性理，卑藝文」[1]，而且還提出了一些不利於文學發展的觀點，欲以統御文學。因此，理學家的詩文理論主張又與兩宋整個文學、文學理論之發展變化相終始，這一點在與古文運動的消長過程中尤為突出[2]。但是，我們也必須要知道：兩宋理學家的文學理論固然在其主張和論調上多所雷同，不過，在他們每位理學家的文學理論之間不但有相當大的相異之處，即使是同樣一位理學家，也隨著論文立場、對象之不同，意見也往往有所出

1　參見周密《浩然齋雅談》卷上云：「宋之文治雖盛，然諸老率崇性理，卑藝文。朱氏主程而抑蘇，呂氏《文鑒》去取多朱意，故文字多遺落者，極可惜。水心葉氏云：洛學興而文字壞。至哉言乎！」此轉引自廖可斌著：《明代文學復古運動研究》（上海市：上海古籍出版社，1990年），頁32。

2　關於這一層討論，詳見於何寄澎先生：〈古文家與理學家之交涉〉，《北宋的古文運動》（臺北市：幼獅文化事業公司，1992年），頁451-484。

入，即他們的文學觀並非只是單面、劃一的，而是存在著許多不可輕易一筆抹殺或簡單概括的複雜的層面。儘管他們普遍對文學持有鄙視的態度，如上所言，這的確對全宋以及後代文學的發展起了非常不利的影響。不過，我們若對他們的文學理論加以細察，可以發現仍有一些值得肯定的一面。還有，如朱熹等在詩歌理論方面的表現，與其散文理論相比，顯得豁達許多，這也是頗值得我們注意的[3]。即使理學家散文理論與古文家多所對立相抗，但終究也是「儒門同室操戈」，所以二者之間的複雜關係也不是簡單以「對立、相抗」這幾個字所能概括的。我們總觀宋代理學家的文學理論，從文學的發展角度而言，其負面因素確實多於正面因素，這一點是無法否認也不必要否認的。但我們同時也不必因此便抹殺其正面的因素[4]，同樣也不必為他們確有的缺點強行辯護。

因為對宋代理學家的具體文學理論已有多數學者進行過較詳盡的研究，所以在此並不打算對宋代每位理學家的具體文論一一介紹。而只把爭議性較大且影響深遠的問題——「文學否定論」[5]提出來，同時提出些管見，再作應有的說明。

3　關於這一點，張健在《朱熹的文學批評研究》（臺北市：臺灣商務印書館，1980年），頁29指出，謂：「朱熹論詩，和他論文的立場不盡相同。……談到詩，朱熹這位理學大師在「為人生而藝術」的境界外，也顯示了「為藝術而藝術」的傾向。」

4　如馬積高著《宋明理學與文學》頁7說：「如果說理學的整個體系尚有其某些可取的思想資料的話，理學對文學的影響則幾乎難以找出什麼積極的東西」，幾乎一概否定理學家的論的價值，不過我們也應該肯定每當一味追求形式之美的文風瀰漫於文壇時，理學家偏重內容的文論雖有矯枉過正之嫌，仍發揮其積極作用。馬積高：《宋明理學與文學》（長沙市：湖南師範大學出版社，1989年），頁7。

5　關於這一問題，洪光勳所著《兩宋道學家文學論》中有詳盡的討論和獨到的見解。筆者對洪著所提的觀點大致贊同，但在細節部分的意見仍有不盡相同之處。

二　文學否定論

　　理學家重道輕文乃是眾所周知，但是不是否定文學本身，則是眾說紛紜的一個問題。如今觀之，所以造成其意見分歧之原因，不外是論者皆各執偏端之故。平心而論，宋代理學家文論確有過激之處，不過在某些地方也有豁達的一面。因此，討論宋代理學家的文論應該避免犯以偏概全的錯誤，而應該事實求是。以下先摘取宋代理學家文論中有些人認為有文學否定論嫌疑的意見加以討論。這些言論主要見於二程與朱熹的部分言論中。

1 程頤

　　程頤以下一段話，具有關鍵性的意義：

> 問：「作文害道否？」曰：「害也。凡為文，不專意則不工，若專意則志局於此，又安能與天地同其大也？《書》曰：「玩物喪志」，為文亦玩物也。……今為文者，專務章句，悅人耳目。既務悅人，非排優而何？」曰：「古者學為文否？」曰：「人見六經便以謂聖人亦作文，不知聖人只攄發胸中所蘊，自成文耳。所謂『有德者必有言也』。[6]

　　這是歷來認為理學家有文學否定論傾向的論者最愛引以為據的一段話，而洪光勳曾舉出許多旁證指出過[7]：這一段話仍不足以證明他

6　見於《河南程氏遺書》，卷18，〈伊川先生語〉四，頁239。

7　參見洪光勳：《兩宋道學家文學論研究》（臺北市：臺灣大學中國文學研究所博士論文，1993年），頁103-107。除了這位洪先生以外，韓經太著《理學文化與文學思潮》（北京市：中華書局，1997年），頁46也引這一段文字而認為：「長期以來，人們據

有文學否定論的傾向。我們如今細察這一段文字，確實如洪先生所言，有不可簡單認定他是否定文學本身的一面。不過，若我們細細咀嚼這一段話，可發現這短短幾句話中隱含著幾乎可涵蓋伊川全部文學觀點的深層意義。此概括可得如下幾端：一、由「有德者必有言」的觀點出發，確實反對「有意為文」的文人之文；二、只肯定聖人般的「自成文」；三、大概是經過其親身體驗得知「凡為文不專意則不工」的事實。由此三端而言，無可否認他確實反對經過「專意」、「專務」為文的文人之文；只肯定「自成文」的聖人之文。由此推理，是一般文學創作普遍追求的──求文之工，只能落得是「玩物」的表現。他這一段話固然比其平時論文有偏激之處，不過他在此表露的基本觀點始終貫穿他的所有文學理論。至於如洪先生指出的他以詩酬答以及得意門人也有寫詩的，乃至不直接反對寫詩這一點，其實，只能說明他作為理學大師的旨趣與實踐不盡一致。況且，他在潛心於儒學之前，對詩早有染指。再看另一段：

> 或問：「詩可學否？」曰：「既學詩，須是用功，方合詩人格，既用功，甚妨事。古人詩云：「吟成五箇字，用破一生心。」又謂：「可惜一生心，用在五字上」此言甚當。」先生嘗說：「王子真曾寄藥來，某無以答他，某素不作詩，亦非是禁止不

此而斷定輕視文學，這實在有點簡單化。仔細玩味這一番話，本是深含著合理因素的。首先，認定凡為文者必專意而後工，這就是合理的思想。其次，既然他肯定聖人之『抒發胸中所蘊』者為自成文，那麼其所反對者，不過是胸無所蘊的為文而文之作，這一點也是合理的思想。而在這個意義上，其視為玩物的『文』，相當於玩弄文字者的『文』，這倒不失為對「玩文學」者的當頭棒喝呢。」韓氏這一段的說法，其結論近似於洪氏所言。不過他所謂「其視為玩物的『文』，相當於玩弄文字者的『文』」，則未必如此。其實程頤在此所謂「文亦玩物」並非僅限指「玩弄文字者」的文，而是指相對於「道」的一切有意的文學行為。

作，但不欲為此閑言語。且如今言能詩無如杜甫，如云：「穿
花蛺蝶深深見，點水蜻蜓款款飛。」如此閑言語，道出作甚？
某所以不常作詩。今寄謝王子真詩云：「至誠通化藥通神，遠
寄衰翁濟病身。我有一丹君信否？用時還解壽斯民。」子真所
學，只是獨善，雖至誠潔行，然大抵只是為長生久視之術，止
濟一身，因有是句[8]

　　一論「文」，一論「詩」，其主旨及態度絲毫無變，同樣否定文人
慘澹經營的文學作品。不過，我們知道文學作品應容許有閑言語，若
作詩亦僅追究其內容「道出作甚？」，那文學的獨立價值何在？更何
況他認為是「閑言語」的未必是「閑言語」，在具有內涵的整篇詩
中也可能存在其一定的文學作用呢。我們再看洪先生對這兩段話的
理解：

　　參看兩段文字，伊川反對做文學詩的理由很簡單，就是害怕：
　　學者一旦作文學詩則必欲求其工，若求其工則志局於此，如此
　　則畢竟有害於學道工夫，也就是擔心學者至於「吟成五箇字，
　　用破一生心」的地步。從反面觀之，雖云「玩物喪志」，但細
　　玩語意，則其所擔心的，並不是「玩物」本身，而是「玩物」
　　能使學者「喪志」。換言之，他並不明顯地反對文學本身，而
　　只擔憂學者為此而奪志。如果他真正反對或否定文學的本根，
　　何以剛說出「作文害道」，馬上就引弟子之詩為喻，並且大加
　　讚賞？又在後面舉己詩以寓意。這不是言行不符，自相矛盾
　　嗎？所以這兩段言論，絕不能只取其表面之意，而應仔細觀察

8　見於《河南程氏遺書》，卷18，〈伊川先生語〉四，頁239。

其複雜的內涵。[9]

　　顯然，洪先生主要站在伊川的立場理解伊川那一段文，以致認為
伊川實際上並不反對文學本身。不過，我們要知道：所謂「吟成五箇
字，用破一生心」雖引的是別人的話，可是這只不過是伊川對學詩的
片面的認識和感受，並不代表文人學詩本來如此。「玩物喪志」也是
如此：以學詩作文為「玩物」是伊川的理解；認為學詩為文會導致
「喪志」也是伊川的認識。更何況，一般文人之旨趣本不必在
「志」，而可在文本身，所以若從文學的角度[10]而言，其志在文也無可
非議。不管伊川所擔心或憑藉的是什麼，都不足以影響事實。因此，
我們可以這麼說，他因囿於理學家對文學的片面的認識，有明顯的文
學否定論傾向。至於他為何既認為「作文害道」，還引詩作詩這一
點，我認為這正是他自相矛盾之處，因此我們也仍不能僅據這一點證
明他並無反對文學之意。因為在文學史上常有一個人的文學理論主張
與實際創作不相符合的情形，這種矛盾主要由於他的立論及所處立場
之不同所造成，而我們並不難理解且接受這種矛盾。除此之外，伊川
既說「有德者必有言」[11]、「自成文」，又說「凡為文，不專意則不
工」、「既學詩，須是用功，方合詩人格」，這顯然是一種認知上的問
題。另外，若按照伊川所言，若沒有聖人之德，就沒有文章可言，因
為他唯一肯定的是如聖人般的自然成章之文。如此說來，根本就是讓
人知難而退，使人不敢有為文、學詩之意，這與否定文學有何分別？

9　見於洪光勳：《兩宋道學家文學論研究》（臺北市：臺灣大學中國文學研究所博士論
　　文，1993年），頁104-105。

10　並不必從純文學的角度，而從一般文學的角度也是如此。

11　這「有德者必有言」，雖原出於《論語》〈憲問〉，但從伊川如此引用以後，為往後
　　的理學家廣泛引用，成為能代表理學家文論的觀點之一。

2 朱熹

朱熹在這一方面的言論，可以「文從道中流出」為代表。他說：

> 才卿問：「韓文李漢序頭一句甚好。」曰：「公道好，某看來有
> 病。」陳曰：「『文者，貫道之器。』且如六經是文，其中所道
> 皆是這道理，如何有病？」曰：「不然，這文皆是從道中流
> 出，豈有文反能貫道之理？文是文，道是道，文只如吃飯時下
> 飯耳。若以文貫道，卻是把本為末，以末為本，可乎？其後作
> 文者皆是如此。[12]

> 道者，文之根本；文者，道之枝葉。惟其根本於道，所以發之
> 於文，皆道也。三代聖賢文章，皆從此心寫出，文便是道。今
> 東坡之言曰：「吾所謂文，必與道俱。」則是文自文而道自
> 道，待作文時，旋去討箇道來入放裡面，此是他大病處。……
> 如東坡之說，則是二本。[13]

關於這兩段引文，在前人的研究[14]中已有過充分的闡釋和理解，

---

12 見於〔宋〕朱熹：《朱子語類》（上海市：上海古籍出版社，1995年），卷139。

13 見於〔宋〕朱熹：《朱子語類》（上海市：上海古籍出版社，1995年），卷139。還有
一段見於《朱文公文集》（卷70，〈讀唐志〉）的言論，其主旨相同，此供參考：道德
文章不可使出於二也。夫古之聖賢，其文可為盛矣。然初起有意學為文哉！有是實
於中，則必有是文於外。如天有是氣，則必有日月星辰之光輝；地有是形，則必有
山川草木之行列。聖賢之心，既有是精明純粹之實，以旁薄充塞於內，則其著見於
外者，亦必自然條理分明，光輝發越而不可揜。蓋不必託於言語，著於簡冊，而後
謂之文。但自一身接於萬事，凡其語默動靜，人所可得而見者，無所適而非文也。

14 如張健：《中國文學批評》（臺北市：五南圖書出版公司，1984年），頁151-152；洪
光勳：《兩宋道學家文學論研究》（臺北市：臺灣大學中國文學研究所博士論文，
1993年），頁133-135。

所以我們不必對其一般性的內涵再作說明。不過在此兩段引文中有以下幾點頗值得我們加以注意和深思：

一、特別針對當時人心目中最受推崇的二位文人——韓愈與蘇軾。對看似與理學家的觀點無甚差異的言論，表明了他很不以為然的態度。這顯然有藉此擺明與古文家劃清界線之意。我們知道，唐宋古文家固然在為文的態度和實際創作的表現，與理學家多所不同，不過他們由於在文學理論主張上多喜唱高調，故在韓、柳和蘇軾的言論中從字面意義上看與理學家無甚差別的言論也屢見不鮮。而當我們看這些古文家言論時，相信不會有人如同朱熹這般理解。還有，朱熹所持以批評的「道為本，文為末」、「道者，文之根本；文者，道之枝葉」的觀點，是劉勰以來包括韓愈等人在內的文人也習於沿用的說法，並非朱熹等理學家所獨有的說法。朱熹只因認為那些文人在態度上和創作實踐上不夠徹底，故為了與他們劃清界線，乃作出了如此強勢的解釋，而他如此的解釋又不能完全排除其私心的因素了。[15]

二、朱熹這兩段文，看似在語意、語調上與伊川沒什麼區別。可我們若仔細看，便不難發現在他們之間仍有所不同。即從伊川的所有言論中看，唯有「聖人」之「自成文」方為他所能肯定的，這也是在他心目中「文」所可成立的唯一途徑，所以他幾乎切斷了為文所可行的途徑。而到了朱熹，除了「聖人」之文以外，還把「賢人」之文納入其所肯定之列，這看似沒什麼意義，但因為在儒者的心目中「賢人」與「聖人」的標準，還有較大的區別，即所謂「聖」只包括堯、

---

15 何寄澎先生〈古文家與理學家之交涉〉（《北宋的古文運動》〔臺北市：幼獅文化事業公司，1992年〕，頁460）一文中說：「平心而論，朱子對韓、對歐，乃至對古文家的批評，基本上是立於學術觀點去批評，而所論也都深入具識見，這是值得重視與敬佩的。但在一個大體公正的觀點下，夾雜著若干爭據道統地位的私心，卻也不能完全排除。」

舜、周、孔或加一孟；而連稱「聖賢」甚至有時還包括他們往往視之
為異端的老、莊、韓、墨等諸家，故實際上這為包括朱熹本人在內的
文人、學者開闢了一條為文可行之路，因此，可謂具有重要且積極的
意義。事實證明，這看似不很大的變化，不但影響到朱熹個人的文學
創作以及文學批評，同時由於朱熹在當時學術界具有的崇高的地位和
影響力，所以這對他以後理學家的影響也非常巨大且深遠。朱熹還有
幾段文字值得我們注意：

> 大意主乎學問以明理，則自然發為好文章，詩亦然。有一等人
> 專於為文，不去讀聖賢書。[16]

> 做文字下字實是難，不知聖人說出來底也只是這幾字，如何鋪
> 排得恁地安穩。[17]

> 古人作文作詩，多是模仿前人而作之。蓋學之既久，自然純
> 熟。[18]

> 東坡文字明快，老蘇文雄厚，盡有好處；如歐公、曾南豐、韓
> 昌黎之文豈可不看。[19]

---

16 見於《朱子語類》卷139，〈論文上〉，此轉引自張健編輯：《南宋文學批評資料彙
　編》（臺北市：成文出版社，1978年），頁283。
17 見於《朱子語類》，卷139，〈論文上〉，此轉引自張健編輯：《南宋文學批評資料彙
　編》（臺北市：成文出版社，1978年），頁284。
18 見於《朱子語類》，卷139，〈論文上〉，此轉引自張健編輯：《南宋文學批評資料彙
　編》（臺北市：成文出版社，1978年），頁286。
19 見於《朱子語類》，卷139，〈論文上〉，此轉引自張健編輯：《南宋文學批評資料彙
　編》（臺北市：成文出版社，1978年），頁290。

　　上文所討論過的朱熹的言論，雖在態度上比起伊川稍緩和一些，
但仍固守「文從道中流出」的論調，不失為典型的理學家言論。可
是，由這四條引文中可發現，朱熹已不再堅持了，在上面兩段中論文
仍撇不開「聖人」、「聖賢」，但已明顯可見其有「有意為文」之意；
而下面兩段則更不在話下了。更需要指出的是，朱熹這種言論在《朱
子語類》中數見不鮮，並非是孤立的例證。另外，朱熹對詩與文的批
評態度有顯著的差異，也值得我們注意。即相對而言，朱熹論「文」
多堅持道學家固有的道貌岸然的態度和立場，而論「詩」時，其態度
不再那麼拘謹嚴肅，甚至有「為藝術而藝術」的境地[20]。

　　綜觀以上所引的伊川與朱熹二人對文學所提出的看法，伊川無論
是在基本原則、態度或實踐上都難以擺脫「文學否定論」的嫌疑；而
朱熹則雖相形之下顯得緩和通達些，但有些言論確與伊川相差無幾。
不過，在另一些言論和實際創作中又宛如變成另一個人，變成一個所
謂「為藝術而藝術」的專業文學家和文學理論批評家。關於朱熹這種
態度上的轉變與矛盾，由筆者觀之，與其視之為「折衷論」[21]，不如
說他有明顯的「雙重標準」來得妥當。

　　至於宋代理學家的一些具體文學理論，將在探討元明理學家文學
理論以及第四章第三節「傳統儒家與理學家文學理論」時較仔細地討
論，因此暫不予詳述。

---

20 關於這一點，張健在《朱熹的文學批評研究》頁29有較詳細的論述。張健：《朱熹
　　的文學批評研究》（臺北市：臺灣商務印書館，1980年），頁29。

21 參見洪光勳：《兩宋道學家文學論研究》（臺北市：臺灣大學中國文學研究所博士論
　　文，1993年），頁138-139。

第二節　元代許、郝、宋的文學理論

元代，因歷時短暫且為異族所統佔，加上其學術、文學亦多沿襲宋人而無甚新創，所以其文學以及文學理論向來也不甚受學術界的重視[22]。不過，正如朱榮智先生所謂：「元代之文學批評雖不甚發達，然前繼兩宋，後開明清，實居重要之地位。元人之文學觀，大抵受兩宋道學家之影響，故其論文，多以理、氣為主」[23]，仍有內容可供討論。因此，我們在討論明代理學家文學理論之前，有必要對元代理學家的文論鳥瞰一番。[24]

元代理學家詩文理論，普遍有欲融合傳統儒學、理學與文學於一爐的傾向，這可以說是南宋末真德秀、魏了翁與金末元好問等文學理論的合併延伸[25]，同時也開啟了明初宋濂等人的文學理論之先河。元代理學家的文學理論，其主要者有許衡（1209-1281）、郝經（1223-1275）、劉將孫（1257-1302？）、吳澄（1249-1332）、宋濂（1310-1381）等人的文學理論。不過，因本論文的主要重點還是在於明代，所以本節將從中選論許衡、郝經二家以及元末明初宋濂，由此見出元代理學家文學理論之一斑。

---

22 當今最值得參考者有曾永義所編輯的《元代文學批評資料彙編》上下二集，該書收有一百二十八家，一千三百餘條資料；朱榮智先生著《元代文學批評之研究》是當今所能看到的絕無僅有的大作，該書涉及面甚廣，雖該書討論並未標出「理學家」以進行，但也討論到元代重要理學家的文論。

23 見於朱榮智先生著：〈自序〉《元代文學批評之研究》（臺北市：聯經出版事業公司，1982年），頁3。

24 洪光勳在《兩宋道學家文學論》第五章「道學家文學論的影響」部分對元、明、清時代受理學影響的文論有較詳的介紹，雖有些內容與本論文難以避免重複，但將對已有較詳的論述的部分，則儘可能設法避免重複贅述。

25 參見成復旺等著：《中國文學理論史（二）》（北京市：北京出版社，1987年），頁555。

一 許衡（1209-1281）

　　許衡[26]，字仲平，河南河內人，是朱熹理學在元朝的重要代表人物。他在宣傳和推廣朱熹理學方面起了重要作用，被稱為「道統正脈」。不過實際上，他的哲學思想並非只沿襲朱熹之故舊，而是把朱熹的理學推向以「尊德性」為主的道德踐履之學，因此《宋元學案》[27]也稱他思想特徵謂：「許文正公表彰朱子之學，天下樂為簡易之說者」。他在文學方面的見解不多，但他所有的文學理論集中表現在其《魯齋遺書》卷一中的〈語錄〉中[28]，他的文論中主要者可概括為以下幾端：

1 求理之真、不當馳騁文筆

　　他說道：

> 凡立論必求事之所在，理果如何。不當馳騁文筆。如程試文字，捏合抑揚，且如論性說，孟子卻繳得荀子道性惡，又繳得楊子道善惡混，又繳出性分三品之說。如此等文字，皆文士馳騁筆端，如策士說客，不求真是，只要以利害惑人，若果真見是非之所在，只當主張孟子，不當說許多相繳之語。

　　即他認為，文士只需要求「理」之「真」，因此既有了孟子的「性善說」這不刊之論，就不必再有荀子以來的各種混淆是非的說法，他認為那些後來的說法都是「文士馳騁文筆」之結果，並不是

---

26 參見〔明〕宋濂等：《元史》，卷158，〈許衡傳〉。
27 參見〔清〕黃宗羲：《宋元學案》，卷90。
28 該文收於曾永義編輯《元代文學批評資料彙編》，以下引自該《編》頁71-73。

「求真」所得，因此都是多餘的。他這「真偽」的標準自然是基於其以理學為基礎的學術思想的，不過，這種對「真」的要求和重視，顯然也是在元明之際兼綜理學與文學的時代思潮[29]影響下所產生的普遍觀點的反映。

2 「不期文而自文」

這「不期文而自文」的提出，顯然也是「有德者必有言」、「文從道中流出」的闡發，他說：

> 論古今文字，曰二程、朱子，不說作文，但說明德新民。明明德是學問中大節目，此處明得三綱五常九法，立君臣父子井然有條，此文之大者，細而至於衣服飲食起居灑掃應對，亦皆當於文理，今將一世精力專意於文，鋪敘轉換極其工巧，則其於所當文者，闕漏多矣。今者能文之士，道堯舜周孔曾孟之言，如出諸其口，由之以責，其實則天壤矣。使其無意於文，由聖人之言求聖人之心，則其所得亦必有可觀者。文章之為害，害於道。優孟學孫叔敖，楚王以為真叔敖也，是寧可責以叔敖之事？文士與優孟何異？上世聖人何嘗有意於文，彼其德性聰明，聲自為律，身自為度，豈後世小人筆端所能模倣。德性中發出，不期文而自文，所謂出言有章，止在於事物之間，其節文詳備，後人極力為之，有所不及。可知，無聖人之心為聖人之事，不能也。

---

29 參見韓經太著：《理學文化與文學思潮》（北京市：中華書局，1997年），第四章〈兼綜與復古：元明之際的理學與文學形勢〉。

這一段，他以「三綱五常」為「文之大」者，可見，他是藉由文詞之「文」而「人文」而「天文」的追溯，嚴厲批評以「將一世精力專意於文，鋪敘轉換極其工巧」、「道堯舜周孔曾孟之言，如出諸其口」的文士為與優孟無異。這種對「有意為文」的文人以及無聖人之「德」而欲學聖人之「文」的文人的譏評，其含意、語調都與伊川極為相似，又同樣認為「文章」「害於道」，他唯一肯定的也是聖人的「德性中發出，不期文而自文」，亦即程朱所強調的「有德者必有言」、「文從道中流出」之意。因此，在他看來，因為後之文人都是先天性地缺乏一顆「聖人之心」，所以儘管極力要學「聖人」，終究也都難以逃脫優孟之譏。這種言論，不但在宋儒處屢見不鮮，在明代理學家有關文學的言論中，無論是程朱派「理學」家或陸王派「心學」家都有類似的主張。

3 詩文出於性

傳統儒者或文人多以「情」、「志」為詩之緣起，而理學家則多以「性情」或「情性」連稱以為詩之緣起，但在許衡之前沒有人單稱「性」為詩之所由出，他說：

> 或論凡人為詩文，出於何而能若是？曰：出於性。詩文只是禮部韻中字已，能排得成章，亦心之明德使然也。……凡事排得著次第，大而君臣父子，小而鹽米細事，總謂之文。以其合宜又謂之義；以其可以日用行又謂之道。文也、義也、道也，只是一般。

如此，他認為詩文之所以能為詩文，乃是其出於「性」，如此則把一向受人重視的「情」排除在外，又進而以「詩文」為「禮部韻中

字」[30]，其所以「能排得成章」又是「心之明德使然」。可見他幾乎切斷了詩人「緣情」之路，如此寫成的詩文，我們便可想而知了。他將人類典章制度之有次第、秩序者及日常瑣事視為「文」，並以「文」、「義」、「道」為一體，由此充分體現了理學家的典型文學理論特色。可知，許衡的文學理論繼承了宋代理學家「有德者必有言」、「文從道中流出」等最偏激一脈，甚至還有些變本加厲了。

二　郝經（1223-1275）

郝經[31]，字伯常，澤州陵川（今山西晉城）人。其祖父為元好問之老師郝天挺。又曾學道於程朱之學的北方傳人趙復，學詩於元好問。因此，他的文學理論受到理學與文學兩方面影響的痕跡很明顯。著有《續後漢書》、《陵川集》、《原古錄》等。他論詩論文，強調其內容的「真」與「正」，而反對過於怪奇而辭勝之詩，表現出其欲兼綜文學與理學而稍偏於理學的文學理論特色。不過，因他早年學詩於元好問，故有些見解還是表現出其詩學的造詣。

1 尚用論

此所謂「尚用論」的內容主要歸結到「實用」和「教化」的問題上，他在〈文弊解〉[32]中說道：

---

30 宋代《劉克莊集》〈吳恕齋文集序〉曾說：「近世貴理學而賤詩賦。間有篇詠，率是語錄講義之押韻者耳」。可知早在宋代就有人對理學家這種詩文觀點表示過如此不滿之意。

31 參見〔明〕宋濂等：《元史》，卷257，〈郝經傳〉。

32 見於〔元〕郝經：《陵川集》，卷20。此引自曾永義先生編《元代文學批評資料彙編》，頁95。

事虛文而棄實用，弊亦久矣。……不過記誦詞章之末，卒無用
於世，而謂之文人，果何文耶？……為文而無用，何哉？三代
之先，聖君賢臣，唯實是務……天人之道，以實為用。有實則
有文，未有文而無其實者也。《易》之文，實理也；《書》之文，
實辭也；《詩》之文，實情也；《春秋》之文，實政也；《禮》
之實法而《樂》之實音也。故六經無虛文，三代無文人。

郝經的意思很明白，認為文章唯有其「實」，方可收其「以實為
用」之效。即，若在文中無真實內涵，則無法收其實效。即認為儒家
「六經」之所以有其功用乃皆得自於有其真實內涵。對於郝經這一段
言論，成復旺著《中國文學理論史》有一段評論值得我們商榷，他說：

這裡的概念是混亂的。「實用」之「實」與「實理」、「實情」
之「實」並不是一個「實」，前者指實際，後者指真實。真實
之理、之情未必切合實際之用，很難說「愛而不見，搔首踟
躕」之類有什麼實用價值。郝經混真實為實用，顯然是要把元
好問強調真實的觀點拉到儒家實用主義的教化說上來。……由
此便可上升為這樣一通文道關係論。[33]

其實，郝經並沒有像成復旺所說那樣「混真實為實用」，郝經此
段文的條理是非常清楚的。在「事虛文而棄實用」中，「實」、「用」
是分別與「虛」、「文」相對應的概念，所以若將「虛」字可解為「空
虛」或「虛偽」，那麼「實」字也不妨解為「真實內涵」，更何況，郝
經緊接著以「以實為用」做註腳。至於成先生所謂：「真實之理、之情

---

33 見於成復旺等著：《中國文學理論史》（二）（北京市：北京出版社，1987年），頁556。

未必切合實際之用，很難說『愛而不見，搔首踟躕』之類有什麼實用價值」，假如一定要如此解釋，那麼難道虛情、虛理更切合實用不成？郝經這一段文只是在認為有真實內涵的詩文才能產生其作用而已。

2 文道論

至於成先生所說的「一通文、道關係」乃確實如此，郝經在〈原古錄序〉說道：

> 昊天有至文，聖人有大經，所以昭示道奧，發揮神蘊，經緯天地、皇度，立我人極者也。故自書契以來，載籍所著，莫不以文稱。天曰天文，人曰人文……皆言文而不及道，則道即文也。觀乎揭日月，運寒暑，……貴賤親疏之有敘，爵祿上下之有分，典則採物，粲然有法，庶事治焉，則人之道可知矣。非是，則三極之道莫得而見也，則文即道也。道非文不著，文非道不生，自有天地，即有斯文，所以為道之用而經因以立也。[34]

這種論文章之文，而卻從天文、人文而文章之文的方式，乃如上述，是早自《易傳》：「觀乎天文，以察時變；觀乎人文，以化成天下……」以來傳統儒者及文人習以沿用的觀念。在《易傳》之後，劉勰《文心雕龍》〈原道篇〉、蕭統《文選》〈序〉等都沿用此一觀念，成了論文的老傳統。而如此論文的目的無非為了提高「文」的價值，以期發揮針砭時文之弊及收取教化之功效。該文也沿襲這一傳統，主要是對劉勰〈原道〉、〈徵聖〉、〈宗經〉三篇文學總論的綜合闡發。[35]

---

34 此引自曾永義編：《元代文學批評資料彙編》，頁105。

35 參見成復旺等著：《中國文學理論史》（二）（北京市：北京出版社，1987年），頁557。

至於郝經所謂「道非文不著，文非道不生」，與劉勰〈原道〉的「道沿聖以垂文，聖因文以明道」之意看似很相像，不過他們所謂的「道」的含義還是有所不同。即若相對而言，劉勰所謂之「道」多偏重在「自然之道」，那麼郝經所謂「道」顯然已側重在「人文之道」；在劉勰那裡「文」與「道」還不能劃上等號，可是郝經已謂「道即文也」、「文即道也。」可見，郝經顯然是把以《文心雕龍》所代表的傳統儒者的「道非文不著，文非道不生」的說法與以朱熹為代表的理學家那種「文皆是從道中流出」的意思結合起來了。從中顯然可見，他要把「文」與「道」統合為一的企圖。

而郝經這樣的「道」與「文」的關係，落實到文學創作論上，如按郭紹虞等所說[36]，便成為如下的「理」與「法」的關係：「理者法之源，法者理之具，理致夫道，法工夫技；明理，法之本也。」、「夫理，文之本也；法，文之末也。有理則有法矣，未有無理而有法者也。六經，理之極，文之至，法之備也。」[37]。顯然，此所謂「理」是上所謂「道」之異名，即指「道」所含有的內部規律而言；「法」則指為文的具體作法或技巧而言。因此這所謂「理」與「法」的關係實際上是理學家所謂「道」與「文」的關係在文學創作理論上的落實化的表現。而這種落實化，就文學理論而言，確有其積極的意義，即：宋代理學家因其需要也談論詩文，不過他們完全站在理學家的立場論文時，很少直接討論詩文創作的具體原理問題。大多輕描淡寫地以「有德者必有言」之類的言論帶過。這主要是因為若直接談論詩文，則違背他們一向反對「有意於文」的基本立場。而郝經因其有意

---

36 參見郭紹虞著：《中國文學批評史》（上海市：上海古籍出版社，1979年），頁309-310，以及成復旺等著：《中國文學理論史》（二）（北京市：北京出版社，1987年），頁557-558。

37 見於其〈答友人論文法書〉，此引自曾永義編：《元代文學批評資料彙編》，頁99。

兼綜理學與文學，故在這一點上顯然與宋代理學家不同。因此，他曾謂：「有宋氏興，歐、蘇、周、邵、程、張之道，文始乎理而復乎本」[38]，即他對歐、蘇的詩文肯定也以此「理」、「本」為其憑藉，而這一段也同樣據此而批評後世為文之士「法在文成之前，以理從辭，以辭從文，以文從法，一資於人而無我，是以愈工愈不工，愈有法愈無法」[39]，即批評他們不「務本」（即不務明理）而一味在形式、技巧上面的追求（專務於求法）。又認為：

> 文有大法，無定法。觀前人之法而自為之，而自立其法。彼為綺，我為錦；彼為榭，我為觀；彼為舟，我為車，則其法不死，文自新而法無窮矣[40]。

這一段又顯然受到劉勰《文心雕龍》〈通變〉篇所謂「夫設文之體有常，變文之數無方……文辭氣力，通變則久」之啟發，也與南宋以來流行的「活法論」[41]一脈相承。

3 「詩，文之至精者」

因他有較深厚的詩學造詣，在論詩方面也有可取的見解，其〈與撒彥舉論詩書〉中說道：

> 詩，文之至精者也。所以歌詠性情，以為風雅。故攄寫襟素，託物寓懷，有言外之意、意外之味、味外之韻。凡喜怒哀樂，

---

38 見於〔元〕郝經：《陵川集》，卷22，〈文說送孟駕之〉。

39 見於其〈答友人論文法書〉，此引自曾永義編：《元代文學批評資料彙編》，頁99。

40 見於其〈答友人論文法書〉，此引自曾永義編：《元代文學批評資料彙編》，頁99。

41 呂本中、元好文、趙秉文、王若虛等人都有此方面的理論。可參考張健著：《中國文學批評》（臺北市：五南圖書出版公司，1984年），頁200-201。

　　蘊而不盡發，託于江花野草風雲月露之中，莫非仁義禮智、喜怒哀樂之理……若初無與己，而讀之者感嘆激發，使知己之有罪……至李、杜，兼魏晉以追風雅，尚辭以詠情，則後世詩之至也。然而高古不逮夫蘇李之初矣。至蘇黃氏，而詩益工，其風雅又不逮夫李杜矣。蓋後世辭勝，儘有作為之工，而無復性情，不知風雅有沈鬱頓挫之體。[42]

　　因為他終究是理學家，所以關於詩歌的內容方面仍認為「莫非仁義禮智、喜怒哀樂之理」，不過我們從他所謂「詩，文之至精者……託于江花野草風雲月露之中」這一段可見，他對詩區別於一般文章的「比興」等的運用特質有相當的認識。他對詩歌比興之運用以及由此而達到的效果等方面，則以〈詩大序〉以來的主張「溫柔敦厚」一脈的認識為主。並在歷代詩人作品得失的品評上，視李、杜詩為「後世詩之至」，也不一味推崇古人之詩，能見後人之長，也能見古人之短，所論還算持平，足見其對詩學的造詣。

　　總觀其詩文論，他欲兼綜文學與理學於一身的企圖相當明顯。因此，他雖在基本態度上始終不失其作為理學家論文的立場，但到了具體討論詩文時，從文人之處所得也相當多。這主要是因為：第一，受到了元代趙秉文、元好問等的文學理論中初見端倪的兼綜理學與文學的時代學術風氣之影響；第二，從小同時受到理學與文學兩方面的教育，故無形中形成了這兼綜的文學觀；第三，與他個人抱負有關，他原本就不贊成儒學之分化，而有欲泯儒林與道學之分的抱負[43]。而他

42　此引自曾永義編：《元代文學批評資料彙編》，頁102-103。

43　可參見〔元〕郝經：《陵川集》，卷23，〈與北平王子正先生論道學書〉。關於這一點的論述，可參考郭紹虞先生：《中國文學批評史》（上海市：上海古籍出版社，1979年），頁309。

這種文學觀不但能代表元代文學、學術界的總趨向，也影響到元末明初宋濂等人的文論。

三　宋濂（1310-1381）

　　眾所周知，他既是明代開國文臣之首，故其對明代文壇的影響也不可低估，不過，他主要的生存及活動時期在元代，入明朝僅有十三年之短，因此我們還是把他放在元代部分討論。

　　宋濂，字景濂，號潛溪，其祖先原為金華潛溪人，至宋濂遷到浦江（今浙江浦江）。早年就學文於吳萊，受理學於柳貫、黃溍等元末正統儒家文人。元至正年間，薦授翰林編修，以親老辭。入明洪武二年（1369）奉命修《元史》，為總裁官。累官至翰林學士承旨、知制誥。後因長孫犯法，又牽涉胡惟庸案，全家謫茂州，中途病故。著有《宋文憲公全集》。

　　宋濂是一位很有文學造詣的文學家兼理學思想家，他在四十六歲所作自題畫像〈白牛生傳〉中自謂：「生好著文，或以文人稱之，則又艴然怒曰：『吾文人乎哉！天地之理欲窮而未盡也，聖賢之道欲凝之而未成也，吾文人乎哉！』」[44]由此可窺見其志趣所在。陳書錄[45]認他為明代廟堂文化的奠基者之一，並概括他在學術方面最突出的表現為「沿波討源，力主宗經」和「祖述朱學，標明本原」兩點，而這概括確實符合宋濂的學術特徵，這兩點在其論文時也時時表露出來。其創作以及論文雖以「文」為主，但實際上其所謂的「文」多為廣義之

---

44 參見袁震宇等著：《中國文學批評通史（明代卷）》（上海市：上海古籍出版社，1996年），頁33。

45 參見陳書錄：《明代詩文的演變》（南京市：江蘇教育出版社，1996年），頁61。

文，大都可兼包「詩」與「文」二者，這也是典型的儒家文論所具有
的傳統。以下將其主要文學理論分幾方面來討論。

1 文道論

宋濂的文學理論以其「文道論」為核心，而且這「文道論」也幾
乎貫穿所有的文學理論主張[46]。我們先看他在文道論方面的見解，再
討論其內涵和在傳承上所具有的特色。我們在看他的文道關係論之
前，首先有必要理解他對文的基本看法，他在〈華川書舍記〉中說：

> 嗚呼！文豈易言哉！日月照耀，風霆流行，雲霞卷舒，變化不
> 常者，天之文也。山嶽列峙，江河流布，草木發越，神妙莫測
> 者，地之文也。群聖人與天地參，以天地之文發為人文，施之
> 《卦爻》而陰陽之理顯，形之《典謨》而政事之道行，詠之
> 《雅頌》而性情之用著，筆之《春秋》而賞罰之義彰，序之以
> 《禮》、和之以《樂》而扶導防範之法具，雖其為教有不同，
> 凡所以正民極、經國制、樹彝倫、建大義，財成天地之化者，
> 何莫非一文之所為也？自先王之道衰，諸子之文，人人自
> 殊……上下一千餘年，惟孟子能辟邪說、正人心而文始明。孟
> 子之後，又惟舂陵之周子、河南之程子、新安之朱子完經翼而
> 文益明爾。[47]

---

46 但如上文所提，因他思想較為複雜，故有時其「道」的內涵有些彈性。這導致他的
創作或文學主張並不完全始終如一，因此曾受到黃宗羲「文與道不相離，文顯而道
薄」（見於《宋元學案》卷82〈北山四先生學案‧文憲宋潛溪先生濂〉中的按語）
的譏評，不過這畢竟是少數，且非其主流。

47 見於〔明〕宋濂：《宋文憲公全集》〈華山書舍記〉，此引自葉慶炳、邵紅編：《明代
文學批評資料彙編》（上集）（臺北市：成文出版社，1979年），頁101。

　　宋濂這種論調在他的文集中是屢見不鮮的[48]，而其要義不外是：他把文章之「文」的根追溯到「天地」之「文」，以達先尊「文」之位而用之的目的。這在儒家文學觀中是由來悠久的傳統說法，關於這一點已在元代理學家的文論部分略有述及。我們由引文中以周、程、朱紹繼孔、孟，確實可看出他是站在理學家的立場論文的。不過，值得我們注意的是，宋濂這一段論文，除了引文中的最後一段從「孟子之後……」開始呈現濃厚的理學氣息之外，其餘部分可以說是劉勰等人以來有儒家氣息的文論家皆習於沿用的觀點。這一點，我們不妨與劉勰《文心雕龍》的〈原道〉[49]篇稍作比照便可發現，無論在其論文的方式，各層次「文」的內涵以及如此論「文」的目的，皆並無二致，幾乎是一個翻版。總之，由上述引文中可見，宋濂基本上是在紹述傳統儒家的典型文論，但從宋濂在後面再加周、程、朱以紹繼看，可知他顯然又有欲融合傳統儒家文論與理學家文論為一的意圖。關於宋濂以上引文的理解問題，有一點是值得我們提出來討論並加以澄清的：即，我們是否要視宋濂以上觀點為純屬理學家的觀點。成復旺[50]曾根據這一段引文的內容認為「理論上卻帶有明顯的道學色彩，它是把孔孟之道當作來自萬物、也統攝萬物的自然之道來論證的。」又說道：「因此，宋濂也像道學家那樣，常把這樣的文稱作「經天緯地之文」、「天地自然之文」[51]，如說，「斯文也，果誰之立。聖賢之文也？非聖賢之文也？聖賢之道，充乎中，著乎外，形乎言，不求其成文而

48　《宋文憲公全集》的〈文原〉、〈徐教授文集序〉、〈訥齋集序〉等文中皆有類似的論調。

49　參照〔南朝梁〕劉勰：《文心雕龍》〈原道〉篇。

50　參見《中國文學理論史（三）》（北京市：北京出版社，1987年），頁16。

51　見於〔明〕宋濂：《宋文憲公全集》〈文原〉，葉慶炳、邵紅編：《明代文學批評資料彙編》（臺北市：成文出版社，1979年），頁96。

文生焉者也。不求其成文而文生焉者,文之至也」[52],固然宋代的多數理學家也闡述過這層意思,可是我們在與《文心雕龍》〈原道〉篇的比照中也已得知,成復旺認為是來自道學家觀念的未必是來自道學家,因那些觀念在道學尚未形成之前傳統儒家觀念中早已有的。其實,理學家只不過特別凸顯並強調了這一面而已。因此,我們僅據這一些還不必認定這就是道學家的觀點。

看完宋濂對文的基本看法之後,接下來再觀察宋濂對「文」、「道」關係的討論。其實我們在上一段引文中已經可窺見他對文與道關係的理解之梗概。以下,我們看他針對文與道的關係而發的具體言論,他說:

> 文者,道之所寓也。道無形也,其能致不朽也,宜哉!是故天地未判,道在天地;天地既分,道在聖賢;聖賢之歿,道在六經。凡存心養性之理,窮神知化之方,天火應感之機,治忽存亡之候,莫不畢書之。皇極賴之以建,彝倫賴之以敘,人心賴之以正,……後之立言者,必期無背於經,始可以言文……是故揚沙走石、飄忽奔放者,非文也;傀誕不經而弗能宣通者,非文也;桑間濮上、危弦促管,徒使五音繁會而淫靡過度者,非文也;情緣憤怒,辭專譏訕、怨尤勃興、和順不足者,非文也;縱橫捭闔,飾非助邪而務以欺人者,非文也。[53]

> 大抵為文者,欲其辭達而道明耳,吾道既明,何問其餘哉![54]

---

52 見於〔明〕宋濂:《宋文憲公全集》〈文說贈王生黼〉。

53 見於〔明〕宋濂:《宋文憲公文集》〈徐教授文集序〉,此引自葉慶炳、邵紅編:《明代文學批評資料彙編》(臺北市:成文出版社,1979年),頁92。

54 見於〔明〕宋濂:《宋文憲公集》,卷26,〈文原〉,葉慶炳、邵紅編:《明代文學批評資料彙編》(臺北市:成文出版社,1979年),頁96。

　　宋濂在此所謂的文顯然已落實到「文章」之文，他反覆申說文章要「載道」、「尊經」的原則和理由。而這些大致不出劉勰《文心雕龍》〈原道〉、〈宗經〉、〈徵聖〉等篇的論述範圍；又進而對文章的內涵方面提出了以「經」為標準的嚴格的要求。如他重視文章的內涵而強烈批評形式主義文風等，基本上也是儒家的傳統觀點之延續，故筆者想，在此也無庸一一置辯。不過，他特別提出並重視「情緣憤怒，辭專譏訕、怨尤勃興、和順不足者，非文也」這一點，則頗可注意。這層意思雖不是傳統儒家觀點所沒有的，如在劉勰《文心雕龍》〈辨騷〉批評楚辭所依據的便是這種觀點。但這種觀點在傳統儒家文學觀裡一向不甚強調[55]，直到理學家文論中特別強調。理學家對這一點的過分重視和強調使得理學家的文論向「溫柔敦厚」一途靠攏而喪失了走上儒家文學觀頗具積極意義的「美刺」一途的機會。而從宋濂此謂「非文也」，可見他在這一點上顯然選擇了理學家的道路。宋濂早年曾嗜佛、道二氏之學，故學問思想多顯駁雜，不過他晚年力主宗經學聖，以經典為其文章、道德、事功之典範，這些在他的文論中也多有表露，構成了其文學理論之主幹。

2 論詩

　　宋濂其他文論，除了因囿於其早年所習以及實際創作愛好，有少數文論不受此文道論的影響者[56]之外，基本上無論是「文論」還是「詩論」都以其「文以載道」的「文道」觀為大前提，如他說：

---

55 傳統儒者雖也時時提及，但不因此而完全否定有此傾向的文學作品。

56 如在〈元楊廉夫墓誌銘〉中對當時被人稱之為「文妖」的楊維楨，不但多有褒詞，還稱之為「文中之雄」。關於此，可參見袁震宇等著：《中國文學批評通史（明代卷）》（上海市：上海古籍出版社，1996年），頁41-43。

詩文本出一，……沿及後世，其道愈降，至有儒者詩人之分。
自此說一行，仁義道德之辭遂為詩家大禁，而風花煙鳥之章留
連於海內矣，不亦悲夫[57]

顯然可見，他持有詩、文尚未分化之前的傳統儒家的文學觀，他
如此反對把「詩」與「文」分開而論，甚至還不滿於「文人、儒者」
之分[58]，其目的不外想以儒家文學觀統率所有文學；以其「文」論貫
徹「詩」論，也就是，想以儒學「文以載道」的單一標準統馭所有文
類。確實，他實際論詩歌也貫徹了這一原則，他說：

詩其可學乎？詩可學也。然宮羽相變、低昂殊節，而浮聲切
響，前後不差，謂之詩乎？詩矣，而非其美者也。辭氣浩瀚，
若春雨滿空，倏聚而忽散，謂之詩乎？詩矣，而非其美者也。
斟酌二者之間，不拘不縱，而臻夫厥中，謂之詩乎？詩矣，而
非其美者也。然則詩之美者，其將何如？蓋詩者，發乎情；止
乎禮義者也。情之所觸，隨物而變遷。其所遭也怵以鬱，則其
辭幽；其所處也，樂而荒，則其辭荒。推類而言，何莫不然。
此其貴乎止於禮義也歟？止於禮義則幽者能平而荒者知戒矣。[59]

詩歌發展到明代，他還如此論詩，確有其不能跟上文學觀念發展
規律的落後性。不過他這種言論還是與二程以來的理學家大有不同。

---

57 見於〔明〕宋濂：《宋文憲公集》〈題許先生古詩後序〉，此引自葉慶炳、邵紅編：
　《明代文學批評資料彙編》（臺北市：成文出版社，1979年），頁114。
58 如上所述，這是在元至明初期間儒者觀念中非常突出的一特點。
59 見於〔明〕宋濂：《宋文憲公集》，卷6，〈震川集序〉，此引自葉慶炳、邵紅編：《明
　代文學批評資料彙編》（臺北市：成文出版社，1979年），頁109。

二程以來的理學家態度上普遍對「學詩」一事採取不以為然的態度。而宋濂在此起碼認為可以學詩，只是想制約其內容而已。他認為「發乎情，止乎禮義」是詩歌的最高境界。即他雖然知道詩歌有「發乎情」的特質，不過更強調詩人之「情」必須經過「禮義」的過濾，方成為好詩，可見他仍繼承了〈詩大序〉以來儒家傳統詩論中保守的一面。〈詩大序〉中詩歌與詩人情志的關係論，到後來主要發展為「言志」與「緣情」二路，而宋濂顯然選擇前者。這和其主張「溫柔敦厚」的文論，其精神方向與內涵是相通的。不過，關於宋濂這一段文的理解，成復旺加以批評說：

> 這種談論恰恰表現了這位「開國文臣」之首對詩之美的認識是何等迂腐。……「宮羽相變，低昂殊節」、「辭氣浩瀚，若春雲滿空」，雖都不是詩的內在的美，但一則尚為音律之美，一則尚為詞采之美。……但宋濂卻認為這一切都與詩之美無關，詩之美僅在於「止於禮義」、即止於封建禮教。可見，宋濂的詩論就是他的文學觀在詩歌上的貫徹。正因為如此，這種詩論對於認識詩的性質並無積極意義，卻為說明他否定文學藝術特徵提供了更有力的證據。[60]

《中國文學理論史》這一段的理解，頗值得我們商榷，似有斷章取義之嫌。其實，宋濂的意思固然不可否認有其迂腐的一面，但也並不像《中國文學理論史》所說一樣認為「宮羽相變，低昂殊節……」、「辭氣浩瀚，若春雲滿空……」等一切都與詩之美無關。宋

---

60 見於成復旺等著：《中國文學理論史（三）》（北京市：北京出版社，1987年），頁18-19。

濂只不過認為作詩僅追求「宮羽相變，低昂殊節……」或「辭氣浩
瀚，若春雲滿空……」的音律、詞采之美是不夠的，而不是認為這些
都與詩之美無關。這雖然用的是「美」字，這其實就是所謂「美則美
矣，未盡善」之意耳。至於還說「詩之美僅在於『止於禮義』」云
云，也有些斷章取義之嫌。因為宋濂所說的是「發乎情，止於禮
義」，仍然肯定詩歌「發乎情」的重要性，並不像《理論史》所說的
那樣，詩歌內容只要「止於禮義」便認為是詩之美者。另外，宋濂這
種言論，正是因為站在「開國文臣之首」的立場為了針砭時弊而發
的，所以在這一點上才有其積極意義。其實，不僅是理學家，就是一
般的儒學氣息較濃厚的文學家或政治家的論文，也常因囿於其領導大
眾的立場所限，很少能提出「對於認識詩的性質」有什麼積極意義的
言論。關於這一個問題，將在下文中再作補充。

另外，宋濂文論除以上所介紹的理學色彩較濃厚的文學理論之
外，還有「師古論」、「養氣論」、詩之「五美」論等文學理論較為突
出，但因已有多位學者曾研究過，並與其理學思想的關係也不很顯
著，故不加贅述。

第三節　小結

以上進行了對宋代程朱、元代許衡、郝經以及元末明初宋濂等五
家的部分文學理論的回顧，以作為第三章正式討論明代理學諸家文學
理論之資。以上本章三節的討論各有側重點：

第一節針對程、朱文學理論中其爭議性較大的所謂「文學否定
論」做了剖析，可知：程朱純然站在理學大師的立場論文時，確有文
學否定論傾向；至於他們根據個人興致以及體驗而發出那些互相矛盾
的言論，是肇因於其不同的立場，所以我們也應另當別論。我們不能

因看到他們與以理學大師的立場所論不同的言論，便要掩蓋他們那種顯然有「文學否定論」傾向的言論。因為在他們文學理論中那些有「文學否定論」傾向的文論的分量及影響還是比較大的。另外，我們從程朱對韓愈和蘇軾文論的批評中，除了可見程、朱個人對韓、蘇二人的不滿之外，還可窺見這程、朱二位理學家有意與韓、蘇等古文家劃清界線之意。

　　第二節選論元代許衡與郝經以及元末明初的宋濂等三位的文學理論，得知因許、郝他們皆有濃厚的理學思想，也算是程朱學的正脈，所以他們的文學理論基本上也與宋代理學家接近，但因時代學術風氣不同，故他們的文學理論也有所轉移之處。二人雖同屬於元代理學人物，不過在文學理論方面的表現卻有較大的不同。許衡雖也受到時代風氣的因素，不過主要還是站在較為純粹的理學家的立場提出意見，因此他的「不期文而自文」、詩文「出於性」等的觀點都屬於直接繼承了宋代理學家文學理論的偏激的一脈。郝經雖也受到濃厚的理學薰陶，不過因其受到家學背景的影響，他的文學理論受到理學與文學兩方面影響的痕跡非常顯著。因郝經在其基本態度上不滿於儒學的分化，故在文學理論上的表現，也明顯有欲兼綜理學與文學於一身而回到分化之前的傳統儒家文學觀點的傾向。這些從他對詩文的理解以及對文章的實用價值的強調等方面，處處可見。而許、郝二人對「真」的追求，是二人文學理論的共同特色，那也是元代文學理論普遍的特色之一。

　　至於宋濂，其理學色彩較濃厚的文學理論基本上與郝經很接近，即同樣有兼綜理學家與文學家的文學理論的傾向，所以在他們的文學理論中固然也有那些「本末論」以及由此而說的「……非文也」等顯見其如理學家般較為偏激的說法，但就整體而言，有許多通達之處也接近於傳統儒家的文學理論。

第三章
明代理學家文學理論

《明史・儒林傳》謂：

> 原夫明初諸儒，皆朱子門人之支流餘裔，師承有自，矩矱秩
> 然。曹端、胡居仁，篤踐履，謹繩墨，守儒先之正傳，無敢改
> 錯。學術之分，則自陳獻章、王守仁始。宗守仁者，曰姚江之
> 學，別立宗旨，顯與朱子背馳，門徒遍天下，流傳逾百年，其
> 教大行，其弊滋甚。嘉隆而後篤信程朱不遷異說者，無復幾人
> 矣。[1]

　　明代理學，雖有其不容如此簡單概括的複雜且曲折的演變歷程，
但論其梗概，有一定的代表性。而有明一代的理學家，雖可數以百
計，不過如上所述，將以其中有文學理論見解者為討論之限，故所得
者初期有方孝孺、曹端、薛瑄、吳與弼、胡居仁五人；中期有陳獻
章、王陽明；中晚期[2]有羅欽順、王艮、聶豹、鄒守益、王畿等五
人；明末有顧憲成、高攀龍、劉蕺山等三人，共十五人。而其中真正

1　見於〔清〕張廷玉等：《明史》，卷282，〈儒林一〉，〈序言〉，頁7222。

2　此所謂「中晚」乃為論述上的方便而取的稱呼，因此期人物的生存年不但與「中
　期」的王陽明相差無幾，因此有不便於劃入「晚期」之處。至於將其生年比陽明
　還早的羅欽順歸入此「中晚期」是因為：除了其文學理論的規模的因素之外，固然
　其生年比陽明早七年，但其卒年比陽明晚近二十年，因此本文置之於「中期」陽明
　之後。

有文學理論見解值得我們探討者又寥寥無幾。不過本章為提供參考起見，凡稍有涉及者均入討論之列，並把諸家主要按其主要活動年代先後排序討論，以見各家文學理論見解以及每人文學理論在各期、各派文學理論中所具有的意義。至於本章的分期，則只為了討論上的方便起見，筆者遵循一些一般學術史常用的分期法。

第一節　初期諸家的文學理論

朱子歿後不到三十年（1227），朝廷便詔行朱子《四書集注》於天下，其聲勢地位自是定於一尊。入元之後，朱說仍成為科舉考試的標準。至明永樂年間，又有《四書大全》等書的編纂，成為士子必讀必遵之聖學範本，由而獨霸之勢更是屹立不搖。這種局面一直到明朝中葉陽明學興起，才有所轉變。因此，在明初，朱學不但在朝為國家考試範本，在野又不乏多位德高望重、高蹈潔行的學者尊奉倡行，並以之教弟子。[3]因此，明代前期理學諸家自以程朱派為主。茲按次論述如下：

一　方孝孺（1357-1402）

方孝孺，字希直，一字希古，別號遜志。浙江寧海人，生於元順帝至正十七年，卒於明惠帝建文三年。自幼精敏絕倫，八歲而讀書，十五而學文，輒為父友所稱。二十遊京師，學於太史宋濂。濂以為「遊吾門者多，而未有若方生者」。濂返金華，方亦從之，先後凡六

3　參見古清美著：《明代理學論文集》（臺北市：大安出版社，1990年），頁1-2。

歲，盡傳其學。[4]《明史》也謂[5]「長從宋濂學，濂門下知名士皆出其下，先輩胡翰、蘇伯衡亦自謂弗如，孝孺顧末視文藝，恒以明王道、致太平為己任。建文帝時任侍講學士」。朱棣篡權，令他草即位詔書。而他卻寫下「建文五年，永樂篡位」八字，投筆痛罵，因而被誅殺十族，九族外特加朋友、弟子。年四十六，坐死者凡八百四十七人。崇禎末，謚文正，著有《遜志齋集》。

　　方孝孺雖與其師宋濂一樣是跨朝的人物，但他入明朝時年僅十一歲，故我們也將他與其師分開，置於明初討論。方孝孺也是明初頗受重視的文臣[6]，故其文人兼理學家的身分也與其師宋濂酷似。《明史》〈儒林傳〉[7]與《四庫》〈提要〉[8]皆以曹端等為明代理學的初期人物，而不把方孝孺列入「儒林傳」。不過他的理學確有師承，也被列入於《明儒學案》〈諸儒〉[9]，而且他的文學理論也確實呈現出理學家的特色。因此，雖其理學思想不如曹端等人般純正，但還是有必要以明代

4　參見〔清〕黃宗羲：《明儒學案》（北京市：中華書局，1992年），卷43，〈諸儒〉上一，頁1044。

5　參見〔清〕張廷玉等：《明史》，卷141，〈列傳第二十九‧方孝孺〉，頁4017。

6　參見《明史》「方孝孺」記載：洪武十五年，以吳沉、揭樞薦，召見。太祖喜其舉止端整，謂皇太子曰：「此莊士，當老其才。」禮遣還。後為仇家所連，逮至京，太祖見其名，釋之。二十五年，又以薦召至。〔清〕張廷玉等：《明史》，卷141，〈列傳第二十九‧方孝孺〉，頁4017。

7　〔清〕張廷玉等：《明史》，卷282，〈儒林一〉，〈序言〉，頁7222，謂：原夫明初諸儒，皆朱子門人之支流餘裔，師承有自，矩矱秩然。曹端、胡居仁，篤踐履，謹繩墨，守先儒之正傳，無敢改錯。學術之分，則自陳獻章、王守仁始。宗守仁者，曰姚江之學，別立宗旨，顯與朱子背馳，門徒遍天下，流傳逾百年，其教大行，其弊滋甚。嘉隆而後篤信程朱不遷異說者，無復幾人矣。

8　見於〔清〕紀昀等纂：《四庫全書總目》，卷29，謂：「明初醇儒以端及胡居仁、薛瑄為最，而端又開二人之先。」

9　參見〔清〕黃宗羲：《明儒學案》（北京市：中華書局，1992年），卷43，〈諸儒〉上一，頁1044。

理學家文學理論之先驅來討論，以便窺察宋代理學家文學理論經過元朝至明代的演變軌跡。唯因方孝孺的思想與文學理論，其規模龐大且複雜，非本論文所能涵蓋。因此，本文將只把他文學理論中有較明顯的理學家文學理論特色的部分抽離出來，加以探討。其實，方孝孺的文學理論固然與其師宋濂相同，有其不可一概而論之處，但那些理學氣息較濃厚的見解確實可以代表他文學理論的總趨向，且其影響也最深遠。

方孝孺，不但其文人兼理學家的身分與其師宋濂相似，甚至他的文章被人稱譽時，其「慚愧彌日，不能自解」[10]的反應也與其師宋濂相同。不僅方孝孺自己以聖學自居，明末劉蕺山在〈方遜志先生正學錄序〉也曾評他文集《遜志齋集》謂：「舊刻遜志齋集二十四卷，余反覆卒業，無一言不合於道，而猶慮學者不免以詞章目之。因特節其粹者為三卷以傳，而題之曰正學錄以言乎？憂天憫人之旨亦具是矣。」[11]。

他的文學理論，基本上與宋濂大同小異，不過在不違背其大原則以及其師說的前提下亦有許多較為通達、發展之處。而正因他的文學理論有時較為通達，所以往往又有些自相牴牾之處[12]。

1 文道論

與宋濂相同，我們討論方孝孺的文學理論也應從其「文道論」著

---

10 參見《遜志齋集》〈與鄭叔度三首〉謂：「承吾子意厚，過稱僕之文有足觀者，慚愧彌日，不能自解」，此引自葉慶炳、邵紅編：《明代文學批評資料彙編（上集）》（臺北市：成文出版社，1979年），頁202。

11 見於〔明〕劉宗周：《劉子全書》（臺北市：華文書局，1968年，影印清道光刊本），卷21，〈序〉，頁8

12 成復旺的《中國文學理論史》與袁震宇的《中國文學批評通史》（明代卷）對方孝孺的文論都有較詳細的討論，不過對他文論的自相矛盾之處都沒有應有的指出。

手，因為這「文」[13]與「道」的關係論是他文學理論的一大總綱及核心，所以他的幾乎所有的文學理論都是圍繞著這一大總綱而提出的。他說：

> 文不足以明道，猶不文也[14]。

> 凡文之為用，明道、立教二端而已，道以淑斯民，教以養斯民。……故聖人者出，作為禮樂教化刑罰以治之……而一寓之於文。[15]

> 聖人之言不可及，上足以發天地之心，次足以道性命之源，陳治亂之理，而可法於天下後世，垂之於文而無弊，是故謂之經。立言者必如經而後可。[16]

這短短三段文字，實際上已透露方孝孺文學理論的最主要觀點，若把他這幾段的主旨歸納，便可得以下幾端：一、由第一段可知，他是力主「文以載道」說的，更由其「猶不文也」的語氣顯示其毫無保留的態度；第二段從第一段的態度出發，僅以「明道」、「立教」規範「文之用」，也是其「載道」說的延伸和具體化的表現；三、第二段的後半部及第三段在闡述聖人之文的可貴處以及他所以認為「立言者

---

13 此所謂「文」，也與宋濂的情形相同，大都為兼包「詩」與「文」的廣義之文。
14 見於〔明〕方孝孺：《遜志齋集》〈送牟元亮趙士賢歸省序〉，此引自葉慶炳、邵紅編：《明代文學批評資料彙編（上集）》（臺北市：成文出版社，1979年），頁228。
15 見於〔明〕方孝孺：《遜志齋集》〈答王秀才書〉，此引自葉慶炳、邵紅編：《明代文學批評資料彙編（上集）》（臺北市：成文出版社，1979年），頁213。
16 見於〔明〕方孝孺：《遜志齋集》〈與郭士淵論文書〉，此引自葉慶炳、邵紅編：《明代文學批評資料彙編（上集）》（臺北市：成文出版社，1979年），頁217。

必如經而後可」的理由，即在闡說他所以主張宗經、尊聖之原由。我
們若按他的意思歸納其原由，他不外由於：聖人之「經」兼有「上足
以發天地之心，次足以道性命之源」的「道德」與「陳治亂之理，而
可法於天下後世」的「事功」以及「垂之於文而無弊」的「文章」，
這正是傳統儒家所務求的「道德、事功、文章」三大德目[17]。由而可
見，方孝孺的文道論以及宗經、尊聖的態度和理由也與宋濂如出一
轍。因為他持有為文「必如經而後可」的偏向於理學家的文學觀點，
並且凡論文皆以此為圭臬，因此他實際論述前人的文章也常有理學家
的口吻。他曾說：

> 唐之世最以文為法於後世者，惟韓退之。而退之之文，言聖人
> 之道者，舍〈原道〉無稱焉；言先王之政而得其要者，求其片
> 簡之記無有焉。舉唐人之不及退之者，可知也；舉後世之不及
> 唐者，又可知也。[18]

可見他從「文以載道」的觀點出發批評韓愈的文章，而認為在韓
愈眾多文章中唯獨〈原道〉篇尚值得肯定，其餘則無所可取。至於其
他人及其後人的文章則更無庸置辯了，這和將討論的明代薛瑄等的論
調極為相似。

2 論詩

他不但以「必如經而後可」的標準論「文」，即便是論「詩」也

---

17 也就是《左傳》襄公二十四年條所謂「太上有立德，其次有立功，其次有立言」的
「三不朽」。
18 見於〔明〕方孝孺：《遜志齋集》，卷11，〈答王秀才書〉，此引自葉慶炳、邵紅編：
《明代文學批評資料彙編（上集）》（臺北市：成文出版社，1979年），頁213。

以同樣的標準要求。他說：

> 夫詩所以列於五經者，豈章句之云哉！蓋有增乎綱常之重，關
> 於治亂之教者存也。……人孰不為詩也，而不知道，豈吾所謂
> 詩哉！[19]

當其論詩時也鄙視「章句」而重視「綱常」、「道」的態度一如宋
代理學家。即如同論「文」一般，重視詩歌有助於綱常、教化，即以
「載道」的觀點論「詩」。因此，對朱熹的〈感興詩〉等詩作則便謂：

> 其於性命之理，昭矣；其於天地之道，著矣；其於世教民彝有
> 功者，大矣。繫之於三百篇，吾知其功無愧。[20]

可見，他對朱詩的推崇無以復加了。其推崇所依據的不外也是
「文以載道」的論點，並指出朱詩在道德、事功、文章三方面所建立
的成就。我們從他論詩文而對朱熹表示如此推崇之意，可見他文學理
論向程朱學靠攏的程度。從以上方孝孺幾段言論看，與宋代理學家的
文論幾無分別了，也與以上介紹過的其師宋濂偏於理學家文學理論的
言論如出一轍。他這一些有關文學方面的言論確是他文學觀點的最主
要部分，也是與宋代理學家的文論一脈相承的，可以說，他與其師宋
濂一同開啟了明代理學家文學理論之先河。

---

19 見於〔明〕方孝孺：《遜志齋集》，卷10，〈讀朱子感興詩〉，此引自葉慶炳、邵紅
　　編：《明代文學批評資料彙編（上集）》（臺北市：成文出版社，1979年），頁200。
20 見於〔明〕方孝孺：《遜志齋集》，卷10，〈讀朱子感興詩〉，此引自葉慶炳、邵紅
　　編：《明代文學批評資料彙編（上集）》（臺北市：成文出版社，1979年），頁200。

3 其他

如上所說，雖以上所討論的是方孝孺文論的最主要部分。不過，我們也不可否認他另有許多文學觀點與上所介紹的並不一致，而有不少出入。這主要因為：一、他的理學思想不像專業理學家般嚴肅、純正；二、因他與宋濂二位都有高度的文學造詣，故他們創作實踐中的審美體驗往往與以上這種偏於道學的文學理論有所不同或甚至有所牴牾。茲將最顯著的例子介紹如下，他說：

> 退之，俊傑，善辯說，故其文開陽闔陰，奇絕變化，震動如雷霆，淡泊如韻濩，卓矣！為一家言。……子瞻魁梧宏博，氣高力雄，故其文常驚絕一世，不為婉昵細語。[21]

上面對韓愈與蘇軾文章的評價就與他平常以「文以載道」的觀點所作的批評判然不同，這時已宛然從文人的角度去欣賞並推崇此二家之文。僅就韓愈文章而言，與上文所作的評價也完全不同。另外，他對文的基本認識上，雖不乏如上已介紹過的「文不足以明道，猶不文也」般的言論，但是另外也有一些與之不同的認識，關於這一點，成復旺已較詳細地指明，謂：

> 實際上，他對文與道的非同一性是很清楚的。〈與郭士淵論文〉說：秦漢以下有的人「道雖未至而其言文，人好其文，故傳其言」，有的人「雖不文而於道有明焉，人以其明道，故亦傳」。〈送牟元亮趙士賢歸省序〉說：宋之時，道學家其道醇，

---

21 見於〔明〕方孝孺：《遜志齋集》，卷12，〈張彥輝文集序〉，此引自葉慶炳、邵紅編：《明代文學批評資料彙編（上集）》（臺北市：成文出版社，1979年），頁222。

「而文不能以勝道」；古文家道不醇，而其「文昌」。〈與趙伯
欽書〉說：「和唐宋三代，論道則「宋為上，漢次之，唐為
下；論文則宋不及唐，唐不及漢。」……但又允許人們在「宣
倫理政教之厚」以外，「述風俗江山之美」，「探草木蟲魚之情
性、婦人幼稚之歌謠」。〈題黃山谷詩後〉還提出：「士未足以
明道，則博求當世非常可喜之事而述焉，亦文之美者也。」[22]

　　方孝孺雖基本上繼承了其師宋濂的觀點，但也有那種「文不足以
明道，猶不文也」、「立言者必如經而後可」之類的偏激觀點，而至於
如「明道」、「立教」、「尊聖」、「宗經」等主要觀點，是在宋明理學家
之前的傳統儒者也習用的觀點。而我們從他〈題黃山谷詩後〉所說可
見，其所謂「文之美者」不再有那麼嚴格的限制了，比前面所說的標
準寬得多。

二　曹端（1376-1434）[23]

　　清人曾說：「明初醇儒以端及胡居仁、薛瑄為最，而端又開二人
之先。」[24]可見曹端在明代理學史上的先驅地位。曹端字正夫，號月
川，澠池人。生於明太祖洪武九年，死於宣宗宣德九年。永樂六年舉
人，一生專心於性理之學，其學務躬行實踐，而以靜存為要[25]，著有
《曹月川集》。《四庫全書》又謂：

---

22 參見成復旺等著：《中國文學理論史》（北京市：北京出版社，1987年），頁25。
23 以下諸家的生卒年採用古清美著《明代理學論文集》〈附表〉所引的麥仲貴「明清
　儒學家著述生卒年表」。古清美著：《明代理學論文集》（臺北市：大安出版社，
　1990年），〈附表〉，頁42。
24 見於〔清〕紀昀等纂：《四庫全書總目》，卷29。
25 參見於新校本〔清〕張廷玉等：《明史》，卷282，〈列傳第一百七十・儒林一〉，頁
　7238。

> 明初理學，以端與薛瑄為最醇。……端詩皆擊壤集派，殊不入
> 格。文亦質直樸素，不以章句為工。然人品既已醇正，學問
> 又復篤實。直抒所見，皆根理要，固未可繩以音律、求以藻
> 采。[26]

　　他這「不以章句為工」、「直抒所見，皆根理要」的為學風格及態
度皆一如宋儒舊態，所以形成如此「擊壤集派」[27]詩風，無疑也是肇
因於他的思想以及對文的基本理解和態度。在他的文集中幾無直接談
論文學的，所以我們只能從其字裡行間窺見他的基本態度。他說：

> 學者須要天理人欲之間見得分明，方始有益。一毫相雜則學非
> 其學，而德非其德矣。於天理、人欲之界上截然限斷，使不
> 正之言、非理之色不得接吾耳目，則無以侵撓於內而天理寧
> 矣。[28]

　　可見，他的著重點還是在於天理、人欲之辨上，而隻字不提文
學，但從「使不正之言、非理之色不得接吾耳目」等辭中不難推知他
對世俗文學的基本態度會是如何的。至於他否定的「相雜」、「不正之
言」、「非理之色」的具體內涵，則語焉不詳。於是，我們雖無法從其

---

26 見於〔明〕曹端：《曹月川集》（臺北市：臺灣商務印書館，1983年，《景印文淵閣
　　四庫全書》第1243冊），〈提要〉，頁2。

27 所謂「擊壤集」派之名出於邵雍著《伊川擊壤集》二十卷，此集收邵雍詩約二千餘
　　首，而因其詩歌十之八九是說理或完全以理語為之，故後來理學家有此傾向的詩歌
　　稱為「擊壤集」派。關於邵雍詩的特色，可參見張健《清代詩話研究》，頁448及
　　《中國文學批評論集》，頁98，所收〈邵雍詩論研究〉。

28 見於〔明〕曹端：《曹月川集》（臺北市：臺灣商務印書館，1983年，《景印文淵閣
　　四庫全書》第1243冊），頁13。

集中自寫的文字中印證我們的推測，但由《曹月川集》所收的《年譜》[29]中可得端倪。見〈年譜〉所載二十、二十一歲條：

> 二十歲：嘗曰：「孔門游夏稱文學，亦何嘗秉筆為詞章也。且如觀天文以察時變，觀乎人文以化成天下。此豈詞章之文也。」[30]

> 二十一歲：志意堅定，內不溺於章句文辭之習；外不惑於異端邪說之謬，卓然以斯道為己任。[31]

上一段〈二十歲條〉，通過他對孔子當時「文學」之意的解說，藉以表示他遙承《易傳》[32]以來傳統儒家「文學」觀之意，即將「文學」之含意擴大解釋，以示他不欲將文學的功能侷限在世俗詞章之意，同時也藉此表示了對世俗詞章的不滿之意。這一點，至〈二十一歲條〉更加明朗。但在此仍須注意的是，他所排斥的還不是「詞章」本身，而是「溺於章句文辭之習」。還有一條仍值得注意，《年譜》〈五十四歲條〉載：

---

29 據《四庫‧提要》是張信民纂。

30 見於〔明〕曹端：《曹月川集》（臺北市：臺灣商務印書館，1983年，《景印文淵閣四庫全書》第1243冊），頁36。

31 見於〔明〕曹端：《曹月川集》（臺北市：臺灣商務印書館，1983年，《景印文淵閣四庫全書》第1243冊），頁37。

32 《易傳》第二十二「賁卦」曾謂：「觀乎天文，以察時變；觀乎人文，以化成天下」。在《易傳》之後，劉勰《文心雕龍》〈原道〉篇、蕭統《文選》〈序〉等都沿用此一觀念，而初唐史家所論，又都在因襲此傳統。以上可參考拙著：《初唐史學家文論研究》（臺北市：臺灣大學中國文學研究所碩士論文，1992年），第三章。另外，稍後討論的薛瑄亦有同樣的觀點。

五十四歲：西安太守郭巨成暨謝琚相從於滻灞之間，談詩馬
上。郭曰：「古人云：『吟成五字句，用破一片心』」；琚曰：
「古人云：『吟成五字句，心從天外歸』」；先生應曰：「可惜一
片心，用在五字上」，蓋恐學者溺於詩文，不務義理故發此。
須臾曰：「古人，文人自是文人；詩人自是詩人；儒者自是儒
者。今人，欲兼之，是以不能工也。賢輩，文無求奇，詩無求
巧。以奇巧而為詩文，則必穿鑿謬妄而不得其實者多矣。不若
平實、簡淡為可尚也。」[33]

　　這一段文字幾乎是宋代程伊川語的翻版[34]，他用以回答的話也直
接用伊川之語。蓋此段重點有三：一、如「可惜一片心，用在五字
上」所指，怕學者「溺於詩文，不務義理」，以致無法「以斯道為己
任」；二、先區分「文人」、「詩人」與「儒者」，並要求學者勿求得
兼，以免互相妨礙；三、雖然不鼓勵作詩，但既然作詩時，便要求不
得追求其「奇巧」，而要追求其「平實、簡淡」的詩風。通過以上論
述，雖我們可見他為學的輕重所在，但由其第三點也可見他並不完全
排斥「有意為文」了，更不反對文人之「有意為文」了。

　　由以上可知，曹端有關文學的見解，雖大抵不出宋代理學家的範
圍，但從某些跡象可知，其態度似乎還是比宋儒緩和一些。也可知他
的文學觀點從二十歲到五十四歲間幾乎沒有什麼改變。

---

33 見於〔明〕曹端：《曹月川集》（臺北市：臺灣商務印書館，1983年，《景印文淵閣
　　四庫全書》第1243冊），頁50。
34 參見《河南程氏遺書》，卷18，頁239。對於伊川語，洪光勳在其博士論文《兩宋道
　　學家文學論》中有所探討，也可參考本論文第二章。洪光勳：《兩宋道學家文學論
　　研究》（臺北市：臺灣大學中國文學研究所博士論文，1993年），頁104。

三　薛瑄（1389-1464）

　　薛瑄，字德溫，號敬軒，山西河津人。[35]生於太祖洪武二十二年，死於英宗天順八年。著有《讀書錄》十卷、《續錄》十二卷，如今皆收於《薛瑄全集》中。薛瑄之學嚴守朱學軌轍而為河東學派之開山，他為學要旨仍離不開「千古聖賢之學，惟欲人存天理遏人欲而已」[36]的宋人藩籬；又說「四書、五經、周、程、張、朱之書，道統正傳；舍此而他學，非學也。」[37]可見其為學宗旨所在。不過，很值得我們注意的是，這位學問風格、規模最近朱子的明儒，在心性的體驗上已經跨出一步，從其理學思想中已可看出理學入明後逐漸顯現的不同風貌及變化的端倪。[38]關於他在文學方面所得的成就，《四庫・提要》的一段評語[39]頗值得我們注意：

> 共得詩文一千七百篇，釐為二十四卷。鼎（張鼎）自為序，引朱子贊程子「布帛之文，菽粟之味」二語為比，殆無愧詞。考自北宋以來，儒者率不留意於文章。如邵子《擊壤集》之類，道學家謂之正宗，詩家究謂之別派。相沿至莊昶之流，遂以「太極圈兒大，先生帽子高」；「送我兩包陳福建，還他一匹好南京」等句，命為風雅嫡派。雖自高位置，遞相提倡，究不足

---

35 參見〔清〕張廷玉等：《明史》，卷282，〈列傳第一百七十・儒林一〉，頁7228。

36 見於〔明〕薛瑄：《薛文清公讀書錄》（臺北市：臺灣商務印書館，1983年，《景印文淵閣四庫全書》第711冊），卷5，頁83。

37 見於〔明〕薛瑄：《薛瑄全集・讀書錄》（太原市：山西人民出版社，1990年），卷5，頁1145。

38 參見古清美著：《明代理學論文集》（臺北市：大安出版社，1990年），頁18。

39 見於〔明〕薛瑄撰，孫玄常等點校：《薛瑄全集・文集附錄之一》（太原市：山西人民出版社，1990年），〈序跋提要〉，頁968。

以厭服人心。《劉克莊集》有〈吳恕齋文集序〉曰:「近世貴理
學而賤詩賦。間有篇詠率是語錄講義之押韻者耳」。則宋人已
自厭之矣。
明代醇儒,瑄為第一。而其文章雅正,具有典型,絕不以俚詞
破格。其詩如〈玩一齋〉之類,亦間涉理路,而大致沖澹高
秀,吐言天拔,往往有陶韋之風。蓋有德有言,瑄足當之。

　　可見對薛瑄在文學方面所建立的成就非常推崇,其大義為:首
先,《提要》通過詩家與一般理學家《擊壤集》一脈[40]加以比對,先指
出了一般理學家所謂那種「風雅嫡派」,「究不足以厭服人心」的事
實;再指出「明代醇儒,瑄為第一」而他又「文章雅正,具有典型,
絕不以俚詞破格」,即作為一代「醇儒」而具有與一般理學家容易
「以俚詞破格」有所不同的文學成就;並且說他詩風「大致沖澹高
秀,吐言天拔,往往有陶韋之風」;最後又以「蓋有德有言,瑄足當
之」表示了極度推崇之意。由此可見,薛瑄在理學與文學兩方面所建
立的成就,也受到了近人的注目。對於他這種在文學方面所得的成
就,趙北耀在《薛瑄全集》〈前言〉中更具體說道:

　　薛瑄在文學方面也有很高的造詣。他的五言、七言古詩都很出
　　色,詩風近乎唐人,五古雋淡,稍近王維、韋應物;七古雄
　　奇,頗似李、杜。五律、五絕不多,但寫得很清新。七絕中也
　　有好些很有神韻;只有七律應酬詩太多,好的較少。他的散文
　　寫得很好,雖然應酬之作嫌多,但也不乏上乘的作品。比如有

---

[40] 所謂「擊壤集」指邵雍著《伊川擊壤集》二十卷,此集收邵雍詩約二千餘首,而因
　　其詩歌十之八九是說理或完全以理語為之,故後來理學家有此傾向的詩歌稱為「擊
　　壤集」派。

名的〈遊龍門記〉，確乎是明代散文之冠。……他的文章思想性
很強，有的直抒胸臆，有的寓意深刻，……。薛瑄在文學上的
成就應當肯定，文學史家對他的詩文略而不論，似欠公平。[41]

　　我們姑且不論薛瑄有否資格獲得如此的稱譽，不過他的詩文，確
有其值得肯定的成就。他作為一位理學學派宗主，而能得如此稱譽，
確屬難能可貴。他的論文見解固然也有與一般理學家多所雷同的一
面，但主要由於他有這麼樣的文學造詣，所以在與一般理學家相比之
下，還算是比較多樣化。因薛瑄幾個文學理論見解互有關係，故本不
宜強行分開而論，不過為討論上的方便起見，按其所側重，分為以下
幾方面來討論。

1 「文」論

　　我們在討論已落實到詩文的「文」之前，有必要先了解一下薛瑄
對「文」的基本看法。他說：

> 凡有條理明白者皆謂之「文」，非特語言詞章之謂也。如天高
> 地下，其分截然而不易，山崎川流，其理秩然而不紊，此天地
> 之「文」也；日月星辰之照耀，太虛雲物之斑布，草木之花葉
> 紋縷，鳥獸之羽毛綵色，金玉珠璣之精粹，此又萬物之「文」
> 也；以至三綱五常之道，古今昭然而不昧，三千三百之禮，小
> 大粲然而有章，此又人倫日用之「文」也；至於衣服器用之有
> 等級次第，果蔬魚肉之有頓放行列，此又萬事之「文」也；推

---

41 見於〔明〕薛瑄撰，孫玄常等點校：《薛瑄全集》（太原市：山西人民出版社，1990
　　年），頁8。

之天地之間，凡有條理明粲者，無往而非文，又豈特見於文辭言語者然後謂之文哉！[42]

　　前半截所論與本論文已討論過的宋濂、方孝孺等明代理學先驅所論無甚差別，不過從後半截「以至三綱五常之道」開始便顯露出其為理學家的面貌。即，主要從劉勰以來的傳統文人論「文」，普遍都涉及到該文前半截層次的內容，但如後半截論「文」而具體提及「三綱五常之道」、「三千三百之禮」等為「人倫日用之『文』」、「萬事之『文』」等，則是與傳統儒者之論文有明顯的不同。這主要不同在於：薛瑄在這「文」中注入了濃厚的理學色彩，顯現出理學大師的本色，而他這種「文」觀又構成其文學理論的主要部分。他還有〈策問〉一文，也值得我們參看，其〈策問〉謂：

> 問：文者，順理成章之謂也。凡見於六經、四書，與凡聖賢立教、垂世之言，皆載道之文也。夫何後世專以文為事，而矻矻用力於其間，雖富麗倍於古，而少有明夫道者。何歟？如屈原、賈誼、司馬相如、揚雄、太史公之流，文亦工矣，果有載道者之可取歟？至唐之時，一世並驅於文詞之場，工於章句者，非止一家。果誰之文庶幾有近於載道歟？宋之歐陽公首推重韓退之文，且韓文公之文何篇最有可取歟？歐陽公之文，又與韓公之文孰有優劣歟？當時蘇氏父子、曾南豐、陳後山、秦淮海之輩，亦皆以文名者也。又何人之文可追跡於歐陽公歟？夫學者所以學聖人之道也。誠使學有所得，而道積於躬，則其發於文

---

42 見於〔明〕薛瑄撰，孫玄常等點校：《薛瑄全集‧讀書錄》（太原市：山西人民出版社，1990年），卷5，頁1172。

詞者，皆明理之言。雖非執筆操翰學為文辭，而文自近於載道
之經矣。果何所修為而可以積道、發此文，超出漢、唐、宋之
文章，而上追經書聖賢之文歟？試細繹其本以言之。[43]

　　這雖是一篇〈策問〉，不過從字裡行間，也不難窺見他對六經以
來的前人之文的基本理解。茲若概括重點便可得：第一，他把「聖賢
載道之文」與「以文為事者」之文區別開來，分其優劣；第二，對屈
原、賈誼等「文亦工者」，發出「果有載道者之可取歟？」的質疑，
表示對他們文章的成就和價值的懷疑；第三，先對韓歐文隱然表示推
許之意，並似有對二人文章不予軒輊之意，再論及韓歐後蘇氏父子等
當時「以文名者」「何人之文可追跡於歐陽公」，似乎已頗在乎文，故
已以文為意了；第四，他既說「道積於躬，則其發於文詞者，皆明理
之言。雖非執筆操翰學為文辭，而文自近於載道之經矣。」這顯然是
理學家說的「有德者有言」、「文從道中流出」之意；但他又要問「果
何所修為而可以積道、發此文，超出漢、唐、宋之文章，而上追經書
聖賢之文歟？」這又未免有「以文為意」之嫌了，因此這是一種矛
盾，但他也只能如此說。
　　薛瑄這〈策問〉主要涵蓋以上內容，其所牽涉的問題比較複雜。
其第一、二，雖是側重在理學家的立場而說，且從整體文字看他的宗
旨固然在於「載道之文」上。不過從第三點看，也不可否認他對唐宋
文人隱然有肯定且推許之意；再從第四點看又未免「以文為意」了，
這些觀點的轉變確實和一般理學家有所不同。若我們要追究他為何有
這種態度，則可分如下兩方面而言：一、策問原有的性質使然，即因

43 見於〔明〕薛瑄撰，孫玄常等點校：《薛瑄全集·附錄一》（太原市：山西人民出版
　社，1990年），頁1585。

這是策問，所以除了薛瑄個人的主觀見解以外，也必須反映當時人普遍可認同的客觀言論；二、與薛瑄個人對文所持的態度有關，即薛瑄個人對文就有這種雙重傾向。他個人固然是理學大師，但因他文學造詣也很深，故隨著論文立場的不同，其論點也有所不同。這現象在薛瑄是較突出的，此點在下文討論中也可得印證。

2 本末論

「本末論」乃是一般儒學思想較濃厚的文人普遍持有的觀點，尤其自宋代以來的理學家幾乎都有此觀點，因此這在理學家文學理論中是其分量較大的觀點。眾所周知，宋代理學家說韓愈為「倒學」也是基於此一觀點的。薛瑄曾批評當時風尚時簡明扼要地道出：「聖賢學性理，學其本；眾人學辭章，學其末。」[44]他在論科舉取士之法的〈會試錄序〉[45]中也說：

> 惟天眷皇明，列聖相繼，大建學校，慎選師儒，其養士之法，必以三代、孔、孟、程、朱復性之說為本。……雖曰科目以文章取士，然必根於義理，能發明性之體用者始預選列，類非詞章無本者之可擬也。

因明代「科目以文章取士」，故他也認為士子務力於「詞章」乃本無可厚非者，不過仍要求「詞章」必須有「本」，而排斥「詞章無本者」。由此出發，他評論文章也以此為標準：

---

44 見於〔明〕薛瑄撰，孫玄常等點校：《薛瑄全集・理學粹言》（太原市：山西人民出版社，1990年），頁1521。

45 見於〔明〕薛瑄撰，孫玄常等點校：《薛瑄全集・文集》（太原市：山西人民出版社，1990年），卷17，頁796。

只於文辭議論是非得失，而不本於道，終是淺。[46]

議論文辭「不本於道」就是無「本」，他同樣基於這種認識，舉出程氏對韓文的評論為例，說：

> 韓文所以高於諸子者，以約六經之旨而為之也。先儒猶謂「其先學文，失進為之序」[47]，況為文不本於六經義理，徒取文士之辭華綴集，敷衍之者乎！[48]

其言下之意，雖不完全贊同程氏對韓愈之文的看法，但為文要本於六經義理的基本主張則並無二致。由上文可見，其所謂「本」不外是以「六經義理」為主，包括程朱在內的儒家義理之學。薛瑄還有一段言論與上一段相似：

> 天下之言，合乎理者為是，不合乎理者為非，惟知言者能辨之。……濂、洛、關、閩之書，皆根據至理，而切於人生日用之實。文章止論古今得失體利害，而不根於天命人心之正，朱子所謂：「以文自立」者也。……漢四百年，識正學者董子；唐三百年，識正學者韓子。[49]

---

46 見於〔明〕薛瑄撰，孫玄常等點校：《薛瑄全集‧讀書續錄》（太原市：山西人民出版社，1990年），卷2，頁1327。

47 按應指《河南程氏遺書》卷18：「退之晚年為文，所得處甚多。學本是修德，有德然後有言，退之卻倒學了。」

48 見於〔明〕薛瑄撰，孫玄常等點校：《薛瑄全集‧讀書續錄》（太原市：山西人民出版社，1990年），卷2，頁1338。

49 見於〔明〕薛瑄撰，孫玄常等點校：《薛瑄全集‧讀書續錄》（太原市：山西人民出版社，1990年），卷4，頁1391。

我們不難推知所謂「理」無非「六經義理」，所舉「以文自立」就指〈策問〉所謂「以文為事者」。

「文從道中流出」之說也是理學家在這「本末」觀念之下的產物。這話雖原出於朱熹之口[50]，薛瑄也說：

> 聖賢之文，自道中流出，如江河之有源，而條理貫通。後人不知道而有意為文，猶斷港絕潢之無本，旱強加疏鑿，終亦不能貫通為一，真無用之贅言也。[51]

薛瑄此語與朱熹批評李漢〈韓昌黎文集序〉「文者，貫道之器」時所說的「文從道中流出」基本上相同，同時反對「有意為文」也是基於這種認識，由此出發，他對文士無聖人之道而學聖人文章亦頗不以為然，他說：

> 文士學做聖賢文詞，如外國人學中國人言語，學得雖是，自身卻只是外國人；做得雖是，自身卻只是庸眾人。[52]

> 學後世之詩到工處，止做得詩人；學聖人之道到極處，可以為聖人。[53]

---

50 朱熹的「文從道中流出」此語見於《朱子語類》，卷139，是批評李漢的〈韓昌黎文集序〉所謂「文者貫道之器」時所說的。朱熹此語又與二程等所謂「有德者必有言」一脈相承，而這「有德者必有言」，原出於《論語》〈憲問〉，而這不僅是理學家的論調，故如宋初歐陽修也有此說。

51 見於〔明〕薛瑄撰，孫玄常等點校：《薛瑄全集·讀書錄》（太原市：山西人民出版社，1990年），卷6，頁1170。

52 見於〔明〕薛瑄撰，孫玄常等點校：《薛瑄全集·讀書錄》（太原市：山西人民出版社，1990年），卷2，頁1065。

53 見於〔明〕薛瑄撰，孫玄常等點校：《薛瑄全集·讀書續錄》（太原市：山西人民出版社，1990年），卷12，頁1489。

這種見解與伊川所謂「有德者必有言」、「聖人自成文」[54]一脈相承，即認為若不是先有如聖人般之德，則不能有如聖人般之文。換句話說，聖人因有聖人之德，所以文章亦從中流出；與此相反，文人因無聖人之德，所以詩文做到再怎麼好也只能成為詩人文人。簡而言之，務「本」（聖人之德）自有其「末」（文辭）；否則，不管如何務於「末」，都不能達於「本」。可見，他所謂的「本末」是有先與後以及主與從之分的。

3 雅鄭論

這「雅、鄭」論顯然繼承了自〈毛詩序〉以來[55]的儒家傳統觀點，不過他所論的「雅、鄭」，其範圍不止於詩樂，還及於「文」。他說：

> 豈獨樂有「雅」、「鄭」邪？書亦有之。《小學》、四書、六經、濂、洛、關、閩諸聖賢之書，「雅」也。嗜者少矣，夫何故？以其味之澹也。百家小說、淫詞綺語、怪誕不經之書，「鄭」也。莫不喜談而樂道之，蓋不待教督而好之者矣。夫何故？以其味之甘也。澹則人心平而天理存，甘則人心迷而人欲肆。是其得失之歸，亦何異於樂之感人也哉！[56]

---

54 見於《河南程氏遺書》，卷18，〈伊川先生語〉四，頁239。可參考本論文第二章第一節所討論。

55 「雅鄭」雖語出於揚雄《法言》〈吾子〉所謂：「或問：交五聲十二律也，或雅或鄭，何也？曰：中正則雅，多哇則鄭」。不過這顯然由〈毛詩序〉「正變」說一脈相承。自揚雄後，在曹植〈當事君行〉、劉勰《文心雕龍·體性》、唐顏真卿〈尚書刑部侍郎贈書尚書又僕射孫逖公集序〉、王安石〈即事詩〉之四、郝經〈原古上元學士詩〉及宋濂〈文原〉等許多人習以為用，雖各所用的內涵不盡相同，但相差不大。

56 見於〔明〕薛瑄撰，孫玄常等點校：《薛瑄全集·讀書錄》（太原市：山西人民出版社，1990年），卷3，頁1100。《四庫全書總目》，卷92「子部儒家類三」引此段文後謂：「觀瑄是《錄》，可謂不愧斯言矣！」〔清〕紀昀等纂：《四庫全書總目》，卷92，「子部儒家類三」。

　　可知，他的「雅、鄭」論顯然是對前儒「雅鄭論」的有意繼承和發展。而我們還可發現他這「雅鄭論」，不僅把其所論對象範圍加以擴大發展，還注入了些新的內涵。「雅鄭」原本在前儒不外有如下兩種意思：一、「雅樂」與「鄭聲」，即指正聲與淫邪之音；二、引申為「正」與「邪」，高雅與低劣。不過，第二意只不過是第一意的引申，故就廣義而言，應可視為同一概念。他從自己所認識的「澹」與「甘」不同審美特徵所引發的不同的感人效應出發，做出了價值評判，得出「澹則人心平而天理存」而「嗜者少」；「甘則人心迷而人欲肆」而卻「莫不喜談而樂道之」的結論。其實，薛瑄這「雅鄭」論最值得我們注意的還是在於：他將「《小學》、四書、六經、濂、洛、關、閩諸聖賢之書」皆歸於「雅」，即「其味之澹」者；而將「百家小說、淫詞綺語、怪誕不經之書」一概歸於「鄭」，即「其味之甘」者。我們對待他這種分法，自然也不能與一般文學家之論文等而視之。即，作為一理學家而言，這些「聖賢之書」本來就有無比崇高而不可動搖的地位，因而相對地把其味之甘者皆歸屬於「鄭」，也是順理成章的事。不過，無論如何，我們必須要指出的是，他沒有像前儒按內容性質而分為「雅」與「鄭」，而是將「百家小說」一概歸入於「鄭」，這未免太過籠統。他生當中國話本小說的發展階段，而如此不分良莠地把「百家小說」與「淫詞綺語、怪誕不經之書」等同起來，這無疑會對中國小說的發展產生負面的影響。他這種將「小說」這一文類根本加以否定的態度比之於前儒的「雅鄭」觀還變本加厲。另外，理學家一向反對「有意為文」，所以他為文時刻意求其「淡」[57]。求「淡」自與薛瑄這種「澹則人心平而天理存，甘則人心迷而人欲肆。」的認識有關。在他「雅鄭」論方面的見解中還有一條頗值得我們深思：

---

[57] 如前所論，曹端肯定「簡淡」的風格便是。

> 讀正〈風〉、正〈雅〉則心樂；讀變〈風〉、變〈雅〉則心不樂
> 者，好善惡惡者之真情也。[58]

　　這正風、正雅即便是上文所謂的「雅」，而變風變雅則是「鄭」，
這是不辯而明的。而讀「正風」、「正雅」所以「心樂」，乃因其
「善」；而讀「變風」、「變雅」，所以「心不樂」，乃因其「惡」。顯然
他以「善」與「惡」為審美鑑賞的首要標準，而不以感官的感受為審
美追求，這一點與其警戒「其味之甘者」而追求「其味之淡者」互為
發明，無非要以此制衡人的感性慾望與追求。他這所謂的「真情」主
要是以其「情性」論為思想基礎的，他說：

> 「廓然而大公」[59]者性也；「物來而順應」[60]者，情也。性者，
> 情之體；情者，性之用。此性所以無內外也。[61]

　　此所謂「情」，顯然已是把人之欲排除於外的「性之用」的
「情」，即純乎純的性之情。理學家如此把「性」與「情」視作「體
用」關係，並把這種已純化的「情」，用「性情」或「情性」二字連
用以別於一般所謂的情感或情慾之「情」，無非是為了以「性」約
「情」。比如他評《詩經》謂：「《詩》全經，『性情』二字括盡」[62]，

---

58 見於〔明〕薛瑄撰，孫玄常等點校：《薛瑄全集・讀書錄》（太原市：山西人民出版
　　社，1990年），卷7，頁1207。

59 按：出自《河南程氏文集》，卷2，〈答橫渠張子厚先生書〉。

60 按：出自《河南程氏文集》，卷2，〈答橫渠張子厚先生書〉。

61 見於〔明〕薛瑄撰，孫玄常等點校：《薛瑄全集・讀書續錄》（太原市：山西人民出
　　版社，1990年），卷8，頁1460。

62 見於〔明〕薛瑄撰，孫玄常等點校：《薛瑄全集・讀書錄》（太原市：山西人民出版
　　社，1990年），卷7，頁1206。

乃其典型的例子。顯然這所謂「性情」便是孔子所謂「思無邪」者
無疑。

4 以真情為文

我們已看過薛瑄所謂「好善惡惡」之「真情」，乃是站在理學家
的立場而說的「性情」，但他論文有時還比較緩和一些，並不固守理
學家那麼拘謹嚴肅的立場。我們看下面一段話：

> 凡詩文出於真情則工，昔人所謂「出於肺腑」者是也。如三百
> 篇、楚辭、武侯〈出師表〉、李令伯〈陳情表〉、陶靖節詩、
> 韓文公〈祭兄子老成文〉、歐陽公〈瀧岡阡表〉，皆所謂出於
> 「肺腑」者也，故皆不求工而自工。故凡作詩文，皆以真情為
> 主。[63]

薛瑄在文學方面所得的成就大概主要得力於這種認識，他在這裡
以「以真情為主」為標準所推舉的古人文章中居然沒有一篇是理學家
的，而都是那些一般文人所推崇的名家之文。其中甚至還包括一般儒
者都對之褒貶參半的「楚辭」，也因其認為出於「肺腑」之故，予以
肯定，可見他對文的看法是有彈性的[64]。因此，凡為文不以真情為主
者，都加以反對，他說：

---

63 見於〔明〕薛瑄撰，孫玄常等點校：《薛瑄全集·讀書錄》（太原市：山西人民出版
　　社，1990年），卷7，頁1190。

64 這裡對《楚辭》的評估與如上述過的〈策問〉中謂：「專以文為事，而矻矻用力於
　　其間，雖富麗倍於古，而少有明夫道者。何歟？如屈原、賈誼、司馬相如、揚雄、
　　太史公之流，文亦工矣，果有載道者之可取歟？」對屈原等人因有「專以文為事」
　　之嫌而少有載道之文故，採取懷疑的態度者不同。其實，理學家這種因立論立場的
　　不同而改變其論調的情況並不稀奇，尤以如朱熹、薛瑄等般文學造詣較深的理學家
　　為然。

人之好諛，非特言語為然也，而文辭尤甚也。素無實德、實才
而悅人作文辭以諛己，而作文辭者極口稱譽之，彼以諛求，此
以諛應，文詞之蔽，孰有甚於此乎！[65]

左氏多有言過其實者，昌黎所謂「浮誇」是也。[66]

　　上一段主要針對自古已有的風尚而言，即其矛頭主要指向古代碑
文、行狀之類文中常見的惡習。我們也知道這是早在唐宋時期的文人
也常煩惱過的問題。而他之所以批評不外因其不「以真情為主」而
「言過其實」以致有「浮誇」之弊。由以上而看，薛瑄所謂的「真
情」似乎還有些彈性，故在論文時態度比較緩和一些。

5 重意而輕辭

　　薛瑄有部分言論涉及到文章的鑑賞或評估問題，從中也提出了些
評估標準。他提出「讀書之法」，謂：

程子曰：「予所傳者辭也，由辭以得其意，則在人焉爾。」讀
書之法，皆當由辭以得意。徒得其辭而不得其意，章句文字之
學也。[67]

《五經》、《四書》皆聖賢之言也，由其言以得其心，則人心在

---

65 見於〔明〕薛瑄撰，孫玄常等點校：《薛瑄全集·讀書錄》（太原市：山西人民出版
　　社，1990年），卷7，頁1200。

66 見於〔明〕薛瑄撰，孫玄常等點校：《薛瑄全集·讀書錄》（太原市：山西人民出版
　　社，1990年），卷7，頁1202。

67 見於〔明〕薛瑄撰，孫玄常等點校：《薛瑄全集·讀書錄》（太原市：山西人民出版
　　社，1990年），卷10，頁1267。

焉。經書,形而下之器也;其理,形而上之道也。滯於言辭之間而不會於言辭之表者,章句之徒也。[68]

可見,他所注重的是「意」,而非「辭」本身,所以凡重視「辭」的都加以鄙視,這已在上面討論〈策問〉時對「工於章句」者的懷疑中看到過。而他之所以如此,不外為申說反對「以辭害意」之意。基於此,他論詩也重視得其「意」,而不喜歡側重於「辭」的「章解句釋」。他說:

> 謝氏曰:「明道先生善言《詩》,未嘗章解句釋,但優遊玩味,吟哦上下,便使人有得處。」又曰:「明道先生談《詩》,並不曾下一字訓詁,只轉卻一兩字,點綴念過,便教人省悟。」竊觀朱子《詩傳》,只轉一兩字,點綴念過,蓋得明道談《詩》意也。[69]

如此,舉出宋代兩位理學大師讀詩論詩,重其「意」之「省悟」而不重其「辭」之「訓詁」之例,顯然有以此勉勵自己和後學之意。

6 論杜甫

在整部《薛瑄全集》裡,很少評人詩文。茲舉出其討論杜詩的兩段文字,不過他的關注點與一般文評家有所不同,他在〈遊草堂記〉中說:

---

68 見於〔明〕薛瑄撰,孫玄常等點校:《薛瑄全集·讀書錄》,此轉引自袁震宇等著:《中國文學批評通史(明代卷)》(上海市:上海古籍出版社,1996年),頁79。
69 見於〔明〕薛瑄撰,孫玄常等點校:《薛瑄全集·讀書錄》(上海市:上海古籍出版社,1996年),卷11,頁1276。

予與子美草堂，不過江村一陋室耳。今去唐千餘年，當時之草
堂已化為塵土而荊榛矣。後世作堂以像之者，年愈久而名愈
新，是豈徒以子美詩之工而凌跨古今冠絕百世哉！……考子美
平日所作諸詩，雖當兵戈騷擾流離之際，道路顛頓凍餓之餘，
其忠君一念，迥然不忘，故其發而為詩也，多傷時悼亂、痛切
危苦之詞，憂國愛民、至誠惻愴之意。千載之下，讀之者尚能
使之憤懣而流涕，感慕而興起。則子美之忠，始終不渝如此，
非特不汙賊中之一節巍然也。夫忠在人心，乃天理民彝萬世之
所同。[70]

他認為杜甫詩所以能凌跨古今冠絕百世，並非只靠他詩之工，而
主要因其「其忠君一念，迥然不忘」，由而有「其發為詩，多傷時悼
亂、痛切危苦之詞，憂國愛民、至誠惻愴之意」，才可「讀之者尚能
使之憤懣而流涕，感慕而興起」的感人力量。即他以「忠」為杜甫詩
所以能凌跨古今的最主要因素。這種見解確實與一般看重其「語不驚
人死不休」的寫作精神所造就的藝術成就有所不同。再看另一段：

少陵詩曰：「水流心不競，雲在意俱遲。」從容自在，可以形
容有道者之氣象。少陵詩：「寂寂春將晚，欣欣物自私。」可
以形容物各付物之氣象；「江山如有詩，花柳自無私。」唐詩
皆不及此氣象。[71]

---

70 見於〔明〕薛瑄撰，孫玄常等點校：《薛瑄全集・文集》（上海市：上海古籍出版
　　社，1996年），卷17，頁837-839。
71 見於〔明〕薛瑄撰，孫玄常等點校：《薛瑄全集・讀書錄》（上海市：上海古籍出版
　　社，1996年），卷2，頁1079。

　　上面已論述過他推重使「人心平而天理存」的「澹」的文，這算是他這種理論付諸實踐的一例子，所舉的杜甫詩句都是些「有道者之氣象」的作品。我們從薛瑄這兩段對杜甫詩的言論來看，雖其側重點不同，但同樣能看出其作為理學家的面貌，其欣賞角度與一般論者所論不一樣。

　　通過以上的討論可知，薛瑄的主要文學理論基本上與一般的理學家典型的文學理論並無二致，只不過在某些觀點上表現得較通達些。而這種通達主要來自其豐富的創作經驗所帶來的不同的審美體驗，因此他與文學創作經驗較豐富的宋代朱熹、元末明初的宋濂、方孝孺等一樣，隨著其立論立場的不同，其所持觀點也有所不同。這有時難免造成互相牴牾、矛盾，但筆者認為有了這些矛盾，卻也造就了他的文學成就。當我們論述這些人的文學理論時，有一點必須要注意，即必須避免以偏概全之失。如《中國文學批評通史・明代卷》[72]用一頁的篇幅僅舉薛瑄那種較通達一面的文學理論，謂：

> 這些議論均與一般的理學家不同，特別是他還重視人情，在《讀書錄》中說：「男女之欲，天下之至情，聖人能通其情，故家道正而人倫明」，這和當理學家曹端所說「與天理人欲截然限斷」大不一樣。

　　這種論法本身頗有問題：第一，如上面已說過，這只不過是薛瑄文學理論的一個片面，也不是最主要的；第二，對「男女之欲，天下之至情，聖人能通其情，故家道正而人倫明」，不但有斷章取義之

---

72 參見袁震宇等著：《中國文學批評通史（明代卷）》（上海市：上海古籍出版社，1996年），頁79-80。

嫌，也有些誤解。其實這一段話的重點在於「聖人能通其情，故家道正而人倫明」[73]的後半部聖人的作用上，而不在於「男女之欲」的肯定上面。因此，僅就此與曹端比較而謂「大不一樣」，是有些牽強的。該書再舉上面已舉過的「凡詩文出於真情則工……凡作詩文，皆以真情為主」的例子，謂：

> 他撇開了道學家、古文家的道統、文統之說，撇開了辭章家格調聲韻之說，甚至也撇開了理學家慣言的性理二字，單單強調一個「真情」這就把握住了文學的本質。

這就一位理學家而言，確屬難能可貴，不過這種言論在薛瑄整個文學理論中畢竟是罕見的，他更多的文學理論還是與宋代以來的理學家的文學理論相差不多，談「性理」二字以約「情」的言論也不勝枚舉。而該批評史僅舉單方面的例子以討論薛瑄文學理論，是很不妥當的。我們討論一個人的文學理論，應該避免如此簡而化之、以偏概全的觀點。

四 吳與弼（1391-1469）

《明史》謂：「吳與弼，字子傳，崇仁人。生於太祖洪武二十四年，卒於憲宗成化五年。父溥，建文時為國子司業，永樂中為翰林修撰。與弼年十九，見伊洛淵源圖，慨然嚮慕，遂罷舉子業，盡讀四

---

73 見於《薛瑄全集‧讀書錄》謂：「男女之欲，天下之至情，聖人能通其情，故家道正而人倫明。欲心一動，如火之熾，如水之溢，非用大壯之力莫能止其欲。」〔明〕薛瑄撰，孫玄常等點校：《薛瑄全集‧讀書錄》（上海市：上海古籍出版社，1996年），卷8，頁1230。

子、五經、洛閩諸錄，不下樓者數年。」[74]可見其為學轉變歷程及治
學之勤。

　　《明儒學案》首卷即述崇仁吳康齋之學，並以之為明代學術之開
山。劉蕺山謂康齋是明儒中「醇乎醇」者[75]，此蓋不是虛譽。錢穆先
生謂康齋「意尊朱而不隨箋注之繁，敦踐力行而不隨於心學之玄」是
極有見地的；又謂康齋有「把考索注解、博物洽聞過分擱置一邊」的
趨嚮，「遂成下明儒風氣，終於道問學、博聞一邊疏了」。康齋宗仰程
朱，教人讀書明理、涵養心地都不出朱學之域，然其謹嚴精苦的工夫
全然渾化於一平淡安分、曠然自足的人格表現中，而幾乎完全不講格
物致知、窮究物理，不可不說是明代理學的一種變化；而且給予了明
代學者極深遠的影響和啟發。[76]而這變化與影響在其弟子處表現得更
加顯著。正如《四庫總目提要》所謂：「與弼之學，實能兼採朱陸之
長而刻苦自立。其及門弟子得其靜觀涵養，遂開白沙之宗；胡居仁得
其篤志力行，遂其餘干之學。有明一代兩派遞傳，皆自與弼倡之，其
功不可以盡沒」。[77]康齋著述不多，如今所傳僅有《康齋集》十二卷，
而其中七卷是詩，可知詩佔其著述之一半以上。〈提要〉也評其詩文

---

74 參見新校本〔清〕張廷玉等：《明史》，卷282，〈列傳第一百七十・儒林一〉，頁
　　7240。

75 《明儒學案》〈師說〉〈吳康齋與弼〉說：「先生之學，刻苦奮勵，多從五更枕上、
　　汗流淚下得來。及夫得之而有以自樂，則又不知足之蹈之、手之舞之。蓋七十年如
　　一日，憤樂相生，可謂獨得聖賢之心精者。……余嘗僭評一時諸公：薛文清多困於
　　流俗，陳白沙猶激於聲名，惟先生醇乎醇云」。〔清〕黃宗羲：《明儒學案》（北京
　　市：中華書局，1992年），〈師說・吳康齋與弼〉，頁3。

76 以上從「明儒學案」至「影響和啟發」可參考古清美先生著《明代理學論文集》
　　（臺北市：大安出版社，1990年），頁19-22。

77 見於〔明〕吳與弼：《康齋集》（臺北市：臺灣商務印書館，1983年，《景印文淵閣
　　四庫全書》第1251冊），頁357。

謂：「其詩文亦皆醇實近理，無後來滉漾恣肆之談」[78]。

　　不過，《康齋集》所收的言論很少涉及詩文，至於有所涉及的，皆儼然是一典型的理學家的姿態。首先，看他自述一生為學過程的轉變，謂：

> 犬馬之年三十有一矣。六歲入小學，而七歲而學對句，十有六歲而學詩賦，十有八歲而學習舉子業。十有九歲而得伊洛淵源錄，觀周、程、張、邵諸君子出處大概，乃知聖賢之學之美而私心慕之。於是盡焚應舉文字，一以周、程、張、邵諸君子為心而自學焉。[79]

　　從這段他在三十一歲時所寫的自述文章可見，他小時還很熱中於寫詩，中間又學舉子業，而年近弱冠才轉向聖賢之學，最後到「盡焚應舉文字，一以周、程、張、邵諸君子為心而自學」的地步。

　　他雖早年已奠好詩學基礎，對詩學也有一定的認識，但其《康齋集》中的言論始終視詩文為治學所當戒的障礙，以之為一種消極的對象。我們看他〈學規〉第二條，謂：

> 學者所以學為聖賢也，在齋務要講明義理、修身、慎行為事。如欲涉獵以資口耳、工詩對以事浮華，則非吾所知也。[80]

---

78 見於〔明〕吳與弼等：《康齋集》（臺北市：臺灣商務印書館，1983年，《景印文淵閣四庫全書》第1251冊），頁357。

79 見於〔明〕吳與弼：《康齋集》（臺北市：臺灣商務印書館，1983年，《景印文淵閣四庫全書》第1251冊），卷8，〈與章士言訓導書〉，頁17。

80 〔明〕吳與弼：《康齋集》（臺北市：臺灣商務印書館，1983年，《景印文淵閣四庫全書》第1251冊），卷8，〈雜著〉，頁43。

可見，其志在為聖工夫，故凡學文「以資口耳、工詩對以事浮華」等作為他都不予苟同。另外他在〈豐城戈氏族譜序〉中也說道：

> 學豈直詞章誦說為哉？俾稱戈氏族者不徒曰士人焉，又曰君子焉。為之子孫者不徒曰學為士人焉，又曰學為君子焉，不亦善乎！苟惟措其心於言語文字之末，而不免於猩猩鸚鵡之誚君子，奚取焉。抑豈予之所望，而亦夫人所當戒也。[81]

這是他對豐城戈氏後裔以「向所勉者以勉之」[82]的勉勵詞，因此其中寄託了對該氏族的期望。他認為「措心於言語文字之末」便難免於「猩猩鸚鵡之誚君子」之譏，因而認為此乃「人所當戒」。字裡行間以「言語文字」為「末」，而以聖賢、君子之「德」為「本」。其〈勵志齋記〉也說道：

> 事必有志而後可成，……農之於耕，工之於藝，商之於貨，莫不皆然。況士之為學乎！世之志於學者，孳孳早暮不可謂不勤也。其所求言語文字之工、功名利達之效而已。志雖益勤，學雖益博，亦何補於身心哉？是則非聖賢志學之旨矣。聖賢教人，必先格物致知，以明其心，誠意正心以修其身，以及家而國而天下，不難矣。故君子之心必兢兢於日用常行之間。何者為天理而當存，何者為人欲而當去，涵泳乎聖賢之言，體察乎聖賢之行，優柔厭飫日就月將，毋期其近效，毋欲其速成。由

---

81 見於〔明〕吳與弼：《康齋集》（臺北市：臺灣商務印書館，1983年，《景印文淵閣四庫全書》第1251冊），卷9，頁18-19。

82 見於〔明〕吳與弼：《康齋集》（臺北市：臺灣商務印書館，1983年，《景印文淵閣四庫全書》第1251冊），卷9，頁18-19。

是以希賢而希聖，抑豈殊途也。[83]

　　若把以上的內容簡單概括，不外勉勵自己及學人勵志於通過《大學》「格物」之工夫去「存天理」而「去人欲」，以「希賢希聖」。而凡於此工夫無所助益的便認為不必「勵」。在這段言論中大可注意的是，他也認識到「事必有志而後可成」的事實，而這「事」亦當包括「文」事。因此認為世之欲其文之工者，勢必孳孳早暮不可不勤。不過他認為若其所求僅止於「言語文字之工」，則「志雖益勤，學雖益博」，即其效用仍有限，畢竟不是「聖賢志學之旨」。因此也認為其必有礙於學聖工夫。這種認識與有人問程頤「詩可學否」時程頤回答說的「既學時，須是用功，方合詩人格，既用功，甚妨事」[84]酷似。

　　除此之外，還有頗值得我們注意的一點就是，他總把「言語文字」與「功名、利達」聯繫在一起，不難推知這也是對時俗文學風氣的一種反映。有關他這種把文學與功名、利達相聯繫的課題，將在討論明代其他理學家文學理論時再做補充。

五　胡居仁（1434-1484）

《明史》謂：

> 胡居仁，字叔心，餘干人。聞吳與弼講學崇仁，往從之遊，絕意仕進。其學以主忠信為先，以求放心為要，操而勿失，莫大乎敬，因以敬名其齋。……所著有《居業錄》，蓋取修辭立誠

83　見於〔明〕吳與弼：《康齋集》（臺北市：臺灣商務印書館，1983年，《景印文淵閣四庫全書》第1251冊），卷10，〈記〉，頁1。

84　見於《河南程氏遺書》，卷18，頁239。

之義。吳與弼以學名於世，受知朝廷，然學者或有間言。居仁
闇修自守，布衣終其身。人以為薛瑄之後，粹然一出於正，居
仁一人而已。卒年五十一。萬曆十三年從祀孔廟，復追諡文
敬。[85]

　　如上文已述，胡敬齋是吳康齋三個著名弟子之一，而且他在眾弟
子中又最為謹守居敬窮理之途轍，而於婁、陳之學深致不滿。敬齋於
「心與理一」、「窮理居敬」之說皆一本程朱。但敬齋所奉持的朱學與
朱學原貌形似而精神卻有所轉移，相對縮小了格物窮理的範圍，而注
重講求內心涵養境界之體驗。敬齋之學還有一個值得注意的地方，就
是對陳白沙的批評。他二人同出康齋之門，然其對白沙的不滿和譏評
卻相當嚴厲[86]：他認為白沙之學近禪，本來講程朱之學而著名的羅一
峰（倫）即對白沙甚為景仰尊信；敬齋友人張廷祥與羅一峰甚近，亦
有此趨向，故敬齋屢次致書羅、張，以正學風為任而對白沙之學大加
撻伐，這可說是明代理學和心學對立之始。總之，敬齋所嚴守的程朱
理學已經無形中有所轉變了。關於此，古清美先生說：「在這種轉變
中，我們若擱下其表面樹立的程朱學的鮮明旗幟不論，而從整個明代
思想的發展來看，幾乎可說，這種風格實與心學不遠反近，甚而更可
能是間接助長了心學興起的潮流。像是敬齋私淑弟子魏莊渠（校）講
『天根之學』，心性工夫往上溯，其說影響了後來的江右王門的聶雙

---

85 以上參見〔清〕張廷玉等：《明史》卷282，〈列傳第一百七十・儒林一〉，頁7232-
　　7233。

86 胡居仁譏評陳獻章的言論在其《胡文敬集》中是屢見不鮮的，比如《四庫全書》第
　　一二六〇冊所收的〈與羅一峰〉、〈奉張廷祥〉、〈奉憲復張希仁〉等文，對陳公甫從
　　不同角度和程度地表示不滿之情。〔明〕胡居仁：《胡文敬集》（臺北市：臺灣商務
　　印書館，1983年，《景印文淵閣四庫全書》第1260冊），卷1，〈與羅一峰〉，頁30-
　　34；卷1，〈奉張廷祥〉，頁33；卷1，〈奉憲復張希仁〉，頁34。

江（豹），而雙江對陽明經幾次對談辯論後終事之為師。從理學和心學起伏隱顯的關係來看，似是理學之一支又匯流入了心學之域；而同列江右王門而與雙江最相契的羅念菴又不自覺的向二程及朱子之學靠近，這實是明代理學與心學分合異同變化中一個值得玩味的現象」。[87]《四庫》〈提要〉謂：「居仁病學者撰述繁蕪，嘗謂朱子注參同契陰符經皆可不作，故《易傳》、《春秋傳》外，於經書皆不輕為之註。講受之語亦惟《居業錄》一編，詩文尤罕」[88]，可見其著述傾向。

　　胡居仁的文學理論，其基本論點雖與其師吳與弼相差不遠，不過還有些言論是其師所未曾涉及的，有較高度的理論意義。其主要者，可分以下幾方面。

1　本末論

　　如前已所述，這「本末論」是理學家最典型的文學理論，雖給人始終以單調一貫的印象，不過在理學家文學理論中是怎麼也不能忽視的重要觀點，這也是他們與文學家論爭時引以為最有力的觀點之一。胡居仁論點基本上也是繼承前儒成說，如他說：

> 聖人之道，入乎耳，存乎心，蘊之為德行，行之為事業，彼以文辭而已者，陋矣。……古人惟務修德而已，有德者必有言。韓退之因學為文而求其所至，是倒學了。……今人不去講義理，只去學詩文，已落第二等。[89]

---

87 從以上「其中以」至此「值得玩味的現象」，參考古清美先生著：《明代理學論文集》（臺北市：大安出版社，1990年），頁17-30。

88 見於〔明〕胡居仁：《胡文敬集》（臺北市：臺灣商務印書館，1983年，《景印文淵閣四庫全書》第1260冊），頁1。

89 見於〔明〕胡居仁：《胡文敬集》（臺北市：臺灣商務印書館，1983年，《景印文淵閣四庫全書》第1260冊），卷2，〈續白鹿洞學規〉，頁38-40。

在此簡短言論中，其「本末」之意申說得非常清楚，如說韓愈為「倒學」亦本於此。這也是一本宋以來理學家的成說[90]而少有新意。他對韓愈文章的這種看法又與薛瑄對韓愈文章成就仍有些保留者不同，再看：

> 甲戌冬將小學習讀，略有所感，於是往受教於臨川吳先生之門，迺知古昔聖賢之學，以存心窮理為要，躬行實踐為本，故德益進，身益修，治平之道固已有諸己。是以進而行之，足以致君澤民，退而明道亦可以傳於後世。豈記誦詞章智謀功利之可同日語哉？[91]

> 竊謂：道，非學不明；學，非道不正。蓋學所以明道，苟不明道又何以為學哉？……豈詞章功利之可擬哉？[92]

兩段所述，其言下之意，不外以學聖為本，以「記誦詞章」為末，這是顯而易知的。還值得我們注意的是他也與其師相同，以「記誦詞章」為追求「功利」的手段而加以反對，這主要是因為自科舉以文章取士以來，學人多以文章為務，科舉又是學人追求功名利達的最主要手段。當然，他如此論「詞章」除了科舉的因素以外，和宋代程朱等理學家以來的「義、利」之辯也有一定的關係。再看〈復南康何郡太守〉的一段：

---

90 如《河南程氏遺書》，卷18：「退之晚年為文，所得處甚多。學本是修德，有德然後有言，退之卻倒學了。」

91 〔明〕胡居仁：《胡文敬集》（臺北市：臺灣商務印書館，1983年，《景印文淵閣四庫全書》第1260冊），卷1，〈奉于先生〉，頁1。

92 〔明〕胡居仁：《胡文敬集》（臺北市：臺灣商務印書館，1983年，《景印文淵閣四庫全書》第1260冊），卷1，〈復汪謙〉，頁9。

> 幸而周、程、張、朱數君子者出焉，大明聖道然後，後世之有
> 志於學者始能脫乎章句之陋，以求造聖賢之域，志治者亦有不
> 屑漢唐智力之末而欲堯舜其君民者，皆數君子倡道之功也。今
> 去數君子已遠，口語詞章譁然以眩於世，利祿之誘汲汲以奪其
> 心，不有好古通道之君子孰能起而正之哉？[93]

　　此段大大推崇宋代程朱派諸君子，因他認為諸君子能以學聖之功
平息時人對漢唐以來一味追求章句、詞章的風氣。他對漢唐之學的
「不屑」仍是基於其「本末論」，並認為追求「口語」、「詞章」即為
了追求功利，可見他如何把詞章與功利相聯繫在一起。還有一條更嚴
厲地指責詞章之學的話，他說：

> 蓋取士不以實行，……學者亦終日搜截奇巧隱僻，以應副考者
> 之意。聖賢平易明白正大道理，惜不知察。近與士子相接解
> 書，多失經旨原其所自，皆由搜截奇隱以迎合考司之意，以致
> 如此。噫！豈非朱子所謂經義，賊中之賊；文詞，妖中妖乎！
> 世道至此，極矣。[94]

　　雖借的是朱子的口，其矛頭也指向當時科舉之弊，但其以嚴厲的
口吻說當時科舉所試的「經義」、「文詞」為「賊中之賊」、「妖中妖」
的原因在於「世道」崇尚「搜截奇隱」之風，導致士子「多失經旨原
其所自」。一般理學家對「文辭」固然一向採取嗤之以鼻的態度，不

---

93 見於〔明〕胡居仁：《胡文敬集》（臺北市：臺灣商務印書館，1983年，《景印文淵
　　閣四庫全書》第1260冊），卷1，頁11。
94 見於〔明〕胡居仁：《胡文敬集》（臺北市：臺灣商務印書館，1983年，《景印文淵
　　閣四庫全書》第1260冊），卷1，〈寄張廷祥〉，頁53。

過對「經義」本身則原本予以相當程度的肯定的，這在胡居仁另一段
文中可見，他說：

> 朝廷之治以得人為先，古今莫不重選舉之典。……至隋則以詩
> 賦文辭取士，於是有秀才、進士等科以甲、乙、丙、丁為第。
> 李唐因之棄本務末，習尚雕琢空言無實，已非待士之體，尚望
> 其得人也哉！故當時亦有才俊白首之嘆。宋則漸尚經術，迨及
> 我朝，純以經義策論取士，雖未能盡復成周之制，亦非隋唐空
> 言取士之比也。蓋考之經義以觀其學，試之策論以觀其才。[95]

這段文也在論科舉取士之法，他把隋唐以詩賦、文辭取士之法與
宋以來以經義、策論取士之法加以比對，相對地肯定了經義取士之
法，而將「李唐」取士之法視為「棄本務末，習尚雕琢空言無實」而
頗不以為然。可見，胡氏反對「經義」，而其矛頭主要是指向科舉取
士之失，而不在「經義」本身。他接下來又基於「本末無二理」的認
識，說道：

> 雖然，內外實一致，本末無二理，其心明乎正理而無蔽，則見
> 於文者必平正、通達而無病。得於中者，渾融充實而無歉，則
> 形於言者必光輝、明著而不可揜。才之浩博者，文必滂沛發
> 越，氣之正直者，文必典勁雄壯。[96]

95 見於〔明〕胡居仁：《胡文敬集》（臺北市：臺灣商務印書館，1983年，《景印文淵
  閣四庫全書》第1260冊），卷2，〈送掌教林世祥典考北京〉，頁5-7。
96 見於〔明〕胡居仁：《胡文敬集》（臺北市：臺灣商務印書館，1983年，《景印文淵
  閣四庫全書》第1260冊），卷2，〈送掌教林世祥典考北京〉，頁5-7。

　　這一段所述，雖基本上是一般理學家所持「有德者必有言」觀點的發揮，不過我們在此也可發現，他對「言」也不能說全不在意，否則他不必發此語。即如他說：「形於言者必光輝、明著而不可掩」、「文必滂沛發越」、「文必典勁雄壯」等，可知他對「文」也相當在意。雖然就他而言，這些「言」之「光輝明著」以及「文」之「滂沛發越」、「典勁雄壯」都是其「心明乎正理」、「得於中」的自然結果，即只不過是所謂「有德」的外現而已。不過，其實其所謂「才之浩博者」和「氣之正直者」便有些偏於文之嫌疑了。尤其，從他這一段言論的脈絡看「才之浩博者」，無疑相當於其「本末」中的「本」，但是這「本」的屬性已與那些指「六經義理」、「儒家之道」者稍有不同了。因此，從他「內外實一致，本末無二理」出發的這一段言論中得知，我們不但不能簡單概括他的「本末論」是專主「六經義理」等聖賢之「道」而全盤否定「文」的價值者，而且還隱然能推斷出由「言」窺「德」的意思了。不過我們也還不能以此斷定這表示他的「本末論」有什麼「本質」上的轉變，因為他「以聖人之道為本，以詩文為末」的觀點始終未曾改變，只是有時其立場稍緩和些而已。

2 論詩

　　在胡居仁有關文學方面的理論見解中，詩論是其分量最重的部分。他論詩，除以上專從其「本末論」立場而發的言論以外，雖其數目不多，但仍有值得討論的。首先看他對「詩、樂」的基本認識，他說：

　　　發乎人情，形於歌詠者，謂之詩。……發於聲音律呂而宣暢和

樂者，謂之樂。⁹⁷

這段話說得太過簡短，故無法窺見其詩論全貌，但乍看之下，與〈毛序〉一系的傳統儒家的論法並無二致。胡居仁有關詩的見解集中在其〈流芳詩集後序〉⁹⁸，從這〈序〉文中可以見到較全面的見解，因〈序〉文比較長，所涉及面也比較廣泛，故為討論上的方便起見，我們不妨分如下幾段論述，其〈序〉開頭說道：

> 詩有所自乎？本於天，根於性，發於情也。蓋天生萬物，惟人最靈，故有以全乎天之理，而萬事萬物，莫不該焉。當其未發而天地萬物之理森然具於其中，而無朕兆之可見者，性也，心之體也。事物之來，惕然而感乎內，沛然而形於外者，情也，心之用也。由其理無不備，故感無不通，既感無不通，則形於外者必有言以宣之，情不自己則長言之，又不自己則詠歌之。既形於詠歌，必有自然之音韻，詩必協韻，所以便詠歌也。詠歌發於性，性本於天，此詩之所自，學詩者所當知也。

這一段在探討詩之「所自」，我們在上述的那一段裡看到過他只說「發乎人情，形於歌詠者，謂之詩」，似乎很重視且凸顯「情」的作用和地位。不過，在此段可見事情並不那麼簡單，他固然肯定詩是「發於情」者，但又認為必須「本於天，根於性」，即這種「情」要受「天」與「性」的制約，而這所謂「天」顯然是指「天之理（即天

---

97 見於〔明〕胡居仁：《胡文敬集》（臺北市：臺灣商務印書館，1983年，《景印文淵閣四庫全書》第1260冊），卷2，〈窮理〉，頁26-27。

98 見於〔明〕胡居仁：《胡文敬集》（臺北市：臺灣商務印書館，1983年，《景印文淵閣四庫全書》第1260冊），卷2，頁1-3。

理）」；「性」是「心」之「體」，「情」也只不過是「心」之「用」。由此而言，「性」與「情」只是「體」與「用」的關係而已。因而「性」與「情」雖其名稱不同，但其實質則無任何差別，這也是理學家常以「情性」或「性情」二字連用[99]的原因。因此，他在上述那一段中說「發乎人情，形於歌詠者，謂之詩」時，似乎重在「情」；不過他這一段緊接著又說「詠歌發於性」，而這「性」又是「本於天」者。如此而言，胡居仁所說的「情」只不過是「天理」的別名，或至少也必須是合乎「天理」者。又因胡居仁等理學家視「天理」為自然，詩源自「本於天，根於性」的「情」，所以認為詩韻必協「自然音韻」，以便詠歌。〈序〉文接下來，他又說：

> 嘗考舜命夔曰詩言志，則二帝時已有詩矣。擊壤歌未協韻，南風歌、賡歌則協韻矣。五子歌及商頌諸篇，二代之詩也。至周則有風，有雅，有頌。風雅頌之中，又有賦有比有興，則詩之體製已備，故說者以為三經、三緯，又以六義名之。厥後世降風移，變而為排韻，為順體，為調，為律詩聯句，則詩之體製、義理、性情、風韻衰壞盡矣。

從這段論述中得知，他基本上與邵康節那種「刪後無詩」之說同調。他認為有「詩三百」，詩歌的體製已備，並以此為最高且唯一的詩歌標準，所以對「詩三百」以後詩歌的演變發展都採取很不以為然的態度，故謂「厥後世降風移變而為排韻，為順體，為調，為律詩聯句，則詩之體製、義理、性情、風韻衰壞盡矣」。如此，他視「詩三百」為唯一合乎標準的詩歌，所以對李、杜之詩也頗有譏評，他說：

---

99 這一點將在下一節討論的「陳獻章」詩文理論中可見其顯例。

世之談詩者，皆宗李杜。李白之詩清新飄逸，比古之詩溫柔敦厚、莊敬和雅，可以感人善心、正人性情、用之鄉人邦國以風化天下者，殆猶香花嫩蕊，人雖愛之，無補生民之日用也；杜公之詩有愛君憂國之意，論者以為可及變風變雅，然學未及古，拘於聲律對偶。淇澳、鳲鳩、板蕩諸篇，工夫詳密，義理精深，亦非杜工所能彷彿也。嗚呼！後世王道不行，教化日衰，風氣日薄，而能言之士不務養性情明天理，乃欲專工於詩，以此名家，猶不務培養其根而欲枝葉之盛也，其可得乎？邵康節言刪後無詩，其以此也。

他雖也肯定李白詩之「清新飄逸」與杜甫詩之「有愛國、愛君之意」。但李白詩與「詩三百」相形之下，終究認為「人雖愛之」，而因其不如詩三百「風化」的力量，故否定為「無補生民之日用」者；至於杜詩，則批評他為「學未及古，拘於聲律對偶」，並認為「詩三百」之「工夫」、「義理」皆「非杜公所能彷彿」，即不甚肯定。另外，他對後世「能言之士」的批評，一如朱熹所謂「以文而立」以及薛瑄所謂「以文為事」、「以文為意」者，認為他們「不務養性情明天理，乃欲專工於詩，以此名家，猶不務培養其根而欲枝葉之盛」，採取甚不以為然的態度。最後他提出「詩不可作乎？」的問題，並予以回答謂：

然則詩不可作乎？曰何為不可哉？但務養性情、明道義，使吾心正氣合，則詩之本立矣。絕去巧麗、對偶、聲律之習，熟讀三百篇，玩其詞，求其義，涵詠諷味，使吾心之意與之相孚而俱化。則性情以正聲律以和，不拘字數句語多寡，但求韻協以便歌詠，則庶乎近之矣。大抵詩樂實係世道盛衰，非智力可強探而必得也。

　　「詩可否作」這個問題是宋以來的理學家常遇到的問題，也是常提到的問題。宋儒有時即使不至反對，但總以學詩妨事[100]為由，不鼓勵學者去學詩作詩。而胡居仁在此以「何為不可」明白回答這個問題，不過他仍以「立本」為重，故主張要「絕去巧麗、對偶、聲律之習」。在此還值得我們注意的是，他不完全摒絕學詩的工夫，也知道作詩需要一定的涵養，而提及此涵養工夫又不侷限在所謂「立本」層次，而還及於學詩層次。只不過他僅以「熟讀三百篇，玩其詞，求其義，涵詠諷味，使吾心之意與之相孚而俱化」為學詩的不二法門；同時要求「則性情以正聲律以和，不拘字數句語多寡，但求韻協以便歌詠」，可知他反對一切人為聲律、對偶等約束，主張回到「詩三百」那種以自然聲韻以協韻，甚至還主張不必「拘字數句語多寡」，這雖是他「但求韻協以便歌詠」所帶來的必然結果，也是針對過於講求「巧麗、對偶、聲律」的時弊而發的。但無論如何，詩歌經過漫長的發展到了明代，仍有此主張，只能表示其想法太過落伍。不過他作為一位理學巨子不完全反對學詩作詩而認為可學可作，並能提出學詩之方，這一點還是值得我們肯定的。最後又謂「大抵詩樂實係世道盛衰，非智力可強探而必得也」，指出了作者在大環境、大局勢中有其不可擺脫的侷限性。總觀胡居仁的詩論，可知他對詩歌的基本特徵有相當程度的認識，在具體觀點上不與一般文人同調，而固守理學家的文學觀點。

100　參見《河南程氏遺書》，卷18，〈伊川先生語〉四，頁239。其謂：或問：「詩可學否？」曰：「既學詩，須是用功，方合詩人格，既用功，甚妨事。古人詩云：『吟成五箇字，用破一生心。』」又謂：「可惜一生心，用在五字上」此言甚當。先生嘗說：「王子真曾寄藥來，某無以答他，某素不作詩，亦非是禁止不作，但不欲為此閒言語。」

3 論「刪詩」

自《史記・孔子世家》提出「孔子刪詩之說」以來，以唐孔穎達為先，出現了許多反對論者與懷疑者[101]，其主要者有朱熹、葉適、崔述、王士禎、朱彝尊、趙翼以及近人屈萬里等人舉種種例證提出了很多懷疑。不過也有像歐陽修、王應麟、鄭樵、顧炎武等人仍相信「刪詩之說」。而胡居仁在〈辯疑〉一文中對此「刪詩之說」也提出了自己的觀點，他說：

> 朱子於〈詩經序說〉，或從或否，皆以詩之辭氣、意語、文義、事類推求，又折衷以義理，有以真知其是非真偽，非杜撰臆度故，有所從違也。馬氏乃欲深護〈序說〉強為辯論，何哉。至於以變風盡止禮義，引《左傳》為證；以刪詩為缺疑，引《論語》為證，皆非也。〈序〉亦有言，禮義廢、政刑失而變風、變雅作。豈可信其〈後序〉而不信其〈前序〉乎。《左氏》浮誇，作《春秋傳》者猶不盡取之，況《詩傳》乎？或序者先見《左傳》，左氏先見〈序說〉，故相附會，皆不可知。況春秋之時，禮廢樂壞，所謂：《詩》亡，然後《春秋》作，引此以證雅樂，誤矣。刪詩為缺疑則疑者十九，信者什一，決無此理。惟朱子有言，去其重複，正其紛亂，善不足以為法，惡不足以為戒，亦刊而去之，以從簡約，示久遠，斯聖人刪詩之意矣。[102]

---

101 在此有一點需要加以說明：在此所謂的「刪詩之說」指司馬遷在《史記》〈孔子世家〉所說的有關孔子刪詩的所有說法，因此所謂「刪詩之說」的懷疑或反對，並不表示對「刪詩」本身的懷疑，這二者是需要區別而論的。

102 〔明〕胡居仁：《胡文敬集》（臺北市：臺灣商務印書館，1983年，《景印文淵閣四庫全書》第1260冊），卷2，〈辯疑〉，頁31-33。

　　由這一段言論可見，胡氏對所以「刪詩」的原因基本上贊同朱熹的看法，並根據幾項理由，指出馬氏的「變風、變雅盡止禮義」、「缺疑說」等說之不足信。至於孔子是否曾「刪詩」本身，則不加懷疑而確信無疑，但對是否刪其什九，則不以為信。

第二節　中期陳、王的文學理論

　　這一節擬討論陳獻章、王守仁這兩大理學家。他們屬於明代中期，乃是宋明理學開始分化並有重大轉變時期的中心人物。在討論之前，有一點須加說明，本章之所以將生年晚於陳獻章的胡居仁置於前期諸家，而將陳獻章置於此期與王陽明一起討論，乃主要因有以下三個理由：第一、陳獻章生年雖早於胡居仁幾年，但卒年卻比胡居仁晚十六年，因此其活動年代與稍後的王陽明、湛甘泉等相接；第二、正如黃宗羲《明儒學案・白沙學案案語》所謂：「有明之學，至白沙始入精微。……至陽明而後大。兩先生之學最為相近」[103]，由此可知，他們同樣是在明代學術發展的轉振點上的人物；第三、他二人在有明一代理學家裡面所佔的分量極大，加上陳獻章的文學理論其規模之大，又堪稱是明代所有理學家之冠。因此，筆者認為就學術的發展演變以及影響的角度而看，應將二人一併討論為妥當。

103　見於〔明〕王守仁：《王陽明全集》（北京市：中華書局，1992年），頁867所收〈白沙學案案語〉。

一 陳獻章（1428-1500）

1 引言

《明史》謂：

> 陳獻章，字公甫，新會人。……從吳與弼講學。居半載歸，讀
> 書窮日夜不輟。築陽春臺，靜坐其中，數年無戶外跡。久之，
> 復遊太學。祭酒邢讓試和楊時此日不再得詩一篇，驚曰：「龜
> 山不如也。」颺言於朝，以為真儒復出。由是名震京師。……
> 獻章既歸，四方來學者日進。廣東布政使彭韶、總督朱英交
> 薦。……自是屢薦，卒不起。[104]

可見，其一生致力於治學，這一點與其師吳與弼相同。他因後來
居白沙村，故世人稱他為「白沙先生」。如上引黃宗羲所言，論者多
以白沙、陽明之興起為理學史上一大轉變，並認為他們為明代學術開
了一新的局面。在他們之前，自宋元至明初，言「性即理」的程朱
「理學」與主「心即理」的「心學」似是涇渭分明、截然殊異。再
說，明代早期的程朱學者——崇仁、河東諸儒皆被黃宗羲視為「一稟
宋人成說」[105]、「無甚透悟」、「此亦一述朱，彼亦一述朱」[106]。這些

---

104 參見〔清〕張廷玉等：《明史》，卷283〈列傳第一百七十一·儒林二〉，頁7261-
　　7262。

105 見於〔清〕黃宗羲：《明儒學案》（北京市：中華書局，1992年），卷1，〈崇仁學
　　案〉：「康齋倡道小陂，一稟宋人成說」。

106 此見於《明儒學案》〈姚江學案〉：「有明學術，從前習熟，先儒之成說，未嘗反身
　　理會，推求至隱，所謂『此亦述朱，彼亦述朱』耳。高中憲云：『薛敬瑄、呂涇野
　　語錄中，皆無甚透悟』亦為是也。」〔清〕黃宗羲：《明儒學案》（北京市：中華書
　　局，1992年），卷10，〈姚江學案〉。

說法雖出自繼承心學一脈的黃宗羲之口，但大致也能反映出明初理學
的實況[107]。而陳獻章的出現打破了這種沈悶局面，並開啟了明代「心
學」之先。[108]陳白沙從學吳與弼時，本是尊崇朱學的，且如他那首和
楊龜山詩中說：「吾道有宗主，千秋朱紫陽。說敬不離口，示我入德
方」以及〈認真子詩集序〉謂：「夫道以天為至，言詣乎天曰至言，
人詣乎天曰至人。必有至人，能立至言。堯、舜、周、孔至矣，下此
其顏、孟大儒歟！宋儒之大者曰周、曰程、曰張、曰朱。」[109]始終視
這些周、程、張、朱等人為前輩賢人並推崇之。不過，他從吳與弼學
程朱之學，卻有自己的疑問不能解決，曾自述其求學的經過，謂：

> 僕才不逮人，年二十七始發憤從吳聘君學，其於古聖賢垂訓之
> 書，蓋無所不講，然未知入處。比歸白沙，杜門不出，專求所
> 以用力之方。既無師友指引，惟日靠書冊尋之，忘寐忘食，如
> 是者亦累年，而卒未得焉。所謂未得，謂吾此心與此理未有湊
> 泊吻合處也。[110]

107　《明史》〈序言〉也說：原夫明初諸儒，皆朱子門人之支流餘裔，師承有自，矩矱
　　　秩然。曹端、胡居仁篤踐履，謹繩墨，守儒先之正傳，無敢改錯。學術之分，則
　　　自陳獻章、王守仁始。〔清〕張廷玉等：《明史》，卷282，〈列傳第一百七十・儒林
　　　一〉，頁7222。

108　陳來在《宋明理學》，謂：「陳白沙為明代心學的先驅，不僅在於他把講習著述一
　　　齊塞斷，斷然轉向徹底的反求內心的路線，還在於他所開啟的明代心學特別表現
　　　出一種對於超道德的境界的追求，這種精神境界的主要特點是「樂」或「瀟落」
　　　或「自然」。其中「自然」還兼有達到此種境界的工夫的意義。陳來：《宋明理學》
　　　（瀋陽市：遼寧教育出版社，1991年），頁247-256。

109　見於〔明〕陳獻章：《陳獻章集》（北京市：中華書局，1993年），頁4-6。除此以
　　　外，在《集》中處處可見其推崇程朱之意。

110　見於〔明〕陳獻章：《陳獻章集》（北京市：中華書局，1993年），卷2，〈復趙提學
　　　僉憲〉，頁145。

他從程朱之學入手,「忘寐忘食」地「求所以用力之方」,但「卒
未得」,但是我們卻可以說這種親身體驗直接造就了其往後的學問,
他接上文謂:

> 於是舍彼之繁,求吾之約,惟在靜坐。久之,然後見吾此心之
> 體,隱然呈露,常若有物,日用間種種應酬,隨吾所欲,如馬
> 之御銜勒也。體認物理,稽諸聖訓,各有頭緒來歷,如水之有
> 源委也。於是煥然自信曰:「作聖之功,其在茲乎!」有學於
> 僕者,輒教之靜坐,蓋以吾所經歷粗有實效者告之,非務為高
> 虛以誤人也。[111]

因他在治學方法上有了這麼大的轉變,雖他始終都很推崇其師吳
與弼,而《明儒學案》卻說他:「白沙出其門,然自敘所得,不關聘
君,當為別派」[112],但接下來,還是不能完全否認白沙之學從康齋處
亦有所得,謂:「於戲!椎輪為大輅之始,增冰為積水所成,微康
齋,焉得有後時之盛哉!」[113]至於他由此所建立之學以及治學方法,
學者的評價毀譽參半,批評他的人,多以其學非醇乎醇者,如其同門
胡居仁在〈與羅一峰〉一文中說他謂:「公甫陳先生名重海內,與先
生所交最深,居仁與四方士子亦以斯道望於公甫。不意,天資過高,
入於虛妙,遂與正道背馳……穆睎公甫〈與何時矩書〉……自大之
言,非此道之精微者,乃老莊佛氏之餘緒」。[114]如此,論者批評最集

---

111 見於〔明〕陳獻章:《陳獻章集》(北京市:中華書局,1993年),卷2,〈復趙提學
僉憲〉,頁145。
112 見於《明儒學案》(北京市:中華書局,1992年),卷1,〈崇仁學案‧前言〉。
113 見於《明儒學案》(北京市:中華書局,1992年),卷1,〈崇仁學案‧前言〉。
114 〔明〕胡居仁:《胡文敬集》(臺北市:臺灣商務印書館,1983年,《景印文淵閣四
庫全書》第1260冊),卷1,〈與羅一峰〉,頁30-34。胡居仁另在〈奉張廷祥〉、〈奉

中的還是對他思想的純粹性的懷疑。至於他儒學思想的純粹與否以及是否真「陷入於異教」[115]等，是一個議論紛紛而莫衷一是的問題，筆者無力澄清也不擬細加探討。不過，我們從這些對他思想的批評和討論的現象中足以推知他學術思想的複雜性及其具有的重要意義。而他的創作以及文學理論又直接受到了他那複雜多端的學術思想的影響。[116]

　　陳獻章在著述方面，如同其師康齋一般，他的集子中至少有一半是詩[117]，詩的體裁四言、五言、六言、七言均有，而無系統性的論著。他所處的時代，處處充斥著程朱之學的註解章句，充斥著程朱之教的依傲假借，在這種極其壓抑和沈悶的氣氛中，他不願做著書的鄭

憲復張希仁〉等文，對陳公甫不同程度地表示不滿之情。〔明〕胡居仁：《胡文敬集》（臺北市：臺灣商務印書館，1983年，《景印文淵閣四庫全書》第1260冊），卷1，〈與羅一峰〉，頁30-34；卷1，〈奉張廷祥〉，頁33；卷1，〈奉憲復張希仁〉，頁34。

115 同門胡敬齋又說他「大本不立，陷入異教」，見於《居業錄》，卷3。古清美先生在《明代理學論文集》，對這種看法則說：「聖人所言的性、理，全在大化的生生遷流之中，人但養德、持敬，以淵默之一心守之盡之，即是盡性至命，又豈能以其靜坐澄心求其本源之工夫即謂其為釋氏空寂之學？理學所講的內心涵養步步深入到最真切精微處，會走出一個陳白沙來，實是很自然且必然的現象。」古清美著：《明代理學論文集》（臺北市：大安出版社，1990年），頁36。

116 這一點可參考《四庫提要》對他學術以及文藝創作的成就所作的評價，〈提要〉說：史稱獻章之學，以靜為主。其教學者，但令端坐澄心，於靜中養出端倪，頗近於禪，至今毀譽參半。其詩文偶然有合，或高妙不可思議；偶然率意，或粗野不可嚮邇，至今毀譽亦參半。王世貞集中有書白沙集後曰：「公甫詩不入法，文不入體，又皆不入題。而奇妙處，有超出法與體與體之外者，可謂兼盡其短長。」蓋以高明絕意之姿，而又加以靜悟之力，如宗門老衲，空諸障翳，心境虛明，隨處圓通，辨才無礙。有時俚詞鄙語衝口而談，有時妙義微言應機而發。其見於文章者，亦仍如其學問而已。雖未可謂之正宗，要未可謂非豪傑之士也。（此引自〔明〕陳獻章：《陳獻章集》（北京市：中華書局，1993年），頁918《四庫全書總目·白沙子九卷提要》），可說概括得極為確切。

117 《陳獻章集》共六卷中，四、五、六，三卷是詩，共計一千九百七十七首。

康成[118]，在理學家裡面，他的詩作之多，蓋是邵雍、朱熹以後最多的一個。至於他詩作為何如此之多的理由，其得意門人湛若水在〈詩教解原序〉中謂：

> 甘泉生曰：夫白沙詩教何為者也？言乎其以詩為教者也。何言乎教也？教也者，著作之謂也。白沙先生無著作也，著作之意寓於詩也。是故，道德之精，必於詩焉發之。天下後世得之，因是以傳，是為教。[119]

其族後學陳炎宗所寫〈重刻詩教解序〉也謂：

> 族祖白沙先生以道鳴天下，不著書，獨好為詩。詩即先生之心法也。[120]

都在說陳獻章「以詩為教」、將「著作之意寓於詩」的事實。即使湛甘泉所說與實際情況未必盡合，至少從這二人的敘述也可見白沙作詩旨意之一斑，而且從中可以看出他對作詩情有獨鍾。

2 文學理論

陳獻章，不但其詩作之多在所有宋明理學家中僅次於邵雍，比朱熹還多，其詩文批評理論之豐富也僅次於他們二人。他與一般理學家

---

118 見於《陳獻章集》「莫笑老慵無著述，真儒不是鄭康成」、「他年得遂投閒計，只對青山不著書」。〔明〕陳獻章：《陳獻章集》（北京市：中華書局，1993年），卷5。

119 見於〔明〕陳獻章：《陳獻章集》（北京市：中華書局，1993年），〈詩教解原序〉，頁699。

120 見於〔明〕陳獻章：《陳獻章集》（北京市：中華書局，1993年），頁700。

不同，喜歡與人討論詩文，他對作詩及論詩都有非常濃厚的興趣，這
在他的文集中處處可見。他的文學批評理論又如同他的思想一般複
雜，實非三言兩語所能概括。因此，他有關文學的見解不但常有自相
矛盾之處，甚至在寫給同一個人的一系列書信中也有自相牴牾的。這
蓋是肇因於他：

> 德行文章要兩全，乾坤回首二千年。自從孟子七篇後，直到於
> 今有幾賢。[121]

　　這就是說，他隱然有要將他認為孟子以後幾乎斷絕的道統與文統
集於一身的宏大抱負，而這原本是他很難以做到的，可是他不止要如
此，他還要：

> 子美詩之聖，堯夫更別傳，後來操翰者，二妙少能兼。[122]

　　他雖有欲得兼杜、邵二家妙處之意，不過如同錢謙益[123]所說：
「子美、堯夫之詩，其可得兼乎？」即因他將原本不可得兼者強要得
兼，都不願放棄任何一邊，故其論詩有時難免互相牴牾。
　　他的文學理論雖詩、文皆有所涉及，但主要還是以論詩為主。以
下將按內容性質分為如下幾方面論述。

---

121 見於〔明〕陳獻章：《陳獻章集》（北京市：中華書局，1993年），卷6，〈答張梧州
　　書中，議李世卿人物、莊定山出處、熊禦史薦剡〉。
122 見於〔明〕陳獻章：《陳獻章集》（北京市：中華書局，1993年），卷5，〈隨筆〉，頁
　　517。
123 見於〔清〕錢謙益編：《列朝詩集》，卷丙，〈陳獻章小傳〉。

（1）本末論

　　陳獻章論文論詩，固然有與一般理學家不盡相同的一面，但其論詩文的基本立場還是理學家的。如「有德者有言」之類的話，雖原本出於孔子之口，後來習以沿用者多是理學家以及儒家氣息較濃厚的學者或文人。陳獻章也有類似的觀點，他在〈認真子詩集序〉說：

> 夫道以天為至，言詣乎天曰至言，人詣乎天曰至人。必有至人，能立至言。[124]

　　雖沒有明說「有德者必有言」，但顯然有此意。還有一段：

> 承欲學詩，自古未有足於道而不足於言者也。學人言語，終是舊套。[125]

　　這也無非是在說「有德者必有言」，從這引文中所見，這「有德者必有言」當以「本末論」為思想基礎。還有：

> 夫詩之盛莫如唐，然而世之大儒君子類以技目之……終所謂技，不可曠歲月於無用，故絕意不為。凡學於僕者，亦以是語之，而無有疑焉者矣。[126]

---

124 見於一九八八年北京中華書局版《陳獻章集》頁6。以下凡稱《陳獻章集》皆指此版本。

125 見於〔明〕陳獻章：《陳獻章集》（北京市：中華書局，1988年），〈與張廷實主事〉，頁174。

126 見於〔明〕陳獻章：《陳獻章集》（北京市：中華書局，1988年），卷2,〈與王樂用僉憲三則〉，頁154。

　　他雖喜愛作詩談詩，但同時又儼然是一位理學大師，在取捨之間還是捨「技」而取「道」。這一方面，他在以下幾段中說得很明白，他說：

　　　　承錄寄近稿，讀之，作者如是，豈易得？然便謂之然，竊恐未然。不審廷實自視以為何如也。言詞不能盡人，辭氣足以見人，有諸內形諸外。識者觀之，思過半矣。故老朽嘗謂文字之學非也。學豈在詩耶？廷實資甚明敏，當以古之立言者自期。彼汲汲餘人之贊毀，無病而呻吟，若是者，亦何與論斯理也？[127]

　　　　學勞擾則無由見道，故觀書博識，不如靜坐。作詩練語，尤非所急，故不欲論。[128]

　　　　道德乃膏腴，文辭固秕糠。[129]

　　他在談論張廷實的文章中所表露的「本末論」觀點有兩個層次：他肯定張廷實在詩作上的成就，但認為因「文字之學」終有不足，而應以古聖賢「立言」為追求方向，故表示了不願以「文字之學」期許之意，下面兩條文字顯然是這一層次的論述，這是其一；其次，認為言詞、文章乃是「有諸內」而「形諸外」者，這是其二。以上二種，一從「尊卑」，另一從「主從」觀點出發，雖其層次不盡相同，但同樣表現了「本末論」觀點。

127　見於〔明〕陳獻章：《陳獻章集》（北京市：中華書局，1988年），〈與張廷實主事〉，頁176。

128　見於〔明〕陳獻章：《陳獻章集》（北京市：中華書局，1988年），〈與林友〉，頁269。

129　〔明〕陳獻章：《陳獻章集》（北京市：中華書局，1988年），〈和楊龜山此日不再得韻〉，頁279。

（2）以詩之工為詩之衰

這「詩之工，詩之衰也」見於〈認真子詩集序〉[130]，〈序〉謂：

> 詩之工，詩之衰也。言，心之聲也。形交乎物，動乎中，喜怒
> 生焉，於是乎形之聲，或疾或徐、或洪或微，或為雲飛，或為
> 川馳。聲之不一，情之變也，率吾情盎然出之，無適不可。有
> 意乎人之贊毀，則子虛、長、楊，飾巧誇富，媚人耳目，若俳
> 優然，非詩之教也。

他之所以認為「詩之工」乃是「詩之衰」的表徵，是因為那
「工」不是「率吾情盎然出之」的自然之「工」，而是「有意乎人之
贊毀」的如「子虛、長、楊」[131]般「飾巧誇富，媚人耳目」所得之
「工」。因這種「工」雖「工則工」，但不免「以文為事」、「有意為
文」，即違背了傳統儒者所追求的「自成文」的理想，因此他才將其
否定為「非詩之教」。接下來，又說：

> 甚矣，詩之難言也！李伯藥見王通而論詩，上陳應劉，下述沈
> 謝，四聲八病，剛柔清濁，靡不畢究，而王通不答。薛收曰：
> 「吾嘗聞夫子之論詩矣，上明三綱，下達五常：於是徵存亡，
> 辨得失，小人歌之以貢其俗，君子賦之以見其志，聖人采之以

---

130 這〈序〉文是為朱英的《認真子詩集》的，朱英，字時傑。此〈序〉收於〔明〕陳
   獻章：《陳獻章集》（北京市：中華書局，1988年），頁4-6。

131 按：這「子虛、長、楊」指的應是如下：「子虛、長」指司馬相如的〈子虛賦〉、
   〈長門賦〉之類的賦作或其作者司馬相如；「楊」應指「揚雄」，揚雄之「揚」多
   誤以為「楊」，如此則，以「子虛、長、楊」應是指〈子虛賦〉、〈長門賦〉等漢賦
   及司馬相如、揚雄等漢賦作家所具有的性質而言。

觀其變。今子之言詩，是夫子之所痛也。」南朝姑置勿論，自
唐以下幾千年于茲，唐莫若李杜，宋莫若黃陳，其餘作者固
多，率不是過。烏虖！工則工矣，其皆三百篇之遺意歟！率吾
情盎然出之，不以贊毀歟！發乎天和，不求合於世歟；明三
綱、達五常，徵存亡，辨得失，不為河汾子[132]所痛者，殆希
矣。故曰：「詩之工，詩之衰」。

　　這一段的論旨與上一段基本相同。陳獻章喜歡論詩，卻常有「詩
之難言也」的慨嘆，蓋是其親身體驗的表露。這一段舉王通〈中說〉
中李伯藥[133]見王通論詩的故事闡述他自己的見解。從這一段論述看，
陳獻章顯然以薛收所形容的王通之意為己意，以李伯藥為囿於贊毀、
媚於世俗的文人。從這一段論述中還有一點值得注意的是，他對李、
杜的評價也連同黃、陳一樣不甚以為然。這主要是受該文的論述立場
使然，他在別文中對杜甫與陳後山的詩還是非常推崇的，不過因為在
此純然站在理學家的立場以追「三百篇之遺意」為己任，並以「明三
綱、達五常、徵存亡、辨得失」為詩歌該具有的功能，因此凡有意求
「工」而背離於此精神與功能者便不加以肯定，也沒有顧及到他個人
平素對杜、陳等人的推崇之情。

（3）詩文當發於真情

　　以真情為詩文，是古代儒者、文人的老命題。這一點，我們已在
前一節討論薛瑄文論時論述過。陳獻章說：

　　昔人求哀辭於林希，希謝之書，有曰：「君子無苟於人，患其

---

132 「河汾」原指「河水」與「汾水」，因隋末王通設教於河汾之間，因以為稱。
133 即是初唐寫《北齊書》的李百藥。

非情也。」夫感而哀之，所謂情也。情之發而為辭，辭之所不
能已者，凡以哀為之也。苟無其哀矣，則又烏以辭為哉？此之
謂不苟於人也。……哀而後為之詩。詩之發，率情為之，是亦
不可苟也已，不可偽也已。[134]

　　替人寫的文章礙於顏面容易以虛情為之，尤其，如哀辭因受其內
容性質的限制，本難以避免「苟於人」。不過他認為「哀辭」應該是
「情之發而為辭，辭之所不能已者，凡以哀為之」方可，同時也認為
「詩之發，率情為之」、「不可苟」、「不可偽」，這所謂「率情為之」
也就是〈認真子詩集序〉所謂「率吾情盎然出之」。雖一出於為反對
文士有意求「工」；一出於為反對用假情假意作哀辭，不過其反對
「苟於人」而主張用「真情」則是應該注意的。他在另一文中也表述
過寧可不作，也不寫虛假的詩，說：

予自成化辛卯秋九月以來，絕不作詩，值興動輒遏之。至今年
夏四月，予病小愈，扶杖出門，俯仰上下，欣慨於心。師友代
凋，知己悠邈，殆亦不可為懷。反乎中堂，童子絃歌，蹴然厥
中。情危境逼，因緣成聲，積旬所為，凡得詩若干。……微覺
曠日，既反於故戒，晦日取閱之，皆誠意所發，辭不虛假。序
而藏之，用示兒子。[135]

　　從「予自……輒遏之」與「反於故戒」相配合而看，他原本顯然
有所謂「戒詩」的意思。不過，到周遭有「不可為懷」的事情發生，

---

134 見於〔明〕陳獻章：《陳獻章集》（北京市：中華書局，1988年），〈澹齋先生挽詩
　　序〉，頁9。
135 〔明〕陳獻章：《陳獻章集》（北京市：中華書局，1988年），〈雜詩序〉，頁21。

在其「情危境逼」下而便自然「因緣成聲」。雖起初又不無悔意，但自顧因「皆誠意所發，辭不虛假」，捫心無愧，故加「序」以藏之。我們可從他這種唯恐不以真情寫詩的自我警惕的態度中看出他對「真情」的重視。我們也要知道，他所說的「真情」應與「性情」相通。陳獻章論詩論「性情」是一核心部分。他不管討論詩的內容或風格，都離不開這「性情」。他說：

> 須將道理就自己性情上發出，不可作議論說去，離了詩之本體，便是宋頭巾也。[136]

> 學古人詩，先理會古人性情是如何，有此性情，方有此聲口，只看程明道、邵康節詩，真天生溫厚和樂，一種好性情也。[137]

他身為理學家，雖也作了不少「性氣詩」[138]，但也很明確認識詩歌不能發議論，不能脫離「詩之本體」[139]，以致詩歌帶有頭巾氣。其實，他所說的從宋以來的詩歌中常有的這些缺陷，都與理學的盛行脫不了關係，所以世之論詩者每當論及包括陳獻章在內的理學家詩歌時大多都就此加以批評。而陳獻章卻有此自覺，並知道此乃詩之病，確屬難能可貴。

---

136 〔明〕陳獻章：《陳獻章集》（北京市：中華書局，1988年），〈次王半山韻詩跋〉，頁72。

137 見於〔明〕陳獻章：《陳獻章集》（北京市：中華書局，1988年），〈批答張廷實詩箋〉，頁47。

138 主要指明代成化間的理學家所寫的帶有「頭巾氣」的詩，而據杜蔭堂輯錄《明人詩品》謂：「成化間，陳白沙與莊定山齊稱，號『陳莊體』」，而這「陳莊體」被視作是「性氣詩」的代表。

139 此謂「詩之本體」，無非指以「性情」為主的詩之「本色」而言。

　　不過，我們看他在第二段說「只看程明道、邵康節詩，真天生溫厚和樂，一種好性情也。」由此又可發現，他所謂的「性情」顯然就是一般理學家所說的[140]，故其含意與一般文人所說的有差別。再看他有關言論，他說：

　　　　承示近作，足見盛年英邁之情。大抵論詩當論性情，論性情先論風韻，無風韻則無詩矣。今之言詩者異於是，篇章成即謂之詩，風韻不知，甚可笑也。情性好，風韻自好，性情不真，亦難強說，幸相與勉之。[141]

　　從此段文字中足見陳獻章對「性情」的重視，他所謂「性情」固然是理學家所說的「性情」，不過他對詩作的認識和要求，遠比元代許衡那種「凡人為詩文，出於何而能若是？曰：出於性。詩文只是禮部韻中字已，能排得成章，亦心之明德使然也」[142]高明許多。尤其，從他對「風韻」的重視態度中更能看出他與一般理學家不同，其所謂「今之言詩者異於是，篇章成即謂之詩，風韻不知，甚可笑也」，雖是對當時文壇不良習氣而發，但主要還是針對元代許衡這種理學習氣濃厚的人基於對詩文的輕視態度而發的「詩文只是禮部韻中字已」的無知而說的，即認為詩歌必須符合一定的審美要求方可。另外，從他「情性好，風韻自好，性情不真，亦難強說」看，一用「情性」，一用「性情」，可知他說的「性情」與「情性」實際無意義上的差別，

---

140 至於理學家所謂的「性情」或「情性」的含意，已在前一節的討論中較詳細地闡述過，故在此不加贅述。

141 見於〔明〕陳獻章：《陳獻章集》（北京市：中華書局，1988年），〈與汪提舉〉，頁203。

142 參見本本論文第二章第二節。

又若與上面所引的幾段引文相比照，可知這所謂「性情」或「情性」便是「真情」無疑。

（4）詩之大小決定於其用之大小

這牽涉到對詩歌價值的肯定問題，這是他對「前儒君子」視詩歌為小技的看法而提出的，他說：

> 受樸於天，弗鑿以人，稟和於生，弗淫以習，故七情之發，發而為詩，雖匹夫匹婦，胸中自有全經，此風雅之淵源也。而詩家者流，矜奇眩能，迷失本真，乃至旬鍛月煉，以求知於世，尚可謂之詩乎？晉魏以降，古詩變為近體，作者莫盛於唐。然已恨其拘聲律，工對偶，窮年卒歲，為江山草木、雲煙魚鳥粉飾文貌，蓋亦無補於世焉。若李杜者，雄峙其間，號稱大家，然語其至則未也。先儒君子類以小技目之。然非詩之病也。彼用之而小，此用之而大，存乎人。天道不言，四時行，百物生，焉往而非詩之妙用？會而通之，一真自如，故能樞機造化，開闔萬象，不離乎人倫日用，而見鳶飛魚躍之機。若是者，可以輔相皇極，可以左右六經而教無窮。小技云乎哉？[143]

這一段以發自稟賦於天的人之「七情」的詩歌為「風雅之淵源」，並肯定這種「七情」即是「匹夫匹婦胸中自有」的，進而認為寫詩應以此為本。而且因他認為後世「詩家之流，矜奇眩能」，不以這種「受樸於天」的「匹夫匹婦胸中自有」的自然情性為寫詩之本，故一概將其否定為「迷失本真」者。

---

143 見於〔明〕陳獻章：《陳獻章集》（北京市：中華書局，1988年），〈夕惕齋詩集後序〉，頁11-12。

　　對於詩歌從古體詩到近體詩的發展演變，他也因其「句鍛月煉，以求知於世」，又「其拘聲律，工對偶，窮年卒歲」點綴江山而「無補於世」，故甚不以為然。甚至對「雄峙其間，號稱大家」的李白、杜甫也認為有所不足。

　　不過他對「先儒君子類以小技目之」的態度，則認為那「非詩之病」，而認為問題只不過在於其「用之小」耳。他又認為這用之大與小，完全取決於人，而不是其詩歌本身的問題。至於他認為「用之大」者，從上一段文中看，雖其語意曖昧不甚詳，不過從上下文之脈絡看，無非指詩歌以能反映包括人的自然情性在內的宇宙萬物之道為其本真，並且由此「可以輔相皇極，可以左右六經而教無窮」。他如此以大小區分詩之用，其旨意顯然在於訴求時人能在此大與小中取捨，拋棄「無補於世」的「小」者，而回歸「風雅淵源」，恢復其「本真」，這便是取其「大」者。

　　他這一段言論，從其表面看，似乎只是主張寫詩要以自然情性為主，而反對過於雕琢，但實際上是在表示他對「詩三百」以後詩歌的演變發展都不甚以為然的看法，尤其以近體詩為然，似乎也有意對於當時以盛唐詩針砭當時之弊的復古主張[144]表示其仍不夠徹底，故通過這種回歸「風雅之淵源」的根本的復古主張，表示了不滿之意。陳獻章另有一文也陳述了此意，他說：

　　　　夫道以天為至，言詣乎天曰至言，人詣乎天曰至人。必有至
　　　　人，能立至言。堯、舜、周、孔至矣，下此其顏孟大儒歟？宋

144　「文必秦漢，詩必盛唐」的正式口號及互相標榜雖始自前七子，而前七子的主要
　　活動時期稍後於陳獻章之死。不過王世貞評其為「長沙之於何、李也，其陳涉之
　　啟漢高乎？」的茶陵李東陽（1447-1516）的活動時期與陳獻章（1428-1500）相
　　當，故可推知，當時已有此風氣。

儒之大者曰周、曰程、曰張、曰朱，其言具存，其發之而為詩
亦多矣。世之能詩者，近則黃陳，遠則李杜，未聞舍彼而取此
也。學者非歟，將其所謂大儒者，工於道，不工於詩歟？將未
至於詣乎天，其言固有不至歟？將其所謂聲口弗類歟？言而至
者，固不必其類於世。或者又謂：「詩有別材，非關書也；詩
有別趣，非關理也。」則古之可與言詩者果誰歟？夫詩，小用
之則小，大用之則大。可以動天地，可以感鬼神，可以和上
下，可以格鳥獸；四時行焉，百物生焉；皇王帝霸之褒貶，雪
月風花之品題，一而已矣。小技云乎哉？[145]

　　這一段陳述，其語意與上一段基本相同，不過也包含著一些新的
內容。開頭「夫道……能立至言」的「有德者必有言」之意，我們在
上面已討論過。從這一段論述中值得我們注意的是，他以「周、程、
張、朱」為宋儒之大者[146]，並將他們的詩歌與李、杜、黃、陳等詩人
之詩歌區別開來，並加以比對。對於時人取「李、杜、黃、陳」的詩
歌而不取「周、程、張、朱」之詩歌的風氣，便解釋為「言而至者，
固不必其類於世」，藉以擁護理學家的詩往往不入世人之格。並再舉
嚴滄浪那「詩有別材，非關書也；詩有別趣，非關理也」的名言，卻
由此發出「古之可與言詩者果誰歟」的慨嘆，似乎表明其不與同歸之
意。緊接著又說「小用之則小，大用之則大」，從此可知，顯然以世
之認為「能詩者」之詩為「小用之」者；而包括程朱等在內的古聖賢

145　見於〔明〕陳獻章：《陳獻章集》（北京市：中華書局，1988年），〈認真子詩集序〉，
　　　頁4-6。

146　成復旺等著《中國文學理論史》說他是陸九淵的信徒，我們若從學術的演變發展的
　　　角度而言，也可以這麼說，但至少從他《集》中多處可見的這種言論看，他自己還
　　　不這麼認為。成復旺等：《中國文學理論史》（北京市：北京出版社，1987年），頁
　　　36。

之詩為「大用之」者，至於他在世之認為能詩者之詩與古聖賢之詩之間的取捨，則不言而喻了。

（5）崇尚自然

陳獻章的詩文理論崇尚自然，我們也已在上面的討論中見其一二。在《明儒學案》〈師說〉[147]中說：「先生學宗自然。而要歸於自得」，不但別人如此看待，他在〈與湛民澤〉一文中自述其學問也謂：

> 此學以自然為宗者也。承諭近日來頗有湊泊處，譬之適千里者，起腳不差，將來必有至處。自然之樂，乃真樂也。[148]

可知他非但作詩文崇尚「自然」與「自得」，他治學也是以此為其本宗。

至於他在詩文方面崇尚自然，他的得意門生湛若水闡述得非常清楚，他說：

> 白沙先生詩文，其自然之發乎？自然之蘊，其淳和之心乎？其仁義忠信之心乎？夫忠信仁義淳和之心，是謂自然也。夫自然者，天之理也。理出於天然，故曰自然也。在勿忘勿助之間，胸中流出而沛乎，絲毫人力亦不存。故其詩曰：「從前欲洗安排障，萬古斯文看日星。」以言乎明照自然也。……蓋其自然之文、言，生於自然之心胸；自然之心胸，生於自然之學術，

---

147 見於〔清〕黃宗羲：《明儒學案》（北京市：中華書局，1992年），〈陳白沙獻章〉條，頁5。

148 見於〔明〕陳獻章：《陳獻章集》（北京市：中華書局，1988年），〈與湛民澤〉，頁191。

在於勿忘勿助之間，如日月之照，如雲之行，如水之流，如天
葩之發，紅者自紅，白者自白……孰安排是？孰作為是？是謂
自然。[149]

　　湛若水是親炙白沙之學者，因此他看其師的學術看得最清楚，故
在他以上言論中，對其師詩文以自然為宗之意闡述得如此透徹，他所
謂：「其自然之文、言，生於自然之心胸；自然之心胸，生於自然之
學術」，即指出其詩文之崇尚自然與其以自然為宗的學述思想脫不了
關係。我們看陳獻章有關詩文方面的言論，確實處處強調「自然」，
他在〈與張廷實主事〉第十三則中說：

近承寄示手稿，讀之比舊稍勝，莫有悟入處否？秉常亦每有新
得，大抵辭氣終欠自然。廷實乘快時有桷硬處，不類此。情性
所發，正在平日致養，到醇細處，則發得又別。[150]

　　這一段是陳獻章與門生張廷實討論詩，其討論所重視者不外如下
三端：一重「悟入」；二重「自然」；三重「情性」。他在以下兩段文
中也說：

大抵詩貴平易，洞達自然，含蓄不露，不以用意裝綴，藏形伏
影，如世間一種商度隱語，使人不可摸索為工。欲學古人詩，
先理會古人性情是如何，有此性情，方有此聲口，只看程明

149 見於〔明〕陳獻章：《陳獻章集》（北京市：中華書局，1988年），〈重刻白沙子先生
　　全集序〉，頁896。
150 見於〔明〕陳獻章：《陳獻章集》（北京市：中華書局，1988年），〈與張廷實主事〉，
　　頁160。

道、邵康節詩，真天生溫厚和樂，一種好性情也。至如謝枋
得，雖氣節淩厲，好說詩而不識大雅，觀其註唐絕句諸詩，事
事比喻，是多少牽強，多少穿鑿也。詩固有比體，然專務為
之，則心已陷於一偏，將來未免此弊，不可不知。[151]

古文字好者，都不見安排之跡，一似信口說出，自然妙也。其
間體制非一，然本於自然不安排者便覺好，如柳子厚比韓退之
之不及，只為太安排也。[152]

　　以上兩段，一論詩，一論文，而皆表示詩歌、文章皆崇尚其「性
情」之「自然」之意。在他看來，出於「性情」之「自然」的詩，自
然也就「平易」、「自然」；因而自然也反對與之相背的「用意裝綴」
以「使人不可摸索」的作品。並由此出發，也反對論古人詩如謝枋得
般，即因「好說詩而不識大雅」，解釋唐人絕句而以「事事比喻」解
之的牽強態度。他深知「詩固有比體」，但也知道，若專以比喻求古
人詩之意，則終究難免「陷於一偏」之弊。其言下之意，無非是不但
學詩作詩要以「性情」之「自然」為主，欣賞古詩也應以體會其「自
然性情」為要，不宜牽強附會，以免過於「安排」、「附會」以傷「自
然」。他基於這種認識，評論韓愈文章與柳宗元文章之優劣也以這
「自然」、「安排」為其判斷優劣的標準，可見他論詩文時對「自然」
何等重視。

---

151 見於〔明〕陳獻章：《陳獻章集》（北京市：中華書局，1988年），〈批答張廷實詩
　　箋〉，頁74。
152 見於〔明〕陳獻章：《陳獻章集》（北京市：中華書局，1988年），〈與張廷實主事〉，
　　頁160。

（6）道不可以言狀

他在〈論前輩言銖視軒冕塵視金玉〉一文中，提出了「道」是否可狀的問題，他說：

> 或曰：「道可狀乎？」曰：「不可。此理之妙不容言，道至於可言則已涉乎粗跡矣。」「何以知之？」曰：「以吾知之。吾或有德焉，心得而存之，口不可得而言之。比試言之，則以非吾所存矣。故凡有得而可言，皆不足以得言。」曰：「道不可以言狀，亦可以物乎？」曰：「不可。物囿於形，道通於物，有目者不得見也。」「何以言之？」曰：「天得之為天，地得之為地，人得之為人。狀之以天則遺地，狀之以地則遺人。物不足狀也。」曰：「道終不可狀歟。」曰：「有其方則可。舉一隅而括其三隅，狀道之方也。據一隅而反其三隅，按狀之術也。然狀道之方非難，按狀之術實難。人有不知彈，告之曰：彈之形如弓，而以竹為弦。使其知弓則可按也。不知此道之大，告之曰：道大也，天小也，軒冕金玉又小。則能按而不惑者鮮矣。愚故曰：「道不可狀，為難其人也。」[153]

這「道」可不可「狀」的討論，實際上與魏晉玄學的「言意」之辯相通。即這「道可狀乎？」，換成魏晉玄學的用語說，就是「言盡意」還是「言不盡意」？意思即形而上的「道」是否可用「語言」完整地形容的問題。而他在此「可不可狀」問題上所取的立場與玄學「言意」之辯中王弼等所採的「言不盡意」的立場接近。

---

153 見於〔明〕陳獻章：《陳獻章集》（北京市：中華書局，1988年），〈論前輩言銖視軒冕塵視金玉〉，頁56。

　　我們知道,「言意」之辯雖到了魏晉,才成為玄學的熱門課題,
這概念的形成則早在先秦時代。《周易》〈繫辭上〉中說:「子曰:『書
不盡言,言不盡意。』然則聖人之意,其不可見乎,子曰:『聖人立
象以盡意,設掛以盡情偽』,繫辭焉以盡其言,變而通之以盡利,鼓
之舞之以盡神」,另在《莊子》:「可以言論者,物之粗也。可以意致
者,物之精也。言之所不能論,意之所不能察致者,不期精粗
焉。」、「筌者所以在魚,得魚而忘筌;蹄者所以在兔,得兔而忘蹄;
言者所以在意,得意而忘言。」[154]可見,原來,「言意」問題是先秦
的《周易》與《莊子》中早已提出,只不過當時還沒有受到思想界廣
泛的重視。真正展開「言意」之辯的,則是在魏晉玄學盛行的時代。
而我們歸結起來,主要有兩派意見:一是主「言不盡意」,這是一般
玄學家所主張,其主要代表人物有荀粲、王弼、蔣濟、嵇康、張韓等
人;一是主「言盡意」論者,主要代表人物為歐陽建,他是「言不盡
意」的反對派。[155]其中王弼可代表「言不盡意」派[156],而把王弼那種
意見納入到文學理論領域來,做出了出色的表現的是劉勰。而陳獻章
這一段言論又與劉勰所論極為相似,我們為參考起見,不妨作一比
較。陳獻章這一段一而再再而三地說道之難狀以後說:

　　　「道終不可狀歟。」曰:「有其方則可。舉一隅而括其三隅,
　　　狀道之方也。據一隅而反其三隅,按狀之術也。

---

154 分別見於《莊子》〈秋水〉篇與〈外物〉篇。而王弼則是把這《周易》〈繫辭傳〉
　　和《莊子》〈外物〉篇加以融合,完成了他玄學「言不盡意論」。

155 參見許杭生等著《魏晉玄學史》(西安市:陝西師範大學出版社,1989年),頁
　　299。

156 參見王弼《周易略例》〈明象篇〉,此可參考牟宗三著《才性與玄理》(臺北市:學
　　生書局,1993年),頁253。

而劉勰也在《文心雕龍》五十篇中，常說言語表達意思的困難[157]，所以在〈誇飾〉篇說出：

> 夫形而上者謂之道，形而下者謂之器。神道難摹，精言不能追其極；形器易寫，壯辭可得喻其真。

可見，此二人兩段文章，雖其所用文字稍有不同，其基本意思並無二致。當然，這劉勰所說的也不是他所新創，其概念遠則是從《易》〈傳〉、《莊子》，近則是從王弼等魏晉人處而來的，他只不過把它納入到文學創作理論領域中來。他們都首先承認言語表達的侷限（「言不盡意」），但他們還是提出其彌補之方，以提示其「盡」的可能性。

（7）當理會處須理會

我們知道，理學大師朱熹曾有學文模倣之說[158]，而陳獻章也有此說，他在〈批答張廷實詩箋〉中說：

> 概觀所論，多隻從意上求，語句、聲調、體格尚欠工夫在。若論詩家，一齊要到。莊定山所以不可及者，用句、用字、用律極費工夫。初須倣古，久而後成家也。今且選取唐宋名家詩數十來首，諷誦上下，效其體格、音律，句句字字一毫不自滿，

---

157 比如，其〈神思〉篇所謂：「至於思表纖旨，文外曲致，言所不追，筆固知止。至精而後闡其妙，至變而後通其數，伊摯不能言鼎，輪扁不能語斤，其微矣乎！」是最顯著的例子。

158 參見張健先生著《朱熹的文學批評研究》（臺北市：臺灣商務印書館，1980年），頁18-22、頁26-28。

莫容易放過。若於此悟入，方有蹊徑可尋。[159]

　　陳獻章這種學詩「須倣古」的主張，並不多見。不過這種主張蓋與其豐富的親身體驗以及當時文壇「復古」思潮有關[160]。在此，他與一般理學大師不同的是，對「用句、用字、用律」上「極費工夫」都認為是人之所不及者來加以肯定，並謂莊定山由此乃能「成家」。關於他之所以如此說的理由，他解釋道：

　　　　詩不用則已，如用之，當下工夫理會。觀古人用意深處，學他
　　　　語脈往來呼應，淺深浮沉，輕重疾徐，當以神會得之，未可以
　　　　言盡也。到得悟入時，隨意一拈即在，其妙無涯。[161]

　　這顯然有學詩須模倣之意，他基於這種「詩不用則已，如用之，當下工夫理會」認識而提出的模倣論，顯然與理學家基於其「本末論」的「有德有言」、「文從道中流出」之類的「自成文」觀點相牴牾。不過，因為他豐富的寫詩體驗告訴他，那「自成文」之說，不甚有助於實際創作，故主要是當其門人或晚輩以詩請教時，便如此說出自己親身體會出來的心底的話。當然我們也不能忽略：他在上面所引的幾段文字裡面表示，他之所以如此主張模倣古人，自然不是為了僅模倣古人辭句，而為的是通過「觀古人用意之深處」、「神會」以達「悟入」的境界。而他這種學詩須模倣的言論並不是偶然提及的，而這是比較一貫的看法，我們再看以下兩段，他說：

---

159 見於〔明〕陳獻章：《陳獻章集》（北京市：中華書局，1988年），〈批答張廷實詩箋〉，頁74。

160 這一點將在下一章再做補充說明。

161 見於〔明〕陳獻章：《陳獻章集》（北京市：中華書局，1988年），〈與張廷實主事〉，頁167。

　　承示諸作，驟看似勝前，細看詞調欠古，無優柔自得忘言之
　　妙。看來詩真是難作。其間起伏，往來脈絡、緩急浮沈，當理
　　會處一一要到，非但直說出本意而已，此亦詩之至難，前此未
　　易語也。[162]

　　首章似胡文定解春秋，以義理穿鑿。……七章其失與首章同。
　　黃涪翁大雅堂記似為此箋發者，正詩家大體所關處，不可不理
　　會。[163]

　　可見他對詩歌的要求是非常嚴格的，詩歌的聲律、字句等都無不
要求「一一要到」，認為「非但直說出本意而已」，因此無怪乎他不時
地發出詩之「難作」、「難言」的慨嘆。這些自然也與他那種「率吾情
盎然出之」以達「自然」、「平易」的理論有所出入。他在談論詩歌
時，除了以上這些看似與理學大師的立場所發的不太一樣的言論外，
還有許多言論非常重視字句的鍛鍊。這種鍛鍊無非也是為了避免其詩
詞「欠古」、「無優柔自得忘言之妙」，而為避免這些毛病，最有效且
直接的方法，便是「倣古」了。關於他那些講究字句的言論，下文將
再進行討論。

（8）重悟入

　　如上面已提及的，陳獻章那麼重視學古人詩，最終目的還是為了
能夠達到「悟入」的境界。他治學重「悟」這一點，我們也已經論述

---

162 見於參見〔明〕陳獻章：《陳獻章集》（北京市：中華書局，1988年），〈與張廷實
　　主事〉，頁160。
163 參見〔明〕陳獻章：《陳獻章集》（北京市：中華書局，1988年），〈批答張廷實詩
　　箋〉，頁74。

過。不過他治學求「悟」的過程，和他教人學詩達「悟」的過程不完
全一樣。我們看他在這一方面的言論，除以上引文所涉及的以外，
還有：

> 半江改稿，翻出窠臼，可喜。學詩至此，又長一格矣。前輩謂
> 「學貴知疑」，小疑則小進，大疑則大進。疑者覺悟之機也。
> 一番覺悟，一番長進。章初學時亦是如此，更無別法也。凡學
> 皆然，不止學詩即此，便是科級，學者須循次而進，漸到至處
> 耳。[164]

　　這一段話隱含的內容比較複雜，頗值得注意。我們仔細看這一段
文字所強調的「悟」，與我們在上面討論他的「模倣」論時所看到的
相近似。即他論學詩時所謂的「悟」是通過不斷模倣習作所能達到的
「漸悟」，而不是「頓悟」，他在此很清楚地說出了「循次而進，漸到
至處」以外「更無別法」。這在同樣寫給「張廷實」的另一文中可得
印證，他說：

> 前所寄種樹詩已長舊一格矣。初和尤佳。自此更加鍛鍊，令首
> 尾瑩潔，到極難處正須著力一躍，莫容易放過，又當有悟入
> 時。勉之，勉之。[165]

　　此一段文的旨意與上一段相同，可見他認為為了達到「悟入」的

---

164 見於〔明〕陳獻章：《陳獻章集》（北京市：中華書局，1988年），卷2，〈與張廷實
　　主事〉，頁165。
165 見於〔明〕陳獻章：《陳獻章集》（北京市：中華書局，1988年），卷2，〈與張廷實
　　主事〉，頁182。

境地，唯有「更加鍛鍊」，若遇到「難處」也只好更加努力，而「更無別法」。如上所說，這種學詩態度與他治學如「舍彼之繁，求吾之約，惟在靜坐。久之，然後見吾此心之體，隱然呈露，常若有物，日用間種種應酬，隨吾所欲，如馬之禦銜勒也。」[166]般求「悟」是迥然有別的。即若說其治學求「悟」接近禪門「頓悟」，而這學詩求「悟」則接近「漸悟」，若就理學而言，便與朱學「格物窮理」之意接近，而與《四庫》〈提要〉所謂「史稱獻章之學，以靜為主。其教學者，但令端坐澄心，於靜中養出端倪，頗近於禪」[167]之法相距甚遠。這是因為陳獻章通過詩歌創作的親身體驗，已認清詩歌本身所具有的特質使然。

（9）論風格

在《陳獻章集》中討論詩的風格之處雖不多，但也有所涉及的，如他說：

> 見示諸作，興濃甚，但發揚微過，更放平易沈著乃佳耳。[168]

> 大抵詩貴平易，洞達自然，含蓄不露，不以用意裝綴，藏形伏影……只看程明道、邵康節詩，真天生溫厚和樂，一種好性情也。[169]

166　見於〔明〕陳獻章：《陳獻章集》（北京市：中華書局，1988年），卷2，〈復趙提學僉憲〉，頁145。

167　見於〔明〕陳獻章：《陳獻章集》（北京市：中華書局，1988年），頁918所收錄《四庫全書總目》〈白沙子九卷提要〉。

168　見於〔明〕陳獻章：《陳獻章集》（北京市：中華書局，1988年），卷2，〈與張廷實主事〉，頁177。

169　見於〔明〕陳獻章：《陳獻章集》（北京市：中華書局，1988年），〈批答張廷實詩箋〉，頁74。

可見他論詩的風格，崇尚「平易」、「沈著」及「自然」、「含蓄」，而不喜歡興意過濃或表露過甚的作品，同樣也反對如商度隱語般難以理解、過於晦澀的作風。這又與理學家論詩一向主張「溫柔敦厚」的論法有契合之處。

> 作詩當雅健第一，忌俗與弱。予嘗愛看子美、後山等詩，蓋喜其雅健也。[170]

可見，他論詩最喜歡「雅健」的風格，而且因其喜愛「雅健」的風格，而表示了對杜甫和陳師道詩的推崇之意。這又與他純然站在理學家的立場論詩時似乎對杜、陳之詩不屑的態度不太一樣。[171]

（10）崇古

陳獻章無論屬於程朱「理學」一派或陸王「心學」一派，他始終還是一位以學聖為務的儒者，因此我們在上文的討論中已經看到，他論詩有以「風雅」為極致的崇古觀點，尤其當他站在理學家的立場發言時更加顯著。不過因他有較深的詩學造詣與體驗，所以他論詩往往不以此為唯一標準，但這種崇古觀念時時呈現在其文字當中，這一點我們已在前面「當理會處――要到」一則下的論述中見到一斑，再看他說：

> 拙菴記文字議論好，非拙者可及，但不知較於古人情性氣象又

---

170 見於〔明〕陳獻章：《陳獻章集》（北京市：中華書局，1988年），卷2，〈次王半山韻詩跋〉，頁72。

171 可參照前所引〈認真子詩集後序〉及〈夕惕齋詩集後序〉。

何如也？更須自討分曉，大作規模不墮落文士蹊徑中乃佳也[172]

高作每見跌蕩可喜，但不知置之古人文字中，能入得他規矩否？……古之作者，意鄭重而文不煩，語曲折而理自到，此等處似未能無少缺也。何如？[173]

這兩段文字都是對張廷實的詩文進行評價的。兩段文對張氏詩文，首先都予以肯定，再表示了與古人相較還是有所不足之處的意思。從這兩段言論看，在陳獻章的眼裡古人則是完美而無缺陷的，當然他所謂的古人是指「古之有好性情」者而言。他還有一段，說：

封去某近作記文一首，據拙見，詞格不古，終傷安排，不知世卿以為何如？[174]

這是與其門人李世卿論文的一段文字，以詞之入不入古人之格為意。即他這些言論顯然都以文是否能入古人規矩為評判其優劣的標準，並認為唯有以此為標準並且努力，方可避免墮入文士蹊徑。

（11）論詩之難

陳獻章在其文集中許多寫給晚輩或門人的書信當中，時時發出

---

172 見於〔明〕陳獻章：《陳獻章集》（北京市：中華書局，1988年），卷2，〈與張廷實主事〉，頁167。

173 見於〔明〕陳獻章：《陳獻章集》（北京市：中華書局，1988年），卷2，〈與張廷實主事〉，頁168。

174 見於〔明〕陳獻章：《陳獻章集》（北京市：中華書局，1988年），〈復李世卿〉，頁220。

「論詩」、「學詩」不容易的慨嘆。這一點，我們從以上討論中已看
到。他有一篇文章，其篇題就取作〈論詩不易〉：

> 宋歐陽文忠公最愛唐人〈遊寺詩〉：「曲徑通幽處，禪房花木
> 深。」又愛一人送別詩：「曉日都門道，微涼草樹秋。」云：
> 「修平生欲道此語，道不得。」朱文公謂：「今人都不識此等
> 好處是如何。」二公最知詩者也，後人誠未易及。如此兩聯，
> 予始因歐公歎賞之至，欲求見其所以妙如歐公之意，了不可
> 得，遍問諸朋友無知者。徐取魏晉以下諸名家所作，凡為前輩
> 點出者，反覆玩味，久之乃若初有得焉。間舉以告今之善言詩
> 者，亦但見其唯唯於吾所以言者而已。吾所不言者，彼未必知
> 也。夫然後歎歐公之絕識去今之人遠甚，而信文公之言不誣
> 也。噫，詩可易言哉！[175]

其實，白沙這一段文，一半是對「論詩不易」的自我表白；而另
一半是表現了對他論詩可比擬於歐、朱二公的自負。我們從這一段文
中又可以看出他對詩歌抱有非常強烈的執著，正因他對詩歌有這麼濃
厚的興趣，所以他才不滿足於理學大師的身分，而能呈現許多與一般
理學家不盡相同的文學理論見解。

（12）講求字句之鍛鍊

我們從本章第二節第四個部分「詩，小用則小，大用則大」中，
曾看到陳獻章對那種「詩家者流」的「句鍛月煉」的習氣極度的不
滿，故甚至還發出「尚可謂之詩乎」的慨嘆。不過，他與人論詩時卻

---

175 〔明〕陳獻章：《陳獻章集》（北京市：中華書局，1988年），〈論詩不易〉，頁58。

常有鍛鍊字句的要求，這我們也在討論其模仿論時論及了一些。以下我們再看他有關這一方面的主張，他說：

> 東所寄與壺字韻下五首，遣辭寬緩，稍就沉著，可以望作者之庭矣，謂非學力可乎？自余皆不及此。至日在病數首，近日方寄到。近作皆勝舊，聲口與拙作相近，可愛可愛。……台字韻首句以「閒」字易「眠」字何如？間字韻第二句當改。途字韻「俯慚」作「每慚」佳。目昏筆駑，不能一一。[176]

這段所論內容涉及到聲律、風格等問題，在這一段文字的最後又對具體字句進行了推敲一番，足見他對字句的講究態度。又有一段說：

> 某嘗謂：「作詩非難，斟酌下字輕重為難耳。」如此詩第五句「清」字，既研於心，又參諸友，左揆右度，終不可易，而非公九載之守不渝，某亦豈敢孟浪？蓋一字之下，其難如此，詩其易言哉？[177]

從這一段文字中也顯見他字斟句酌的態度，他這種「既研於心，又參諸友，左揆右度」的態度似無異於他曾所鄙視的「詩家者流」的「句鍛月煉」的習氣。

176　見於〔明〕陳獻章：《陳獻章集》（北京市：中華書局，1988年），〈與張廷實主事〉，頁170。

177　見於〔明〕陳獻章：《陳獻章集》（北京市：中華書局，1988年），〈送張方伯詩跋〉，頁73。

（13）其他

陳獻章的文學理論，除我們以上所討論的以外，還有一點問題想提出來討論。我們在上文中已指出過在白沙文學理論中有幾點自相牴牾之處，筆者在此也想再舉出與白沙比較一貫的文學觀點有所矛盾的一個顯例來進行探討。如上「詩，小用則小，大用則大」部分已所述，他站在理學家的立場論文時，似對嚴羽的說法不很贊同，但他在另一文裡卻說：

> 昔之論詩者曰：「詩有別材，非關書也；詩有別趣，非關理也。」又曰：「如羚羊掛角，無跡可尋。」夫詩必如是，然後可以言妙。[178]

他在此所舉的「詩有別材，非關書也；詩有別趣，非關理也。」就與我們上面已討論過的〈認真子詩集序〉所舉的例文一樣，不過這兩處對嚴羽同樣一段話的看法卻完全相反，他在〈認真子詩集序〉中認為嚴羽所說還是自「小用之者」論詩，故曾發出了「則古之可與言詩者果誰歟！」的慨嘆，在此卻用很欽佩的語氣說「夫詩必如是，然後可以言妙」，做出了全然不同的反應，這就是他隨著論詩文的立場的不同、論法也跟著不同的顯著的例子。

通過我們以上的討論，已可瞭解陳獻章文學理論的梗概。在此概括陳獻章文學理論的主要內容及特色，可歸納為：一、從他「本末論」、「詩之工，詩之衰也」、「以真情為文」、「詩，小用則小，大用則

---

178 見於〔明〕陳獻章：《陳獻章集》（北京市：中華書局，1988年），〈跋沈氏新藏考亭真蹟卷後〉，頁66。

大」、「論風格」、「道不可狀」等處的言論可見，大致與前代理學家的文學理論相同；二、「忌安排而尚自然」、「重悟入」等處的言論，時與一般理學家的見解有所不同，頗值得細察。比如前者要與其「以自然為宗」的學術思想配合而看，才能理解其深層意義；他所謂「悟入」又是經過很長時間的鍛鍊後才能有的「漸悟」，而不像禪門「頓悟」般一時所能達到者；三、從「當理會處一一要到」、「崇古」、「論詩之難」、「講求字句之鍛鍊」等處可見的言論，則與一般理學家有很大的不同，反與一般文人作家接近。這些方面的言論充分顯現了他對文學的造詣之深。

　　如上所述，因陳獻章的文學思想同其學術思想一樣複雜，所以他在文學理論方面的表現，也不是我們三言兩語所能概括的。我們面對他文學理論的複雜和歧異，只能實事求是，不能以偏概全或「想當然耳」地推斷。因陳獻章原本就有如：「子美詩之聖，堯夫更別傳，後來操翰者，二妙少能兼。」、「德行文章要兩全，乾坤回首二千年。自從孟子七篇後，直到於今有幾賢。」[179]所透露出來的宏大的志願，而且，其一生確也執此兩端以並行而未嘗放棄任何一邊。不過，正如錢謙益所說：「子美、堯夫之詩，其可得兼乎？」[180]正如此，儘管他有出類拔萃的才華，卻因他將原本不可相容並蓄者強要得之於一身，這對他在文學及文學理論上的成就產生了負面的影響。當然我們也應該肯定他身為理學大師在文學理論上與一般理學家有所不同的那些表現。至於他這些表現的理論和時代意義，將在第四章中再討論。

179　〔明〕陳獻章：《陳獻章集》（北京市：中華書局，1988年），卷6，〈答張梧州書中，議李世卿人物、莊定山出處、熊御史薦刻〉。

180　見於〔清〕錢謙益編：《列朝詩集小傳》，卷丙，〈陳獻章小傳〉。

二 王守仁（1472-1529）

1 引言

　　王陽明，名守仁，字伯安。他生於明憲宗成化八年（1472），死
於明世宗嘉靖七年（1529），諡文成。他的祖籍是浙江餘姚，後隨父
遷家至山陰（越城），結廬於會稽山陽明洞，自號「陽明子」，故世人
多稱他為陽明先生。黃宗羲稱陽明學術謂：

> 有明之學，至白沙始入精微。其吃緊工夫，全在涵養，喜怒未
> 發而非空，萬感交集而不動。至陽明而後大。兩先生之學最為
> 相近，不知陽明後來從不說起，其故何也。薛中離，陽明之高
> 弟子也，於正德十四年上疏請白沙從祀孔廟，是必有以知師門
> 之學同矣。[181]

　　即指出了他和陳獻章之學的相近，至於黃宗羲懷疑陽明為何「從
不說起」的問題，古清美先生認為「白沙不必師象山，陽明不言白
沙，並非他們目空古人，而是實須自疑自尋，自思自悟；……他們這
一轉手而自己走出來的路，不再是程朱舊轍，但他們都是從程朱理學
的學習過程中發現問題，而解決問題的心靈又是以相當多的時間和精
神在程朱理學的學習思考中飽含營養。」[182]我們確實不可否認，陽明
在求學過程中受到朱學的種種因素的影響，不過他的思想在整體上是
對朱熹哲學的一大修正，或甚至有人說是「反動」[183]。無論其為「修

---

181 見於〔清〕黃宗羲：《明儒學案》（北京市：中華書局，1992年），頁867「白沙學
　　案」案語。
182 參見古清美：《明代理學論文集》（臺北市：大安出版社，1990年），頁39。
183 參見陳來著：《宋明理學》（瀋陽市：遼寧教育出版社，1991年），頁258。

正」還是「反動」，他的出現，是理學發展到心學的一個很顯著的里程碑。即「心學」雖在宋代就已興起，但其理論體系還是等到王陽明才完全建立起來的。黃宗羲在〈姚江學案〉中說「無姚江，古來之學脈絕矣」，這雖不無誇大其辭之嫌，但也能反映王陽明在明代學術中所建立的成就。

他十八歲謁吳康齋入室弟子婁一齋問學，一齋告以宋人格致之學，並謂「聖人可學而至」。自幼矢志做第一等事的陽明，開始立志從朱學上達聖學之域，二十一歲格竹子而不成，前後有「初溺於任俠之習，再溺於騎射之習，三溺於詞章之習，四溺於神仙之習，五溺於佛氏之習。正德丙寅，始歸正於聖賢之學」[184]的經過「五溺」的漫長求學歷程。而其中兩次考試不第，而其準備考試所研讀的還是程朱學問。因此，他固然是「心學」的建立者，也是完成者，不過因他求學還是從朱學入手，故他的許多言論還是與程朱有許多契合之處。至於他的著作，現存有《王陽明全集》，其中包括書信、序跋、銘誌以及詩作等，而其中有幾乎一半是屬於軍事事功方面的文章，這又是王陽明著書中的一大特色。因其曾有「溺於辭章之習」的經歷，故現存詩作就有六百餘首[185]之多，這在理學家裡面還算是多產者。他不但詩作豐富，他一生也常與當時著名文人交往唱和。關於這一點，王龍溪曾加以描述，說道：「弘正間，京師倡為詞章之學，李、何擅其宗，陽明先師結為詩社，更相倡和，風動一時。練意繪辭，浸登述作之壇，幾入其髓。」[186]足見陽明於文所溺未淺。雖然他「既而翻然悔

184　參見〔明〕王守仁：《王陽明全集》（北京市：中華書局，1992年），卷37，〈陽明先生墓誌銘〉，頁1400。

185　此據崔完植：《王陽明詩研究》（臺北市：國立臺灣師範大學國文研究所博士論文，1984年），頁27的統計。

186　見於〔明〕王畿：《王龍溪全集》（臺北市：華文書局，1970年），卷16，〈魯舜徵別言〉，頁17-19。

之」[187]，但是即使在所謂「龍場悟道」後，他與文人的來往並沒完全間斷。而這些經歷對他文學創作及文學理論一定產生了某些影響[188]，便可想而知了。

2 文學理論

我們討論王陽明的文學理論，按其內容性質，大致可分以下幾方面來論述：

（1）本末論

王陽明的文學理論，如同宋以來的一般理學家一樣，「本末論」是貫穿他幾乎所有文學理論的骨幹。尤其，以下將討論的「去文尚實」、「修辭立誠」、「忌勝心」等主張，皆與此「本末論」有著密切的關係。首先，看他有關「本末論」方面的言論，他說：

> 詩文之習，儒者雖亦不廢，孔子所謂「有德者必有言也。」若著意安排組織，未有不起於勝心者，先輩號為有志斯道，而亦復如是，亦只是習心未除耳。[189]

從這「有德者必有言」的「本末」觀點出發，他自然會反對「著意安排組織」。這「著意安排組織」，即是自程朱等宋人到陳獻章等所有理學家都反對的「有意為文（「有意於文」）」、「以文為事」了，王

---

187 見於〔明〕王畿：《王龍溪全集》（臺北市：華文書局，1970年），卷16，〈魯舜徵別言〉，頁17-19。

188 如他與前七子的交遊等，將在下一章再進行探討，故茲不贅述。

189 見於〔明〕王守仁：《王陽明全集》（北京市：中華書局，1992年），卷5，〈與楊仕鳴〉頁185-186。

陽明只不過加了一個反對的理由，即怕難免有「勝心」[190]。再看另一段：

> 孟子云：「君子深造之以道，欲其自得之也。自得之則居之安；居之安則資之深；資之深則取之左右逢其源。故君子欲其自得之也。」……世之學者，業辭章，習訓詁，工技藝，深賾而索隱，弊精極力，勤苦終身，非無所謂深造之者。然亦辭章而已耳，訓詁而已耳，技藝而已耳。非所以深造於道也，則亦外物而已耳，寧有所謂自得逢源者哉。[191]

從字裡行間所透露的語氣看，他將「業辭章，習訓詁，工技藝」等視為「末」，而視「深造於道」為「本」之意顯而易見。至於「弊精極力，勤苦終身」，就是伊川以來理學家常引的「吟成五個字，用破一生心」之意。還有一段說得更加詳細：

> 大宗伯白巖喬先生將之南都，過陽明子而論學。陽明子曰：「學貴專。」先生曰：「然。予少而好弈，食忘味，寢忘寐，目無改聽……學貴專哉！」陽明子曰：「學貴精。」先生曰：「然。予長而好文詞，字字而求焉，句句而鳩焉，研眾史，覈百氏。蓋始而希跡於宋、唐，終焉浸入於漢魏。學貴精哉！」陽明子曰：「學貴正。」先生曰：「然。予中年而好聖賢之道。弈，吾悔焉；文詞，吾愧焉，吾無所容心矣。子以為奚若？」陽明子曰：「可哉，學弈則謂之學，學文詞則謂之學，學道則

---

190 忌「勝心」問題，將在下文再討論。

191 見於見於〔明〕王守仁：《王陽明全集》（北京市：中華書局，1992年），卷7，〈自得齋說〉，頁265。

謂之學,然而其歸遠也。道,大路也,外是,荊棘之蹊,鮮克
達矣。故專於道,斯謂之專;精於道,斯謂之精。專於弈而不
專於道,其專溺也;精於文詞而不精於道,其精僻也。夫道廣
矣,大矣,文詞、技能於是乎出,而以文詞、技能為者,去道
遠矣。……故曰:『惟精惟一』……一,天下之大本也;精,天
下之大用也。知天地之化育,而況於文詞、技能之末乎?」[192]

　　這顯然也是從其「本末」觀點出發,討論文詞與道的關係。他通
過「專、精」與「溺、僻」的對比,很明白地告訴大宗伯喬白巖說:
「夫道廣矣,大矣,文詞、技能於是乎出」,也就是「文從道中流出」
之意。而在他看來,「文詞」又是「技能之末」,這是他早期在「荊棘
之蹊」徘徊了許久的親身體驗,他要以此告誡後學,所以才用如此強
勢的語調論道德與文詞的一主一從、一尊一卑的關係。由以上來看,
王陽明的「本末論」,大抵因襲了他之前理學家這一方面的意見。

(2)去文尚實

　　在古代傳統儒家文學思想裡,有些人往往基於功用論的立場「輕
文尚實」,很少有人直接主張「去文」而「尚實」,而王陽明卻有此偏
於極端的言論,他說:

　　(徐)愛問:文中子、韓退之。先生曰:「退之,文人之雄
　　耳。文中子,賢儒也。後人徒以文詞之故推尊退之,其實退之
　　去文中子遠甚。」……先生曰:「子以明道者使其反樸還淳而

---

192 見於見於〔明〕王守仁:《王陽明全集》(北京市:中華書局,1992年),卷7,〈送
　　宗伯喬白巖序〉,頁228。

見諸行事之實乎？抑將美其言辭而徒以譊譊於世也？天下之大
亂由虛文勝而實行衰也。使道明於天下，則六經不必述。刪述
六經，孔子不得已也。……孔子以天下好文之風日勝，知其說
之將無紀極，於是取文王、周公之說而贊之，以為惟此惟得其
宗。[193]

　　這一段王陽明與徐愛的對話，有幾點值得我們注意。首先，王陽
明評論韓愈與文中子優劣時，即用簡單一句話以文人與真儒區分，表
示了他們二人不可相提並論之意[194]。轉而談論儒者之文，從「天下之
大亂由虛文勝而實行衰」的認識出發，提出了「即使是儒者之文，非
不得已則「不必述」」的幾近「廢文」的看法。他這種「天下之大亂由
虛文勝而實行衰」的觀點與元代郝經〈文弊解〉中的「虛實」觀點[195]
有契合之處。而他的「反樸還淳」的主張，似乎與莊子那種「君子不
得已而蒞臨天下，莫若無為。無為也，而後安其性命之情」[196]的否定
一切「人文」的思想有契合之處。陽明接下來又說：

　　至於春秋，雖稱孔子作之，其實皆魯史舊文。所謂「筆者，筆

193　見於〔明〕王守仁：《王陽明全集》（北京市：中華書局，1992年），卷1，《傳習錄》
　　　上，頁7-8。
194　《王龍溪全集》〈魯舜徵別言〉也記載：「陽明子業幾有成，中道而棄去，可謂志
　　　之無恒也。先師聞而笑曰：諸君自以為有志矣。使學如韓柳，不過為文人，辭如
　　　李杜，不過為詩人。果有志於心性之學，以顏閔為期，當與共事，圖為第一等德
　　　業，譬諸日月，終古常見，而景象常新，就論立言，亦須一一從圓明竅處流出，
　　　蓋天蓋地，始是大丈夫所為。傍人門戶，比量揣擬，皆小技也。」可知所述內容
　　　與此相同。〔明〕王畿：《王龍溪全集》（臺北市：華文書局，1970年），卷16，〈魯
　　　舜徵別言〉，頁17-19。
195　參見本論文第二章。
196　見於《莊子》〈外篇〉〈在宥〉。

其舊」；所謂削者，削其繁，是有減無增。孔子述六經，懼繁
文之亂天下，惟簡之而不得，使天下務去其文以求其實，非以
文教之也。春秋以後，繁文益盛，天下益亂。始皇焚書得罪，
是出於私意，又不合焚六經。若當時志在明道，其諸反經叛理
之說，悉取而焚之，亦正暗合刪述之意。自秦漢以降，文又日
盛，若欲盡去之，斷不能去；只宜取法孔子，錄其近是者而表
彰之，則其諸怪悖之說，亦以漸漸自廢。不知文中子當時擬經
之意如何？某切深有取於其事，以為聖人復起，不能易也。天
下所以不治，只因文盛實衰，人出己見，新奇相高以眩俗取
譽。徒以亂天下之聰明，塗天下之耳目，使天下靡然爭務修飾
文詞，以求知於世，而不復知有敦本尚實、反樸還淳之行：是
皆著述者有以啟之。[197]

　　他再三闡明，孔子述六經之旨，不在一般人所認為的「文教」
上，而在「懼繁文之亂天下，惟簡之而不得，使天下務去其文以求其
實」。他認為「天下所以不治，只因文盛實衰」，所以他將焚書坑儒也
看作只要不是出自秦始皇之私意，便可算暗合聖人刪經之意。總之，
從他這一段言論看，他在基本態度上崇尚「敦本尚實、反樸還淳之
行」，而不很贊同世儒著述之事。至於不得已而著述時，則唯以「明
道」為意方可肯定；若有其他目的，則一概否定。因此我們可把他這
種言論看作較極端的「文以載道」論，即他將世儒的著述都如此看
待，更無庸論一般文詞了，因此我們若就一般文詞之文著眼，可謂他
隱約有「廢文」之意。

───────────────

197 見於〔明〕王守仁：《王陽明全集》（北京市：中華書局，1992年），卷1，《傳習錄》
　　上，頁7-8。

（3）修辭立誠

「修辭立誠」[198]之說，也是在王陽明文學理論中非常突出的一個觀點，也是在他的文學理論中較有分量的觀點，他說：

> 門人作文送友行，問先生曰：「作文字不免費思，作了後又一二日，常記在懷。」曰：「文字思索亦無害。但作了常記在懷，則為文所累，心中有一物矣，此則未可也。」又作詩送人，先生看詩畢，謂曰：「凡作文字要隨我分限所及。若說得太過了，亦非修辭立誠矣。」[199]

> 凡作文，惟務道其心中之實，達意而止，不必過求雕刻，所謂修辭立誠者也。[200]

他這兩段話的意思無非在說，「修辭」要有分寸，不能太過，即不能有「勝心」，要以「辭達」與「立誠」為其標準。至於所謂：「常記在懷」、「為文所累」，無疑也是其「勝心」作祟所致。就他這兩段而論，「立誠」顯然主要對「修辭」有制約的作用。但他有時又以「立誠」鼓勵人「修辭」，他說：

> 宋謝枋得氏取古文之有資於場屋者，自漢迄宋，凡六十有九

---

198 此語原本出於《周易》〈文言傳〉〈乾卦〉：「修辭立其誠所以居業也。」，劉勰《文心雕龍》〈祝盟〉也謂：「凡群言發華，降神務實，修辭立誠在於無愧」。

199 見於〔明〕王守仁：《王陽明全集》（北京市：中華書局，1992年），卷3，《傳習錄》下，頁96。

200 見於〔明〕王守仁：《王陽明全集》（北京市：中華書局，1992年），卷27，〈與汪節夫書〉，頁1001。

篇，標揭其篇章句字之法，名之曰文章軌範。蓋古文之奧不止
於是，是獨為舉業者設耳。世之學者傳習已久，……夫自百家
之言應興，而後有六經；自舉業之習起，而後有所謂古文。古
文之去六經遠矣；由古文而舉業，又加遠焉。士君子有志聖賢
之學，而專求之於舉業，何啻千里！然中世以是取士，士雖有
聖賢之學，堯舜其君之志，不以是進，終不大行於天下。蓋士
之始見也必以贄，故舉業者，士君子求見於君之羔雉耳。羔雉
之弗飾，是謂無禮；無禮，無所庸於交際矣。故夫求工於舉業
而不事於古，作弗可工也；弗工於舉業而求於倖進，是偽飾羔
雉以罔其君也。雖然羔雉飾矣，而無恭敬之實焉，其如羔雉何
哉！是故，飾羔雉者，非以求媚於主，致吾誠焉耳。世徒見夫
由科第而進者，類多徇私媒利，無事君之實，而遂歸咎於舉
業。不知方其舉業之實，惟欲釣聲利，弋身家之腴，以苟一旦
之得，而初未嘗有其誠也。……夫知恭敬之實在於飾羔雉之
前，則知堯舜其君之心，不在於習舉業之後矣。……吾懼貴陽
之士……徒以資其希寵祿之筌蹄也[201]

　　這段長文的內容頗耐人尋味，我們歸納這段文的重點，可得如下
幾端：一、指出了「古文」之去「六經」已很遠，而當時「舉業」以
「古文」為其「筌蹄」，故去「六經」更遠了，由此隱然對當時科舉
考試方式表示了些許不滿；二、他仍認為在既以此取士的現實情況
下，因「士雖有聖賢之學，堯舜其君之志，不以是進，終不大行於天
下」，所以「舉業」就好比是「士之始見也必以贄」、「士君子求見於
君之羔雉」，是一種見面禮，也可以說是一種媒介；三、因此他又進

---

201 見於〔明〕王守仁：《王陽明全集》（北京市：中華書局，1992年），卷22，〈重刊文
　　章軌範序〉，頁874-875。

而認為：如「飾羔雉」乃為「致吾誠焉」般，「修辭」也只為「立誠」。他如此解釋「修辭」，能為困惑在「舉業」與「六經」、「聖賢之道」的矛盾中的士子提供一個方便之門，也給作文務力於「修辭」的人以有力的藉口。這一點，我們可以從明代多數理學家為學聖賢之道而放棄舉子業的例子[202]中看出此中的積極意義。當然他也不是一味鼓勵士子「修辭」，他更沒忘告誡士子「恭敬之實在於飾羔雉之前」而不得「徒以資其希寵祿之筌蹄」。

如上文所提，王陽明強調「修辭」只是為了「立誠」，因此對不是為「立誠」而進行的「修辭」，以其易有「勝心」作祟之故，不表贊同。如他所謂「說得太過」或「過求雕刻」等，便是此意。關於這一方面，還有一些言論值得參看，如他〈與馬子莘〉一文，所謂：

> 締觀來書，其字畫文彩，皆有加於疇昔，根本盛而枝葉茂，理固宜然。然草木之花，千葉者無實，其花繁者，其實鮮矣。邇來子莘之志，得無微有所溺乎？是亦不可以不省也。[203]

如此，王陽明論詩論文，只要稍偏於詞章者，都加以排斥。因此對即使還不致很嚴重的地步而稍見其端倪者，便予以警惕。這種態度顯然與他「天下之大亂由虛文勝而實行衰」的認識有關。他還有一文也說：

> 近得手教及與甘泉往復兩書，……書札往來，終不若面語之能盡，且易使人溺情於文辭，崇浮氣而長勝心。求其說之無病，

---

202 如前已述的吳與弼、胡居仁等般。

203 見於〔明〕王守仁：《王陽明全集》（北京市：中華書局，1992年），卷6，〈與馬子莘〉，頁218。

而不知其心病之已多矣。此近世之通患，賢知者不免焉，不可
以不察也。[204]

可見，他雖有時因需要而不完全有廢文的主張，但他還是不喜歡
從事文藝活動，這主要因他早期豐富的體驗告訴他：一作詩文，便難
免有「易使人溺情於文辭，崇浮氣而長勝心」的弊端，因此勸門人能
免則免，儘可能排除「長勝心」的機會，所以他才有如此連書札也勸
禁的偏於極端的說法。他之所以如此不喜歡「詞章」之學，他還指出
更具體的理由：

> 三代以降……於是乎有訓詁之學，而傳之以為名；有記誦之
> 學，而言之以為博；有詞章之學，侈之以為麗。相矜以知，相
> 軋以勢，相爭以利，相高以技能，相取以聲譽。其出而仕也，
> 理錢穀者，則欲並夫兵刑；……記誦之廣，適以長其敖也；知
> 識之多，適以行其惡也；聞見之博，適以肆其辯也；辭章之
> 富，適以飾其偽也。嗚呼！以若是之積染，以若是之心志，而
> 又講之以若是之學術，宜其聞吾聖人之教，而視之以為贅疣枘
> 鑿矣。[205]

可見，他認為「訓詁」、「記誦」、「詞章之學」等本身具有「相
矜」、「相軋」、「相爭」、「相高」等容易產生弊端的因素，因此，他認
為若由此而仕，其「記誦之廣，適以長其敖」；其「知識之多，適以

---

204 見於〔明〕王守仁：《王陽明全集》（北京市：中華書局，1992年），卷4，〈答方叔
賢〉，頁175。
205 見於〔明〕王守仁：《王陽明全集》（北京市：中華書局，1992年），卷34，〈先生五
十四歲〉，頁1297。

行其惡」；其「聞見之博，適以肆其辯」；其「辭章之富，適以飾其偽」。如此則已遠出「立誠」的範圍，與「聖人之教」也方枘圓鑿了，這固然有些誇大其辭之嫌，不過陽明在此所擔心的也是人們往往親眼所見的現實問題，而且當時作文本身也有此傾向，這也與理學家以心性、成德為本者相牴牾，因此才有這樣的說法。關於這一點，早在明初的開國文臣之首宋濂就有一段話，可作陽明這段文的註腳，宋濂曾描述置身於文詞之場的人說：

> 其閱書也，搜文而摘句；其執筆也，厭常而務新，晝夜孜孜，日以學文為事。且曰：「古之文淡乎其無味，我不可不加濃豔焉；古之文純乎其斂藏也，我不可不加馳騁焉。由是好勝之心生，誇多之習熾，務以悅人，惟日不足。縱如張錦繡於庭，列珠貝於道，佳則誠佳，其去道亦遠矣。[206]

宋濂把世俗士人分為三等，而這一段則是對屬於最下階卻又「紛紛而藉藉」[207]於世者的描述。這些人所具有的諸如此類的弊端，也是王陽明常所警戒而始終不敢掉以輕心者。

（4）詩、樂教論

以「詩、樂」為教，是一般傳統儒者都有的觀點。「詩教」、「樂教」，近則可溯到唐宋以來儒家氣息較濃厚的文人學者，如提倡新樂府、正樂府的詩人言論，遠則可追溯至《論語》、〈詩大序〉、《禮記‧樂記》等，我們看過前面討論的陳獻章也有「以詩為教」[208]之意。我

---

206 見於〔明〕宋濂：《宋文憲公集》，卷2，〈贈梁建中序〉。

207 見於〔明〕宋濂：《宋文憲公集》，卷2，〈贈梁建中序〉。

208 其實，一般談論詩、樂教，應包含有兩層意思，第一是指「詩三百」而言，另一是指學「詩三百」寫作精神的後來的詩歌也包括在內而說。

們知道各時代各人所說的「詩教」、「樂教」之意雖不盡相同,但詩
歌、音樂陶冶性情的功能以及教育、教化的目的則無不同。

> 古之教者教以人倫。後世記誦詞章之習起,而先王之教亡。今
> 教童子,惟當以孝弟、忠信、禮義、廉恥為專務。其栽培涵養
> 之方,則宜誘之歌詩以發其志意,導之習禮以肅其威儀,諷之
> 讀書以開其知覺。今人往往以歌詩習禮為不切時務,此末俗庸
> 鄙之見,烏足以知古人立教之意哉![209]

　　這一段所謂「其栽培涵養之方,則宜誘之歌詩以發其志意,導
之習禮以肅其威儀」,顯然是對孔子所謂:「興於詩,立於禮,成於
樂。」[210]的以詩、樂立教思想的發揮。再看以下一段:

> 凡歌詩,須要整容定氣,清朗其聲音,均審其節調;毋躁而
> 急,毋蕩而囂,毋餒而懾。久則精神宣暢,心氣和平矣。每日
> 工夫,先考聽,次背書誦書,次習禮,或作課仿,次復誦書講
> 書,次歌詩。凡習禮歌詩之數,皆所以常存童子之心,使其樂
> 習不倦,而無暇及於邪僻。教者如此,則知所施矣。[211]

　　在他看來,「詩、樂」具有感發人的力量,他教育門生之時也常
常援用此法。我們從他對具體的歌詩方法與效用所做的深入論述可以
看出他對「詩、樂教」的效用深信無疑。進而他又說:

209　見於〔明〕王守仁:《王陽明全集》(北京市:中華書局,1992年),卷2,〈訓蒙大
　　　意示教讀劉伯頌等〉,頁87。
210　見於《論語》〈泰伯第八〉。
211　見於〔明〕王守仁:《王陽明全集》(北京市:中華書局,1992年),卷2,〈教約〉,
　　　頁89。

先生曰：「古樂不作久矣。今之戲子，尚與古樂意思相近。」
未達，請問。先生曰：「韶之九成，便是舜的一本戲子。武之
九變，便是武王的一本戲子。聖人一生實事，俱播在樂中。所
以有德者聞之，便知他盡善盡美與盡美未盡善處。若後世作
樂，只是做些詞調，與民俗風化絕無關涉，何以化民善俗？今
要民俗反樸還淳，取今之戲子，將妖淫詞調俱去了，只取忠臣
孝子故事，使愚俗百姓人人易曉，無意中感激他良知起來，卻
於風化有益。然後古樂漸次復矣。」[212]

　　正因他深信音樂感發人的力量，才有此復「古樂」的主張。進而
他又注意到當時流行的「戲子」與「古樂」有某些類似性，所以他主
張通過對「戲子」內容、形式的一番改造，達到「化民善俗」、使
「民俗反樸還淳」的目的。他這樣的理學大師對當時流行的「戲子」
有如此的理解，可能會產生正反兩方面的影響：其一、他肯定一向不
能登大雅之堂的戲子為與「古樂」之意相近，並指出了它能有「使愚
俗百姓人人易曉，無意中感激他良知起來，卻於風化有益」的功能，
這無疑對「戲子」的寫作演出引起鼓舞作用；其二、他對當時流行戲
子的內容與音調都表示不滿，主張單取「忠臣孝子故事」以教化百
姓，這種對其音樂與內容的制約，又勢必使得「戲子」作者的發揮空
間縮小，可能會導致「戲子」這一門藝術的僵化。

　　總之，雖然傳統儒者往往也提及這「詩教」、「樂教」，但很少有
人如王陽明這般具體論述其效用及方法，這在當時理學家裡面是罕
見的。

---

212 〔明〕王守仁：《王陽明全集》（北京市：中華書局，1992年），卷3，《傳習錄》下，
　　頁113。

（5）論元聲

王陽明論詩歌之聲律，不假於外而求諸內，足見其心學大師的面貌。他自己也頗以此為驕傲。其《年譜》載：

> 進賢舒芬……自恃博學，見先生問律呂，先生不答，且問元聲。對曰：「元聲制度頗詳，特未置密室經試耳。」元聲豈得之管灰黍石間哉？心得養則氣自和，元氣所由出也。書云：『詩言志』，志即是樂之本；『歌永言』，歌即是制律之本。永言和聲，俱本於歌。歌本於心，故心也者，中和之極也。』芬遂躍然拜弟子。[213]

他回答別人關於「元聲」的問題，認為「元聲」應追溯到「歌」、「心」，即該求諸內，而不該求諸外。下面這段敘述得非常具體明白，《全集》載：

> 先生曰：「古樂不作久矣……然後古樂漸次復矣。」曰：「洪要求元聲不可得，恐於古樂亦難復。」先生曰：「你說元聲在何處求？」對曰：「古人制管候氣，恐是求元聲之法。」先生曰：「若要去葭灰黍粒中求元聲，卻如水底撈月，如何可得？元聲只在你心上求。」曰：「心如何求？」先生曰：「古人為治，先養得人心和平，然後作樂。比如在此歌詩，你的心氣和平，聽者自然悅懌興起。只此便是元聲之始。書云：『詩言志』，志便是樂的本，『歌永言』，歌便是作樂的本。『聲依永，

---

213 見於〔明〕王守仁：《王陽明全集》（北京市：中華書局，1992年），卷34，〈先生四十九歲〉，頁1278。

律和聲』。律只是要和聲，和聲便是制律的本，何嘗求之於
外？」曰：「古人制管候氣法，是意何取？」先生曰：「古人具
中和之體以作樂。我的中和，原與天地之氣相應；候天地之
氣；協鳳凰之音，不過去驗我的氣果和否。此是成律已後事，
非必待此以成律也。今要候氣管，先須定至日。然至日子時恐
又不準，又何處取得準來？」[214]

　　如上文已提及過，他有以詩、樂為教的主張和實踐。基於這個觀
點，他還有復古樂的想法。這一段文字討論復古樂的具體途徑，即如
何尋找「元聲」的問題。他主張：求「元聲」若照古人制管候氣的方
法，便如海底撈月，故應求諸內。他認為「志、言、永、聲」等相對
於「詩、歌、聲、律」而言有其主體的地位，即「詩」以「志」為其
本；「歌」以「言」為其本；「聲」以「永」為其本；「律」以「聲」
為其本。至於那「古人制管候氣法，是意何取」的問題，王陽明認為
那只不過是「去驗我的氣果和否」而非「必待此以成律」。由此可見
他處處顯現出心學大師的面貌，他之所以如此論「元聲」，蓋因如下
的思想基礎：一、如所謂「東西南北海有聖人出，此心此理同」[215]
般，認為無古今東西南北之分，有此心必有此理，因此求古樂的「元
聲」亦可從「此心」上求；二、也因此，如「夫學貴得之於心。求之
於心而非也，雖其言出於孔子，不敢以為是也，而況其未及孔子者
乎？求之於心而是也，雖其言之出於庸常，不敢以為非也；而況其出

---

214 見於〔明〕王守仁：《王陽明全集》（北京市：中華書局，1992年），卷3，《傳習
　　錄》下，頁113。此外，〔明〕王守仁：《王陽明全集》（北京市：中華書局，1992
　　年），卷34，〈先生四十九歲〉，頁1278也載同樣事跡。
215 見於〔明〕王守仁：《王陽明全集》（北京市：中華書局，1992年），卷4，〈答方叔
　　賢〉引湛甘泉語，頁175。

於孔子者乎？」²¹⁶般，執持這種徹頭徹尾求諸內的心學思想。可見，他對「元聲」的論述，在思想、方法上受其心學的影響較為顯著。

（6）直寫胸中實見

「直抒胸臆」原本是在陳獻章文學理論中最突出的觀點，王陽明也有類似的言論，他說：

> 書院記文，整嚴精確，迥而不群，皆是直寫胸中實見，一洗近儒影響雕飾之習，不徒作矣。²¹⁷

雖然說的不是一般文學性作品，但其矛頭還是指向「近儒影響雕飾之習」。可見，與寫文章之事不無關係，這與陳獻章那種基於求「真」而主張「率吾情盎然出之」者並無二致。

（7）論學古

我們知道，凡儒家氣息較濃厚的文人、學者，儘管程度不一，但普遍都有復古傾向。王陽明也不例外，他說：

> 學文須學古，脫俗去陳言。譬若千丈木，勿為藤蔓纏。又如崑崙派，一瀉成大川。人言古今異，此語皆虛傳。吾苟得其意，今古何異焉？子才良可進，望汝師聖賢。學文乃餘事，聊云子

---

216 見於〔明〕王守仁：《王陽明全集》（北京市：中華書局，1992年），卷2，〈答羅整庵少宰書〉，頁76。

217 見於〔明〕王守仁：《王陽明全集》（北京市：中華書局，1992年），卷6，〈寄鄒謙之〉，頁204。

所偏。[218]

　　值得我們注意的是，他雖然有「學文須學古」的復古主張，但是他之學古的理由在於為「脫俗去陳言」，而不是一味的「崇古」。這一點在他「人言古今異，此語皆虛傳。吾苟得其意，今古何異焉」中表述得非常清楚，即他是在「得其意」的前提下，想以古之長補今之短，也唯有如此才可避免陷入「學古」與「去陳言」的矛盾之中。亦即假如「學古」之旨在學古人之辭，那麼必與「去陳言」相矛盾。陽明話雖涉及「學文」、「學古」之事，但他卻沒忘記說「學文乃餘事，聊云子所偏」，表達了不願談論學文之事的意思。

（8）「言意」觀

　　關於「言意」之辯的問題，我們也在上文討論陳獻章時較詳細地討論過。王陽明也與陳獻章一樣，似乎也在無意中涉及到這一層問題，因此雖沒有系統性的言論，但是我們若細心觀察，仍能窺見他「言意」觀的梗概。他說：

> 凡言意所不能達，多假於譬喻。以意逆之，是為得之。若必拘文泥象，則雖聖人之言，且亦不能無病，況於吾儕，學有未至，詞意之間本已不能無弊者，何足異乎？[219]

> 問：「後世著述之多，恐亦有亂正學？」先生曰：「人心天理渾然，聖賢筆之書，如寫真傳神，示人以形狀大略，使之因此而

218　見於〔明〕王守仁：《王陽明全集》（北京市：中華書局，1992年），卷29，〈贈陳宗魯〉，頁1072。

219　見於〔明〕王守仁：《王陽明全集》（北京市：中華書局，1992年），卷27，〈與顧惟賢〉，頁996。

討求其真耳；其精神意氣、言笑動止，固有所不能傳也。後世
著述，是又將熟人所畫，而妄自分析加增，以呈其技，其失真
愈遠矣。」[220]

　　雖然這兩段言論所涉及的問題不完全一樣，也不止涉及到了「言
意」問題，但我們從「凡言意所不能達，……雖聖人之言，且亦不能
無病……詞意之間本已不能無弊」這樣的觀點還是可以看出，他對言
語的表意功能本身抱有很深的懷疑。不過他如上文所討論的劉勰、陳
獻章一般，不完全否認「假於譬喻」的表達方式，並且除此以外，還
有「以意逆之」的途徑可循，這又與劉勰那種雖「神道難摹」、但
「壯辭可得喻其真」[221]的意見基本一致。他認為言語的表意功能畢竟
有所不足，因此分別對著述者與讀者兩方面都提出了要求：一、對讀
者方面，要求不可「拘文泥象」；二、對著述者的要求方面，因語言
本身有所不足，故只能「示人以形狀大略」，使人因此而討求其真」，
而不應該將所「不能傳」者而「妄自分析加增，以呈其技」，以致
「其失真愈遠」。

（9）舉業文章

　　一般理學家的文學理論雖也多多少少觸及到文學創作、批評論問
題，但大多還是側重在原理論方面。王陽明雖也不例外，不過他有一
篇談「舉業文章」的言論，我們幾乎可當作文學「創作論」來讀，
他說：

---

220 見於〔明〕王守仁：《王陽明全集》（北京市：中華書局，1992年），卷1，〈語錄
一〉，頁11。

221 參見《文心雕龍》〈夸飾〉所謂：「夫形而上者謂之道，形而下者謂之器。神道難
摹，精言不能追其極；形器易寫，壯辭可得喻其真」。

君子窮達，一應於天，但既業舉子，便須入場，亦人事宜爾。
若期在必得，以自窘辱，則大惑矣。入場之日，切勿以得失橫
在胸中，令人氣餒志分，非徒無益而又害之。場中作文，先須
大開心目，見得題意大概了了，即放膽下筆；縱昧出處，詞氣
亦條暢。今人入場，有志氣局促有不舒展者，是得失之念為之
病也。夫心無二用，一念在得，一念在失，一念在文字，是三
用矣，所事寧有成也。……將進場十日前，便須練習調養。蓋
尋常不曾起早得慣，忽然當之，其日必精神恍惚，作文豈有佳
思？[222]

　　這裡談的雖是舉子業的文章，或可放在「修辭立誠」條一併討
論，不過這一段又有其不同的側重點，而且我們只要先撇開「舉子
業」不談，將其論文的內容援用到一般文章上理解也無不可。他提
出，為了臨場發揮得好，需要有三階段的條件要配合：一、要在進場
十日前就開始「練習調養」，以免當天「精神恍惚」而無「佳思」；
二、臨場不能有患得患失的心態，以免「令人氣餒志分」，有害無
益；三、「場中作文，先須大開心目，見得題意大概了了，即放膽下
筆，縱昧出處，詞氣亦條暢。」因王陽明畢竟不是專業的文學家或文
論家，所談的也不是一般性文章，因此所論也終究不如專業的文學理
論家那樣周全，不過他能把步驟分得如此具體，已屬難得。這一點，
我們和劉勰《文心雕龍》〈神思〉篇所謂「謀篇之大端」[223]部分細加

222　見於〔明〕王守仁：《王陽明全集》（北京市：中華書局，1992年），卷24，〈示徐曰
仁應試〉，頁911。

223　《文心雕龍》第二十六〈神思〉篇說道：「陶鈞文思，貴在虛靜，疏瀹五藏，澡雪
精神。積學以儲寶，酌理以富才，研閱以窮照，馴致以繹辭。然後使玄（此
「玄」字清代版本因避諱而改用「元」字）解之宰，尋聲律而定墨；獨照之匠，
窺意象而運斤，此蓋馭文之首術，謀篇之大端。」

比照，更能看出他所觸及的理論意義之深淺。二人同樣將步驟分成三個階段來敘述，相形之下，王陽明這一段的言論固然顯得稍微粗糙一些，但其基本方面都已經觸及到了。

（10）論「刪詩」與「思無邪」

關於歷史上對「刪詩」的看法，已在前一節胡居仁部分較詳細地介紹過，王陽明也對孔子刪詩說提出了自己的看法，他說：

> 愛又問：「惡可為戒，存其戒而削其事以杜奸，何獨於詩而不刪鄭、衛？先儒謂『惡者可以懲創人之逸志』，然否？」先生曰：「詩非孔門之舊本矣。孔子云：『放鄭聲，鄭聲淫。』又曰：『惡鄭聲之亂雅樂也。鄭衛之音，亡國之音也。』此本是孔門家法。孔子所定三百篇，皆所謂雅樂，皆可奏之郊廟，奏之鄉黨，皆所以宣暢和平，涵詠德性，移風易俗，安得有此？是長淫導奸矣。此必秦火之後，世儒附會，以足三百篇之數。蓋淫佚之詞，世俗多所喜傳，如今閭巷皆然。『惡者可以懲創人之逸志』，是求其說而不得，從而為之辭。」[224]

一般而言，對司馬遷所提孔子「刪詩之說」，主要有贊同與懷疑兩種意見。不過，由這一段文字看，王陽明的看法很獨特，他雖相信孔子「刪詩」的史實，但不相信今所傳「詩三百」即便是「孔門之舊本」。至於「何獨於詩而不刪鄭、衛」的問題，他就根據《論語》〈陽貨〉篇的「放鄭聲，鄭聲淫。」、「惡鄭聲之亂雅樂也。鄭衛之音，亡

---

224 見於《〔明〕王守仁：《王陽明全集》（北京市：中華書局，1992年），卷1，《傳習錄》上，頁10。

國之音也。」等的話來推斷，認為是「秦火之後，世儒附會，以足三百篇之數。」

我們看他以上言論，可發現他是完全以理推斷，不假任何佐證。這種論斷方式顯然得力於其所謂「一了百當的工夫」。他論「思無邪」也用同樣的語氣、同樣的方式論斷，《傳習錄》謂：

> 「『思無邪』一言如何蓋得三百篇之義？」先生曰：「豈特三百篇，六經只此一言便可該貫，以至窮古今天下聖賢的話，『思無邪』一言也可該貫。此外更有何說？此是一了百當的工夫。」[225]

眾所周知，「思無邪」[226]是孔子對「詩三百」內容的概括，但是「詩三百」中鄭、衛等作品很難以「思無邪」涵蓋，歷來才有此問。對此，王陽明的回答毫無保留，他甚至認為「窮古今天下聖賢的話，『思無邪』一言也可該貫」，蓋這正如他「心即理也」般，是可一了百當的工夫的表現。由此可見，陽明所謂「思無邪」主要是指當讀者面對「窮古今天下聖賢的話」時該保持的心態而言。

總觀以上所討論，王陽明的文學理論，大致不出他之前理學家文學理論的範圍，但也提出了一些較獨到的看法。如他的「去文尚實」、「修辭立誠」、「忌勝心」等以其「本末」論為理論依據，而他在這一方面的看法，大抵固守前代理學家的藩籬。不過其「修辭立誠」觀點雖以「舉子業」為討論對象，有較為獨特的見解，或可對文學創作產生有利的影響。在「詩樂教論」、「論元聲」方面的言論，雖是舊

---

225 見於〔明〕王守仁：《王陽明全集》（北京市：中華書局，1992年），卷3，《傳習錄》下，頁102。

226 見於《論語》〈為政〉「子曰：『詩三百，一言以蔽之，曰：『思無邪』。」

題重談,但也偶爾顯現出了某些心學大師的本色。至於其他部分所
論,其中「直寫胸中實見」、「學古」、「言意」等問題上的見解大抵也
因襲前人,但在「論舉業文章」表現了幾近行家之見,最後從「論刪
詩、思無邪」而直溯本源的態度中,也能看出其與前期理學家不太一
樣的心學大師的面貌。

第三節　中晚期其他諸家的文學理論

　　本節將討論的明代中晚期理學家,主要包括幾乎與王陽明
(1472-1528)同時的羅欽順(1465-1547)以及稍後的陽明門人王艮
(1483-1540)、聶豹(1487-1563)、鄒守益(1491-1562)、王畿
(1498-1583)等共五人。這些人雖思想傾向不盡相同,不過因為其
主要活動年代相差不遠,且在文學方面的言論也不很多,故擬一併討
論。在這些人中,除羅欽順之外,可說都是王門中人。至於如此選擇
的標準與理由,將在下文分述各家時再補述。論述的次序將根據其生
年之早晚。

一　羅欽順(1465-1547)

　　羅欽順,字允升,號整菴,泰和人。弘治六年進士及第,授編
修,轉任南京國子監司業,未幾,奉親歸,因乞終養。劉瑾怒,奪職
為民。等瑾誅後,又復官,歷任南京太常少卿、南京吏部右侍郎等
職,後入為吏部左侍郎。世宗即位後,任南京吏部尚書、禮部尚書等
職。[227]著有《整菴存稿》二十卷與《困知記》,《四庫提要》謂:

---

227 以上參見〔清〕張廷玉等:《明史》,卷282,〈列傳第一百七十・儒林一〉,頁7236。

> 欽順平生專力於窮理格物之學，而力斥王守仁講良知之非，其
> 大旨具見所作《困知記》中。至詞章之事，非其所好，選錄家
> 亦罕及之。[228]

　　正如〈提要〉所言，「詞章之學，非其所好」，故其文集中論及文學之處也不多。但因他是王學興起之際的人物，也是常與陽明和陽明門人有過頻繁的論辯的朱學後人[229]，故為參考起見，將之列入討論之列，以便能與王學中人比較。

　　羅欽順在其著作《整菴存稿》和《困知記》中沒有一篇專文討論文學或文學理論，不過我們還是可以從他對別人文章的看法或一些零散的言論中窺見他對文學的基本看法以及他的批評理論。他的文學批評理論，我們分如下幾個方面討論。

1 道學與詞章兩不相嫌

　　他和前期的理學家一樣，在「道德」、「詞章」二選一時，自也選擇「道德」[230]，不過總觀他論詩文，他還是反對在「道德」、「詞章」中偏廢任何一項。他說：

> 人才之見於世，或以道學，或以詞章，或以政事，大約此三

---

228 見於〔明〕羅欽順：《整菴存稿》（臺北市：臺灣商務印書館，1983年，《景印文淵閣四庫全書》第1261冊），卷1，〈提要〉，頁4。

229 參見古清美先生《明代理學論文集》，謂：「和陽明及陽明弟子歐陽南野（德）反覆辯論的羅整菴，在當時儼然朱學之護法，再三指責陽明誤以知覺為良知，而其修正朱學格物之說，竟謂『格物則無物』，以歸攝一心。」古清美：《明代理學論文集》（臺北市：大安出版社，1990年），頁40。

230 如《整菴存稿》〈祭王宜學編修文〉所謂：「君世高明，資稟尤粹，學匪詞章，務求諸內一」中可窺見。〔明〕羅欽順：《整菴存稿》（臺北市：臺灣商務印書館，1983年，《景印文淵閣四庫全書》第1261冊），卷15，〈祭王宜學編修文〉，頁8。

等，其間又各有淺深高下之異。然皆所謂才也。……夫學以求
道，自是吾人分內事，以此忌人固不可，以之驕人亦惡乎可
哉。且形跡一分，勢將無所不至，程、蘇之在元佑，其事亦可
鑒矣。故為士者當務修其實，求仕者必兼取其長，如此則小大
之才各以時成，兩不相嫌而交致其用。天下之治庶乎其有攸賴
矣。[231]

這段文字，表面看是討論儒者三大德目[232]，實際論文的焦點還是
在「道學」與「詞章」上面。他認為這三者之間儘管有其「淺深高下
之異」，但「詞章」也仍不失為「才」的表現。因此，他對宋代元佑
時期二程洛學與蘇軾蜀學分道揚鑣的情況，表示了不滿。而頗值得我
們注意的是他這不滿並不像向來的理學家只限於蜀學，而二程洛學也
有份。這一點，我們從他緊接上文而說的「故為士者當務修其實，求
仕者必兼取其長，如此則小大之才各以時成，兩不相嫌而交致其用」
看，其兼取的主張就顯而易見。這看似是平常的主張，在理學家有關
文學方面的見解中卻是很特別的。即在他以前的理學家中，往往隨著
其立場、角度不同，對文學的態度也跟著不同，這可以從朱熹以來許
多理學家言論中看出，那些前賢中未曾有過一位專業的理學家如羅欽
順這般在同一文中將「道學」、「詞章」相提並論而公開表示兼取之意。

2　重視文詞表達之工

我們已看到他有兼取「道學」、「詞章」之長的主張，我們也不難
推知他認為的「詞章」之長，無非指「詞章」之學的表意手法。確

231　見於〔明〕羅欽順：《困知記》（臺北市：臺灣商務印書館，1983年，《景印文淵閣
　　　四庫全書》第714冊），卷上，頁29-30。
232　參見本文第二章「方孝孺」部分。

實，他平常評論詩文時也以此推許：

> 北上稿者，故大司成永玉先生羅公之所著也。……以謂公之為
> 文不屑屑於造語，主於理明而意勝，議論宏闊而波瀾老成，識
> 者尚之。公之為學一宗程朱，務明諸心以為發揮事業之
> 本。……今得茲帙而觀之，讀其長篇短章類若衝口而出，信筆
> 而成，無苦心極力之態。然而鋪張物理模寫人情，無不曲盡，
> 非所謂理明而意勝者乎？三復以還，於其理明而意勝者乎？三
> 復以還，於其學問之所該，精神之所契，亦可以概見矣。[233]

　　他這篇〈序〉文，所讚許的也不外集中在「道學」、「文詞」二
者。他固然讚賞羅公「為文不屑屑於造語」、而能「主於理明而意
勝」、「為學一宗程朱，務明諸心以為發揮事業之本」的「道學」。他
身為理學家，這是極其自然的事；不過，從「今得茲帙」開始顯然轉
重羅公「詞章」所具有的「若衝口而出，信筆而成，無苦心極力之
態。然而鋪張物理模寫人情，無不曲盡」的文詞表達功力，因此這
〈序〉實際讚許的是，其在詞章方面所具有的功力使人讀了以後能看
出作者「理明而意勝」，這種文詞表達功力又使人從反覆品賞的過程
中看出「其學問之所該，精神之所契」，而這正是寫此序文的最主要
理由。由上可見，他幾乎將對文詞的表達功力與「道學」相提並論，
因為他認為「理明而意勝」，「其學問之所該，精神之所契」，只有通
過他這般「詞章」才能呈現出來。這種看法雖與「有德者必有言」或
「自成文」之類的理學家文論不相背，但也有些轉移到「文詞」上

---

233 見於〔明〕羅欽順：《整菴存稿》（臺北市：臺灣商務印書館，1983年，《景印文淵閣四庫全書》第1261冊），卷8，〈北上稿序〉，頁24-25。

了。他這種重視文詞工妙的態度，也可在一些評論時文的文字中窺見，且看以下兩段：

> 為文工，造語簡潔圓勁，惟意所向，善變而不窮，而必歸宿於理。詩，古近體多清婉有餘韻，頗造古作者吟域。[234]

> 承示禁體雪詩，韻險而句工，誠傑作也。[235]

可見這兩則評人詩文，皆從其文詞之工著眼，都很注重造語、風格、餘韻等。因此，若我們不考慮「必歸宿於理」，便不容易看出這是理學家在論詩，足見他在文學方面的造詣、其兼取「道學」、「詞章」的態度以及在他評論詩文中的實踐。

3 其他

羅欽順有關文學的見解，除以上所介紹者外，還有一則論《詩經》謂：

> 《詩》三百十一篇，人情世態無不曲盡。燕居無事時取而諷詠之，歷歷皆目前事也，其可感者多矣。[236]

這一段論《詩》的感人力量，而他認為這種感人力量主要來自：

---

234 見於〔明〕羅欽順：《整菴存稿》（臺北市：臺灣商務印書館，1983年，《景印文淵閣四庫全書》第1261冊），卷14，〈亡弟前都察院左副都御史允恕墓誌銘〉，頁10。

235 見於〔明〕羅欽順：《整菴存稿》（臺北市：臺灣商務印書館，1983年，《景印文淵閣四庫全書》第1261冊），卷19，〈次韻王蓉江對雪效禁體之作〉，頁15。

236 見於〔明〕羅欽順：《困知記》（臺北市：臺灣商務印書館，1983年，《景印文淵閣四庫全書》第714冊），卷下，頁3。

一、對「人情世態無不曲盡」的表現力量；二、「歷歷皆目前事」，即
對現實生活的直接反映。

　　總觀以上羅欽順有關文學方面的看法，大致離不開他「道學」、
「詞章」要兼取而不可偏廢的基本立場。即他認為「道學」要與「詞
章」配合方可發揮其效果，好的內容也要有「曲盡」的表達才能增加
其感人的力量。他有關文學方面的見解也大致不出此範圍，可知他的
文學理論確與一般理學家有所不同。

二　王艮（1483-1540）

　　王艮字汝止，號心齋，泰州安豐場人，從王陽明問學，陽明死
後，歸泰州授徒講學。他和他的門人及再傳門人史稱為「泰州學派」，
是明中後期一個影響力強大的學派。他的主要著作為《心齋王先生全
集（或稱《王心齋全集》)》。由於王艮的良知說崇尚自然，因而他反對
程朱派理學的莊敬持養，為了使這種崇尚自然的工夫為人理解，他還
提出了「百姓日用即道」的說法。因此論者認為因王艮的這種自然功
夫不主張莊敬防檢，不主張有所戒慎恐懼，所以很容易流入放曠。[237]
　　王艮文集《王心齋全集》中幾乎不談文學，在其全文集中唯有
〈王道論〉一文涉及文學方面的言論，他說：

> 後世以來非不知道德仁義為美，亦非不知以道德仁義為教。而
> 所以取士者，不專以道德仁義而先於文藝之末。故上有好者，
> 下必有甚焉者矣。在上者以文藝取士，在下者以文藝舉士，父

---

237 參見陳來著：《宋明理學》（瀋陽市：遼寧教育出版社，1991年），頁366-371。

兄以文藝教之，子弟以文藝學之，師保以文藝勉之，鄉人以文
藝榮之，而上下皆趨於文藝矣。故當時之士自幼至老，浩瀚於
辭章，汩沒於記誦，無晝無夜，專以文藝為務。蓋不知此則不
足以應朝廷之選而登天下之堂，以榮父母，以建功業，光祖宗
而蔭子孫矣。方其中式之時，雖田夫、野叟、兒童、走卒，皆
知欽敬，故學校之外，雖王宮國都府郡之賢士大夫一皆文藝之
是貴，而莫知孝弟忠信禮義廉恥之學矣。而況鄉下邑愚夫、愚
婦又安知所以為學哉？所以飽食煖依逸居無教而近於禽獸，以
至傷風敗俗、輕生滅倫、賊君棄父，無所不至……今欲變而通
之，惟在重師儒之官，選天下道德仁義之士，以為學校之師，
其教之也，必先德行而後文藝[238]

　　這段文字嚴格地說也沒有什麼文學理論可言，但若注意看，也能
窺見王艮文學觀之一斑。王艮在這段文字中所表露的文藝觀，可歸結
到「先德行而後文藝」這句話上。他基於「上有好者，下必有甚焉
者」的看法，反對「上者以文藝取士……而上下皆趨於文藝」的社會
風氣以及「當時之士自幼至老，浩瀚於辭章……專以文藝為務」的情
況。我們在此有一點必須說清楚，他這「先德行而後文藝」雖從字面
看似前儒的「文從道中流出」、「有德有言」、「先質後文」等，但實際
上是不同層次的問題。一般理學家提出「文從道中流出」、「有德有
言」主要基於其「本末」觀點，所談的是屬於個人道德涵養與文辭的
主從關係問題，亦即「內在」與「外現」的問題；而王艮的這「先德
行而後文藝」主要是為現實問題而考量的務學主次地位的問題。因此
他反對「以文藝為務」主要也是因為怕「莫知孝弟、忠信、禮義、廉

---

238 見於〔明〕王艮：《王心齋全集》，卷4，〈王道論〉，頁10-11。

恥之學」，「以至傷風敗俗、輕生滅倫、賊君棄父，無所不至」，如此則全不涉及德性涵養與文辭的「本末」、「主從」、「內在與外現」的問題。他這種論「道德」、「文藝」，主要是就現實生活而考量的提法，與他的心學思想不無關係。他的心學思想有個顯著的特色就是如：「明哲，良知也。明哲保身者，良知良能也。知保身者則必愛身，能愛身則不敢不愛人，能愛人則人必愛我，人愛我則吾身保矣。」[239]所表現的一般，將其師陽明的「良知」之學加以世俗化、功利化了[240]，我們若把他這種「先道德而後文藝」也放在這種思考模式的延長線上，可有助於我們的理解。

三　聶豹（1487-1563）

聶豹，字文蔚，號雙江，吉安永豐人，著有《雙江聶先生文集》十四卷。黃梨洲謂：

> 姚江之學，惟江右得其傳，東廓、念菴、兩峰、雙江其選也。再傳而為塘南、思默，皆能推原陽明未盡之旨。是時越中流弊

239　見於〔清〕黃宗羲：《明儒學案》（北京市：中華書局，1992年），卷32，〈泰州學案〉，頁715。《王心齋全集》〈明哲保身論〉也謂：「明哲者，良知也。明哲保身者，良知良能也。所謂不慮而知，不學而能者也。」〔明〕王艮：《王心齋全集》，卷4，〈明哲保身論〉，頁4。

240　陳來謂：在王艮的這個思想中，保身是良知的基本意義，這樣一來，良知就與人的生命衝動沒有本質區別了……就一般的道德規範和道德修養來說，王艮並沒有否定儒家倫理……在傳統倫理的闡釋上，採取了類似墨子的方法，自覺不自覺地加入了功利的意義。從而使他的倫理觀中突出了個體感性生命在人生和價值中的意義。……從文化的角度來看，王艮的這些思想不應被視為理學的「異端」，而是作為精英文化的理學價值體系向民間文化擴散過程中發展出來的一種形態，其意義應當在「世俗儒家倫理」的意義上來肯定。參見陳來著：《宋明理學》（瀋陽市：遼寧教育出版社，1991年），頁368-378，

錯出，挾師說以杜學者之口，而江右獨能破之，陽明之道賴以
不墜。蓋陽明一生精神，俱在江右，亦其感應之理宜也。[241]

這段在表示：以聶豹、鄒守益等江右王門為陽明正宗真傳之意。
其實江右諸子之說彼此之間亦不盡相同；其中尤以聶雙江、羅念菴引
起很多同門之間的辯論。[242]聶豹的理學思想也比較複雜，他「歸寂」
之學受私淑胡敬齋的魏校「天根之學」的影響[243]，後與陽明經過幾次
對談辯論後終事之為師。因此，從「理學」和「心學」起伏隱顯的關
係來看，這是「理學」之一支匯流入了「心學」之域[244]。

雙江有關文學的見解也很少，在文集中幾無談及詩文，所以我們
只能從其他言論中揣摩。

1 論古

他論學有明顯的復古觀點，在其〈復古書院記〉上說：

學有古今，故人有古今，治亦有古今。欲還古治，當求古人，
欲求古人，當復古學。[245]

---

241 見於〔清〕黃宗羲：《明儒學案》（北京市：中華書局，1992年），卷16，〈江右
一〉。

242 參見古清美先生著：《明代理學論文集》（臺北市：大安出版社，1990年），頁141。

243 《明儒學案》〈恭簡魏莊渠先生校〉謂：先生私淑於胡敬齋。其宗旨為天根之學，
從人生而靜，培養根基，若是孩提，知識後起，則未免夾雜矣。所謂天根，即是
主宰，貫動靜而一之者也。……聶雙江歸寂之旨，當是發端於先生者也。參見
〔清〕黃宗羲：《明儒學案》（北京市：中華書局，1992年），卷3，〈恭簡魏莊渠先
生校〉。

244 參見古清美先生著：《明代理學論文集》（臺北市：大安出版社，1990年），古清美
先生著：《明代理學論文集》（臺北市：大安出版社，1990年），頁41。

245 見於〔明〕聶豹：《雙江聶先生文集》（明嘉靖甲子（四十三年）永豐知縣吳鳳瑞
刊），〈復古書院記〉，頁32。

　　這一段雖不是針對文學，且因這是為「復古書院」所作的「記」，故想必受文章性質的限制，不過從這一段文字中看，他的學問很顯然以復「古學」為重心。

2　立本

　　他在道學、詞章的問題上採取「本末論」觀點，他說：

> 文章，古文、時文亦是學者二魔，魔則病心，障是障於道，故先儒嘗曰：聖賢既遠，道學不明，士大夫不知用心於內以立其本。而徒以其意氣之盛，以有為於世者多矣。[246]

　　這一段雖說得不很明確，但大致在說「文章」與「道學」本不可明分為二。而文人又將「文章」再分「古文」和「時文」以講究，這是心中之魔作祟的結果。因此強調士大夫不要「徒以其意氣之盛，以有為於世」，而應「用心於內以立其本」。而這所謂「以其意氣之盛，以有為於世」，無非指世人「以文為事」。

四　鄒守益（1491-1562）

　　鄒守益[247]，字謙之，號東廓，江西安福人。歷任翰林編修、南京主客郎中、司經局洗馬、太常少卿兼侍讀學士，陞南京國子祭酒等職，諡文莊。[248]著有《東廓鄒先生文集》十二卷及《東廓鄒先生遺

---

246 見於〔明〕聶豹：《雙江聶先生文集》（明嘉靖甲子（四十三年）永豐知縣吳鳳瑞刊），卷14，〈辯誠〉，頁85。

247 〔清〕張廷玉等：《明史》，卷283，〈列傳第一百七十一‧儒林二〉，頁7268。

248 參見〔清〕黃宗羲：《明儒學案》（北京市：中華書局，1992年），卷16，〈文莊鄒東廓先生守益〉。

稿》八卷。《明儒學案》〈師說〉稱他謂：

> 東廓以獨知為良知，以戒懼慎獨為致良知之功。此是師門本
> 旨，而學焉者失之，浸流入倡狂一路。惟東廓斤斤以身體之，
> 便將此意做實落工夫，卓然守聖矩，無少畔援。諸所論著，皆
> 不落他人訓詁良知窠臼，先生之教，率賴以不敝，可謂有功師
> 門矣。[249]

此〈師說〉所言，與黃宗羲謂「陽明之道賴以不墜」[250]之意相
同。可知他在江右王門中的地位和成就。

鄒守益有關文學方面的見解不多，且大抵不出前儒之藩籬。我們
可分以下幾方面討論他的文學理論。

1 尊道卑文

鄒守益對文學的基本看法，與他之前的傳統理學家相似，他在文
與道的問題上也明確表示了「道尊而文卑」的看法。他說：

> 學詩不過為詩人，學文不過為文人，學曲藝不過為工人，學道
> 則為賢人、為聖。人之欲愛其身者，可不慎所擇乎！[251]

> 學詩學文，皆學也。以道為志，乃是第一等學術。詩人文人，

---

249 見於〔清〕黃宗羲：《明儒學案》（北京市：中華書局，1992年），〈鄒東廓守益〉。

250 參見〔清〕黃宗羲：《明儒學案》（北京市：中華書局，1992年），卷16，〈江右
一〉。

251 見於〔明〕鄒守益：《東廓鄒先生文集》（明嘉靖末年刊本），卷9，〈復初書院講
書·學而時習一章〉，頁6。

皆人也。以聖為志，乃是第一等人品。[252]

　　兩段文字所述內容基本相同，同樣以學詩文為卑，而學道學聖為尊。意思即學詩文無論能達多高境界，都不足以成為第一等學術、第一等人品。這和其師王陽明評論韓愈與文中子時所謂「退之，文人之雄耳」[253]，其語意相同。鄒東廓由此「道尊而文卑」的觀點出發，還進而強烈反對文人「以文為事」的作為，他說道：

> 學也者，將以何為也。學此心之純乎天理而不雜以人欲也。故學聖之功，以揭一者無欲為要，而定性之教直以大公順應，學聖人之常。世之記誦詞華、急聲利而競權寵，皆學之蠹也。[254]

> 儒者之所業，黜百家宗孔氏，孰非？聖學之蘊特患不能反諸身耳。勤記誦，麗文詞，獵科名，以榮身肥家，是倚聖學為駔儈也[255]

　　他在上述的那一段裡還認為「學詩學文」，皆不失為「學」，只是沒有「學道」之「尊」耳。而在這一段裡表明他心目中的真正的「學」乃是「學此心之純乎天理而不雜以人欲」，亦即「存天理而滅

252　見於〔明〕鄒守益：《東廓鄒先生遺稿》（明嘉靖末年刊本），卷8，〈浙遊聚講問答費浩然等錄〉，頁14。

253　見於〔明〕王守仁：《王陽明全集》（北京市：中華書局，1992年），卷1，《傳習錄》上，頁7-8。可參考本論文前一節的討論。

254　見於〔明〕鄒守益：《東廓鄒先生遺稿》（明嘉靖末年刊本），卷2，〈贈白泉林侯陟臨江序〉，頁42。

255　見於〔明〕鄒守益：《東廓鄒先生遺稿》（明嘉靖末年刊本），卷2，〈林松樓邑侯贈言〉，頁44。

人欲」乃為學終極目標，因此在這兩段中對那些世之文人「記誦詞華、急聲利而競權寵」的作為，儼然斥之為「學之蠹」、「倚聖學為馹儈」，表示了極度的反感。雖說這並不直接反對文詞本身，而針對學文詞容易產生的弊端，不過「以文為意」、「以文為事」的文人，便很難避免這些「勤記誦，麗文詞，獵科名」以期「榮身肥家」的傾向，因此他這種觀點，實際上與最偏激的理學家文學觀是同屬一類的。

2 以「詩」理「性情」

我們在上述的鄒東廓有關文學的見解中，幾乎看不出他對文學任何肯定的字眼。那是因為他以上都把文學當作「學道」、「學聖」的對立面看待的結果。而他在直接談論詩文時，則說道：

> 詩以理性情者也。何謂性？曰：仁義禮智，何謂情？曰：惻隱、羞惡、辭讓、是非，匪仁、匪義、匪禮、匪智、匪惻隱、羞惡、辭讓、是非，悉邪也。故曰：詩三百，一言以蔽之曰：思無邪。聖人教人學詩之法無餘蘊矣。後之言詩者不復講於養性約情之道，而以雕辭琢句相角，故粗心浮氣之所發，喜而失之驕，怒而失之悍，哀而失之傷，樂而失之淫，其弊反以蕩情而鑿性。嘻！所從來久矣。[256]

他開宗明義就規範詩歌的性質，謂「詩以理性情者」，並以儒家倫理綱常規範「性」與「情」，由此看來，其「性」與「情」實際也並無二致。因此，詩歌吟詠的內容只要不符合「仁、義、理、智」等

---

256 見於〔明〕鄒守益：《東廓鄒先生遺稿》（明嘉靖末年刊本），卷2，〈訓蒙詩要序〉，頁4。

綱常規範，便都是「邪」。他又由此出發認為因「後之言詩者不復講
於養性約情」，所以造成種種「蕩情而鑿性」弊端。要而言之，所謂
「理性情」之「理」，無非指「養性約情」，由此看出他主張詩歌應以
「詩三百」之「思無邪」、「溫柔敦厚」為主，否則皆不足取。值得我
們注意的是，表面上他似乎完全堵塞了文學創作可行之路。其實並不
盡然。因為就他而言，那「養性約情」不止是對詩人及詩歌的要求和
約束，也是寫詩詠詩的過程中所需的心理條件。因此，他說：

> 文意甚爽快，正好相與切磋，同升光大。時義數篇覺得牽纏處
> 多，且時於格式不合。此必順之以為細故而略之，古人寫字作
> 文皆是調習此心，故無大小無敢慢。若以細故略之，亦涉於不
> 敬矣。先師謂獅子捉兔捉象皆用全力，願順之留意焉。[257]

　　在「時義」文字上用「全力」，這似乎與鄒東廓上述那些主張相
衝突，可是因為寫詩作文又是「養性約情」、「調習此心」的過程，所
以也不能「略」、「慢」，否則將落到「不敬」。這也就是理學家常說的
「修辭立誠」之意，也是在理學家文學理論中很值得肯定的積極、正
面的部分。

五　王畿（1498-1583）

　　王畿[258]，別號龍溪，王陽明高弟，浙江山陰人。弱冠舉於鄉，後
受業於王守仁，守仁聞其言無底滯，大喜。他是王陽明同郡宗人，但

---

257 〔明〕鄒守益：《東廓鄒先生遺稿》（明嘉靖末年刊本），卷7，〈答周順之〉，頁13-
　　14。
258 〔清〕張廷玉等：《明史》，卷283，〈列傳第一百七十一‧儒林二〉，頁7274。

他從學於陽明較晚，陽明平定江西後歸山陰閒居，王畿始受學。嘉靖
五年（1526）舉進士。守仁征思、田，留畿、德洪主書院。已，奔守
仁喪，經紀葬事，持心喪三年。久之，嘉靖十一年（1532）與德洪同
第進士。授南京兵部主事，進郎中。給事中戚賢等薦畿。夏言斥畿偽
學，奪賢職，畿乃謝病歸。其為官尚不足兩年。此後專以講學為業，
達四十餘年，卒年八十六歲。著有《龍溪王先生全集（或稱《王龍溪
全集》）行於世。[259]

　　王學求諸內而不求諸外，而這種極度的向內，使得陽明後學產
生出不少弊端，後受到了顧亭林「昔之清談談老莊，今之清談談孔
孟」[260]等的譏評。而王學這種弱點原本就潛伏在陽明心學本身，因此
陽明當時也時時警惕，曾謂：

> 凡執事所以致疑於格物之說者，必謂其是內而非外也，必謂其
> 專事於反觀、內省之為，而遺棄其講習討論之功；必謂其一意
> 於綱領、本源之約，而脫略於枝條、節目之詳也；必謂其沈溺
> 於枯槁、虛寂之偏，而不盡於物理人士之變也。審如是，豈但
> 獲罪於聖門，獲罪於朱子，是邪說誣民，叛道亂正，人得而誅
> 之也。[261]

　　可見陽明已看到隱伏在心學中的危機，而想避開這個弊病，故強

---

259 以上參見《明史》〈王畿傳〉及陳來著《宋明理學》。〔清〕張廷玉等：《明史》，卷
　　283，〈列傳第一百七十一·儒林二〉。陳來：《宋明理學》（瀋陽市：遼寧教育出版
　　社，1991年），頁345。
260 見於《日知錄》卷9，此轉引自古清美先生：《明代理學論文集》（臺北市：大安出
　　版社，1990年），頁129。
261 見於〔明〕王守仁：《王陽明全集》（北京市：中華書局，1992年），《傳習錄》卷
　　中，〈答羅整菴少宰書〉，頁77。

調知行合一，並時時警惕，而王學到王龍溪後便無意中替王學末流開了不良風氣[262]，為之提供了有力的理論依據。因此，如古清美先生謂：

> 龍溪本是上承陽明之意，描述出良知之學是一種超出名利得失，不畏毀譽，自己承擔的學問，也針對當時八股之士株守程朱以求名利，檢束言行只為獵取時譽之風而言，鼓勵士人具足這種對心體的自信，對良知的實踐，故既不隨俗俯仰，有時更不免違背世情俗見。但反過來說，就彷彿變成違背世情俗見、打破傳統、獨來獨往、不畏惡名、不顧毀譽的方是真性情、真良知。這種思想對衝破傳統、掀翻禮教的風氣有極大的暗示和鼓勵的作用；泰州派如顏山農、何心隱、李卓吾這些人表現怪異、蔑視禮教、自信己心，無所忌憚，而自以為「超出世情」、「真為性命」，便正是龍溪此說忠實的擁護者。[263]

被稱為思想最具叛逆性的泰州派學人雖以心齋為宗主，但也多兼宗二王[264]，故王龍溪這種思想傾向，可謂其意義與影響也更深遠。

---

262 如《王龍溪全集》《龍溪語錄》卷四，說：「聖賢之學惟自信得及，是是非非不從外來，故自信而是，斷然必行，雖逝世不見是而不悶。……如此方是毋自欺，方謂之王道，何等易簡直捷！後世學者不能自信，未免倚靠於外，動於榮辱，則以毀譽為是非，惕於利害，則以得失為是非，攙和假借，轉折安排，益見繁難，到底只成就得霸者伎倆，而聖賢之學不復可見。」（此轉引自古清美先生著：《明代理學論文集》（臺北市：大安出版社，1990年），頁130）

263 見於古清美：《明代理學論文集》（臺北市：大安出版社，1990年），頁130-131。

264 《明儒學案》〈王龍溪畿〉條則謂：「心齋、龍溪，學皆尊悟，故世稱二王。心齋言悟雖超曠，不離師門宗旨。至龍溪，直把良知作佛性看，懸空期個悟，終成玩弄光景，雖謂之操戈入室可」。以上參見古清美先生：《明代理學論文集》（臺北市：大安出版社，1990年），頁124。

　　王龍溪有關文學方面的見解之多，是王門後學之冠[265]，其理論的觸及面也比較廣泛，他的文學理論可分為以下幾方面來探討。

1 「文」是「道」之顯

　　王龍溪有關文學方面的見解，多在前輩儒者意見的基礎上發明。如「文者，道之顯」這一觀點，基本上也是繼承宋以來理學家「本末論」以及「文以載道」論，他說：

> 道器合一，文章即性與天道，不可見者，非有二也。性與天道，夫子未嘗不言，但聞之有得與不得之異耳。[266]

> 道之可見謂之文，文散於萬，故曰博，博文，我博之也。其不可見謂之禮。禮原於一，故曰約，約禮，我約之也。[267]

> 先生曰：「文者，道之顯，言語、威儀、典詞、藝術一切皆可循之業，皆所謂文也。」[268]

　　可見，這三段文字都在闡述其「文」與「道」「非有二」，「文」者「道」之「文」的觀點。而他這「文道不二」的觀點，仍以「本末

---

265 如在本論文第一章所述，徐渭、李贄等雖有其師承關係可討，但因其思想非以理學可概括，故筆者認為另當別論為妥。

266 見於〔明〕王畿：《王龍溪全集》（臺北市：華文書局，1970年），卷3，〈書累語簡端錄〉，頁23。

267 見於〔明〕王畿：《王龍溪全集》（臺北市：華文書局，1970年），卷3，〈書累語簡端錄〉，頁33。

268 見於〔明〕王畿：《王龍溪全集》（臺北市：華文書局，1970年），卷1，〈復陽堂會語〉，頁10。

論」為理論基礎。在他看來，「文」只不過是「性」與「道」的外現，故謂「道之可見謂之『文』」、「文者，道之顯」。這三段中所謂的「文」即指一切「人文」，而非單指文詞之文而言。這「文」又顯然吸取了先秦「文」的觀點，即指一切學術、典章制度等「人文」而言。值得注意的是，在中國文學批評史上代代有取這種「文」之古意者，而凡取這種先秦「文」之意者，都有藉此表示對時文的不滿或進而針砭時文之弊的企圖。而龍溪也不例外，他也基於這種認識，對文人之文有些不以為然，且看下一段：

> 或問先生何不著書，對曰：六經註我，我註六經。韓退之倒做了，蓋欲因文而學道，歐公極似韓，其聰明皆過人，然不合初頭俗了。二程方不俗，然聰明卻有所不及。道在人心，六經吾心註腳，雖經祖龍之火，吾心之全經未嘗忘也。韓歐欲因文而學道，是倒做了。要初頭免得俗，須是知學。不然聰明如韓歐，亦不免於俗。聰明固不足恃也。[269]

這一段將韓、歐與二程相對舉，他雖肯定韓、歐之才氣在二程之上，但是因為韓、歐有「欲因文而學道」的傾向，所以他們起腳處就難免有「俗」氣。他如此評判優劣也不外因其認為「道」尊而「文」卑，以「道」為「本」而「文」為「末」，也因此就認為韓、歐乃「倒做」者。他這一批評，顯然繼承了宋代程、朱對韓、蘇的批評，但宋儒論文很少如此直接批評歐陽修，而對文人的批評主要都集中在韓、蘇，而龍溪在此將歐陽修也標舉出來。連同韓愈一概用「倒做」者而加以批評，足見他對文人之文的不滿與其態度之堅決。這一點在

---

269 見於〔明〕王畿：《王龍溪全集》（臺北市：華文書局，1970年），卷1，〈撫州擬峴臺會語〉，頁32。

他把詩文之學與道德之學並舉時更為明顯，他在〈魯舜徵別言〉一文中說道：

> 宏正間京師倡為詞章之學，李何擅其宗，陽明先師結為詩社，更相倡和，風動一時，鍊意繪辭，寖登述作之壇，幾入其髓。既而翻然悔之，以有限之精神，弊於無益之空談，何異隋珠彈雀，其昧於輕重，亦甚矣。縱欲立言為不朽之業，等而上之更當有自立處……豈應泯泯若是而已乎？……陽明子業幾有成，中道而棄去，可謂志之無恒也。先師聞而笑曰：「諸君自以為有志矣。使學如韓、柳，不過為文人，辭如李、杜，不過為詩人。果有志於心性之學，以顏閔為期，當與共事，圖為第一等德業，……傍人門戶，比量揣擬，皆小技也。」[270]

可見，這一段主要通過其師王陽明的話和陽明治學歷程的介紹，闡明以「鍊意繪辭」的詩文為「無益之空談」、「小技」，即以為學之「末」；而以「心性之學」為「第一等德業」，即以為學之「本」之意。

總而言之，王龍溪的「文道」觀點可歸結到「本末論」上，而這「本末論」可按其內涵分為兩層：一是「主從」關係的「本末」，這以如「文者，道之顯」等觀點為其代表；另一是道尊而文卑觀點的「本末」論，這以詩文為「小技」而以「心性之學」為「第一等德業」的觀點為其代表。這兩層意義的「本末論」可以說都能代表理學家最典型的「文道」觀點。

---

270 見於〔明〕王畿：《王龍溪全集》（臺北市：華文書局，1970年），卷16，〈魯舜徵別言〉，頁17-19。

2 忌「頭巾語」

龍溪雖有明顯的尊「道」而卑「文」，以「道」為「本」而「文」為「末」的觀點，不過對理學家容易有的「頭巾語」還是批評為「泥於良知之跡而未得其精，滯而未化者」：

> 珠川子銳志詞章之學有年，既衰然富且工矣。一日聞陽明先師良知之說，恍然若有見，憮然嘆曰：「斯其根本之學也乎！吾之所學特枝葉爾已」，問以其說發為文詞，則眾嘩然非而笑之，此道學頭巾語也。……及詢所謂「道學頭巾語」，則曰：「舊曾有《常州集》因人之笑，弗欲以見也。」予曰：「有是哉？子於此既不能舍，於彼又不忍棄也，則如之何？夫欲之燕，則北其轅而已；欲之越，則南其轅而已。既欲之燕，又欲之越，是惑也。轅將安適哉？」珠川子曰：「吾亦病夫志之勿立耳，是以不能進於是也。子何以輔吾志？」予曰：「可哉！夫君子之學，莫先辨志，未有志於根本而不達於枝葉者也，亦未有徒志於枝葉而能得其根本者也。今之所謂良知之學者，夫亦通其說而已。……世之所謂「頭巾」者，皆泥於良知之跡而未得其精，滯而未化者也。先師之集傳於人，久矣，子試取而讀之，果有頭巾氣否乎？然則子之惑可以解矣。苟欲致知而務文詞之工，是猶以隋珠而彈雀，亦末也已。」[271]

這一段文字所論述的內容可歸納為以下幾端：第一，以道學為根本，而以文辭為枝葉。他基於這「本末論」的觀點，認為「未有志於

---

271 見於〔明〕王畿：《王龍溪全集》（臺北市：華文書局，1970年），卷13，〈讀雲塢山人集序〉，頁16。

根本而不達於枝葉者也，亦未有徒志於枝葉而能得其根本者也」，這也是在上文中批評韓、歐為「倒做」而「初頭俗」所憑藉的理由；第二，儘管他以道學為根本之學，但對「頭巾語」則批評為「泥於良知之跡而未得其精，滯而未化者」，表示甚不以為然。這一點就不像一般理學家有時用「不必類於世」[272]之類的話以護己之短者；第三，他也指出了所以有這「頭巾語」的原因，主要有兩點：一是「於此既不能舍，於彼又不忍棄」，即在道學與文詞之間徘徊不定，以致不能專志於道學。他認為如此則無異於「南轅北轍」；二是雖有志於道學，但卻「未得其精，滯而未化」。這是因為「未有志於根本而不達於枝葉者」，即認為道學是根本，文詞乃其枝葉，故只要有志於道學，精於道學，便自有文詞可觀。因此，文詞之有「頭巾氣」也只能歸咎於其道學之不精。如此他基本上還是固守「有德者必有言」的傳統立場，但對之進行了補充和闡釋。

3 修辭達意

王龍溪論文，主要還是站在理學家的立場立論，因此不贊成有意的修辭。但他曾論及修辭，認為：

> 舉業之事，不過讀書、作文。於讀書也，口誦心，惟究取言外之旨，而不以記誦為尚；於作文也，修辭達意，直書胸中之見，而不以靡麗為工。隨所事以精所學，未嘗有一毫得失介乎其中。所謂格物也，其於舉業，不惟無妨，且為有助。不惟有助，即舉業為德業，不離日用而證聖功，合一之道也。讀書譬如食味……作文譬如傳信，書其實履，而略其遊談，始能稽遠。

---

272 見於〔明〕陳獻章：《陳獻章集》（北京市：中華書局，1993年）〈認真子詩集序〉頁，4-6。關於此，本章前一節已有所討論。

若浮而不切，謂之綺語，所謂無益而反害，君子不貴也。[273]

　　龍溪這一段是在概述「舉業」，其主旨大致也可歸納為以下幾端：第一，他認為「舉業之事，不過讀書、作文」，主張讀書不可泥於文字，作文要「直書胸中之見」；第二，至於「修辭」，主張只以「達意」為目的，所以凡超過「達意」範圍的修辭都不予肯定，如「浮而不切」的文辭則斥為「綺語」而加以反對；第三，他認為「未有志於根本而不達於枝葉者」，所以「志於根本」的「格物」之學，不但有助於「舉業」，如此則能以「舉業為德業」，又能以「德業」為「舉業」，這也是他所謂的「合一之道」。

　　因為他既認為「舉業」便是「讀書」、「作文」之事，所以自然而然地觸及到了「作文」的「修辭」問題，不過因為他還是認為「未有志於根本而不達於枝葉者」，所以強調修辭僅以「達意」為限。這「修辭達意」顯然是對孔子「辭達而已矣」[274]的有意的繼承。不過，眾所周知，「辭達而已」這一句到後來，有兩種不同的解釋和傳承，一是積極的「達」，這以蘇軾[275]為代表；一是較消極的「達」，這以理學家「修辭達意」為代表。而這兩派所說的「達」的涵意有相當程度的差異。龍溪在這一點上顯然站在理學家一邊，故他說不貴「綺語」也是順理成章之事。

273　見於〔明〕王畿：《王龍溪全集》（臺北市：華文書局，1970年），卷7，〈白雲山房問答〉，頁35-36。

274　見於《論語》「衛靈公」篇。

275　參見蘇軾〈答謝民師書〉謂：「孔子曰：『言之不文，行而不遠。』又曰：『辭達而已矣。』夫言止於達意，即疑若不文。是大不然；求物之妙，如繫風捕影，能使是物了然於心者，蓋千萬人而不一遇也；而況能使了然於口與手者乎！是之謂『辭達』。辭至於能達，文不可勝用矣。」（見於《東坡後集》卷14，此轉引自張健：《中國文學批評》（臺北市：五南圖書出版公司，1984年），頁118。）

4 道必以言傳而要直抒胸臆

他雖以「文辭」為枝葉，但這並不代表他完全忽視「文辭」。他以「達意」為修辭的唯一目的，不過他也很清楚「文辭」（言）是「達意」的唯一工具，所以他說道：

> 道必待言而傳，夫子嘗以無言為警矣。言者所由以入於道之詮。凡待言而傳者，皆下學也。學者之於言也，猶之暗者之於燭，跛者之於杖也。[276]

所謂「道必待言而傳」、「言者所由以入於道之詮」，亦即《文心雕龍》〈原道〉「因文而明道」之意，如此則不能不重視「文辭」之作用了，我們再從他「學者之於言也，猶之暗者之於燭，跛者之於杖」來看，他還是非常肯定語言、文辭在「傳道」、「明道」上的功能。不過，他又認為「凡待言而傳者，皆下學也」，即認為「語言」只能表達「形而下」者，故只能是「詮」。這基本上是取玄學「言不盡意」[277]的立場，因此他認為不管「作文」或「讀書」，一旦泥於文辭，則難免「落言詮」，而為避免「落言詮」，則：

> 大抵作詩須當以哀思發之，方不落言詮，瑣瑣步驟未免涉蹊徑，非極則也。[278]

---

276 見於〔明〕王畿：《王龍溪全集》（臺北市：華文書局，1970年），卷13，〈重刻陽明先生文錄後序〉，頁3。

277 可參考本章前一節陳獻章文學理論部分。

278 見於〔明〕王畿：《王龍溪全集》（臺北市：華文書局，1970年），卷12，〈與張叔學〉，頁33。

　　這所謂「瑣瑣步驟未免涉蹊徑」，無非在說過於在乎修辭雕琢，便難免「落言詮」，故只能「以哀思發之」方可避免「落言詮」。而這所謂「以哀思發之」也就是在前文所見到的「直書胸中之見」之意，即要以真實情感為主之意。他這種觀點與上面已述及的「本末論」、「修辭達意」、忌「綺語」等聯繫在一起，形成了一種有機的理學家文學理論。我們看王龍溪這些有關文學方面的言論，雖有時未免以文為意，不過處處顯示出理學家文論風範。

　　我們可以說以上所討論的是王龍溪文學理論的主要部分，不過他的文學理論除了上討論的以外，還有一些言論頗值得我們討論。那些雖大都是吸收前賢的舊論，並無新穎的意見，但其內涵還是比較豐富且精彩。其取向與上述的那些理學家典型的文學理論不盡相同。

5 論舉業文章

　　如我們在上述的諸位理學家中文論中已見到，理學家基本上都不喜歡公開談論詩文，有時又受到處身立場的約束而無法坦然地討論文章，尤以純文學性的課題為然，所以他們往往在對實用性較強的舉業等的描述中透露出自己的意見。這一點我們在上面已見到他用「舉業之事，不過讀書、作文」[279]的方式而實際討論的不外是一般性的「作文」之事。下面將討論的也是這一類的言論，我們看他在討論「舉業」時，匯集了許多前人有關文章的言論，藉以表示他對「舉業」文章的見解和要求。而因為他這些言論往往是借題發揮，我們從中也不難窺見他對一般文章的基本看法和要求。我們已在〈白雲山房問答〉

279　見於〔明〕王畿：《王龍溪全集》（臺北市：華文書局，1970年），卷7，〈白雲山房問答〉，頁35-36。另外，在下文將討論的〔明〕王畿：《王龍溪全集》（臺北市：華文書局，1970年），卷15，〈北行訓語付應吉兒〉，頁35，也有「舉業，不出讀書、作文兩事」。

一文中[280]見過龍溪對待「舉業」的基本態度。他在文中對有宋以來許多理學家以「舉業」為「妨功」為由，拋棄「舉業」一事而專務學聖之功的那種風尚頗不以為然，同時指出了「舉業、德業，原非兩事」[281]，故可交互其用。以下看他討論「舉業」文章而可視為具體創作論的內容，不過因為〈天心題壁〉這一文的篇幅很大，為討論上的方便起見，我們將全篇去其重複並逐段探討：

> 夫舉業，一藝耳。志於道則心氣清明，不惟德修而業亦可進。志於藝則心雜氣昏，德喪而業亦不進。勢輕重也，故先師云：「心不可以二用」。今，一心在得，一心在失，一心在文字，是三用也。……，如風行水上，不期文而文生焉。……言之精者為文，若時時打疊心地潔淨，不以世間鄙俗塵土入於肺肝，以聖賢之心發明聖賢之言，自然平正通達，紆徐操縱，沈著痛快，所謂本色文字。盡去陳言，不落些子格數，萬選清錢、上等舉業也。……明道十五六時，聞濂溪之學，便去舉業，及至弱冠，又發了科第，此是上等舉業榜樣，所謂深山之寶得於無心也。[282]

---

280 見於〔明〕王畿：《王龍溪全集》（臺北市：華文書局，1970年），卷7，頁35-36。另在〈漫語贈韓天敘分教安成〉一文中也有類似的看法：「今之學校以舉業為重，朋友之中嘗有講學妨廢舉業之疑，是大不然。夫舉業、德業，原非兩事，故曰不患妨功，為患奪志。志於道則心明氣清，而藝亦進；志於藝，則心濁氣昏，而道亡，藝亦不進。此可以觀學矣。」見於〔明〕王畿：《王龍溪全集》（臺北市：華文書局，1970年），卷16，〈漫語贈韓天敘分教安成〉，頁26-28。

281 見於〔明〕王畿：《王龍溪全集》（臺北市：華文書局，1970年），卷16，〈漫語贈韓天敘分教安成〉，頁26-28。

282 見於〔明〕王畿：《王龍溪全集》（臺北市：華文書局，1970年），卷8，頁36-38。

　　這一段包含的內容相當龐雜，既吸收韓、蘇等多數文人的文學理論，也吸取了他以前多位理學家的文學理論。在此他首先指出了「道德」與「舉業」的本末、主從關係，並強調「志於道」則「德」、「業」並進，相反則兩失，這是屬於原理論的問題；其次引用陽明〈示徐曰仁應試〉[283]所謂「心無二用」，主張為作文有佳思，心不可分用，這是屬創作的構思階段。

　　至於所謂「如風行水上，不期文而文生焉」，這所包含的內容比較複雜。這雖是一般文人和理學家[284]習以沿用的話，不過龍溪這裡似乎還是在援用蘇洵在〈仲兄字文甫說〉文中的話[285]。「不期文而自文」是在理學家文學理論中常見的命題，我們雖不知王龍溪這是有意還是無意，反正他取的不是如郝經般理學家從其「本末」、「有德必有言」觀點而提出的如「德性中發出，不期文而自文」這一路，而取「風行水上」之喻，取的似乎是蘇洵一路。蘇洵在〈仲兄字文甫說〉一文中說得很明白，他說這「文」既「非風之文也」，亦「非水之文」，而是「不期而相遭」而後「文生焉」者，即他著眼在二物之「相遭」。就此而言，雖所用的文字與郝經等理學家所說的「不期文而自文」很相似，但對「自文」過程的理解和含意還是有較大的不同。再看他心目中的「萬選清錢、上等舉業」，就是所謂的「本色文

283　見於〔明〕王畿：《王龍溪全集》（臺北市：華文書局，1970年），卷24，頁911。

284　如第二章所討論過的郝經就有「德性中發出，不期文而自文，所謂出言有章」之言論。請參考本論文第二章。

285　蘇洵有〈仲兄字文甫說〉一文謂：「且兄嘗見夫水之與風乎？由然而行，淵然而留⋯⋯滿而上浮者，是水也，而風實起之。⋯⋯故曰：「風行水上渙」，此亦天下之至文也。然而此二物者，豈有求乎文哉？無意乎相求，不期而相遭，而文生焉。是其為文也，非風之文也，非水之文也。二物者，非能為文，而不能不為文也。」（見於《嘉祐集》卷十四，此轉引自郭紹虞著：《中國文學批評史》〔上海市：上海古籍出版社，1979年〕，頁197。）

字」，似乎近於文人論文。不過，他又要求「時時打疊心地潔淨，不以世間鄙俗塵土入於肺肝，以聖賢之心發明聖賢之言」，並以程明道為「上等舉業榜樣」，這又儼然是理學家的觀點。在具體語言風格方面要求「自然平正通達，紆徐操縱，沈著痛快」，這與陳獻章在詩文風格方面要求「平易」、「沈著」、「洞達自然」者比較接近。在修辭方面要求「盡去陳言，不落些子格數」，而眾所周知，這「去陳言」又是韓愈古文理論的最主要主張之一。

總觀王龍溪以上所論，雖其表面上是談論舉業文章，但從他自言「本色文字」、「萬選清錢」等字眼顯見，實際與一般性的文章無異。再看下一段：

> 明道嘗云，吾於寫字時甚敬，非是要字好，只此是學，既非是要字好，所學又何事耶？子亦曰，吾於舉業時甚敬，非是要舉業好，只此是學。大丈夫事可當兒戲！[286]

這一段在舉出程明道「寫字時甚敬」之後，主張「舉業」也當「敬」。而這所謂「甚敬」，這與我們在胡居仁、王陽明部分已討論過的「修辭立誠」之意相通。再看下一段：

> 看刊本時文，徒費精神，不如看六經古文，六經古文譬之醇醪，破為時酒味猶深長；若刊本時文，已是時酒中低品，復從中討些滋味，為謀益，拙矣。……凡讀書在得其精華，不以記誦為工，「師其意不師其辭」，乃是作文要法。古人作文，全在用虛。紆徐操縱，開闔變化，皆從虛生。「行乎所當行，止乎

---

286 見於〔明〕王畿：《王龍溪全集》（臺北市：華文書局，1970年），卷8，頁36-38。

所不得不止」，此是天然節奏，古文、時文皆然。……象山
云，古人闢邪說以正人心。予只闢得時文，自今觀之，真可一
笑。[287]

　　這一段顯然已經觸及到文章的具體創作問題了。其所述的內容可
歸納為：

　　一、看這「看刊本時文……」所說的內容，得知「讀書」的目
的，很大程度是為了獲得「作文要法」，而在具體的作文取法對象方
面主要是基於「取法乎上，方得其中」的認識，提出了「看刊本時
文」，「不如看六經古文」的看法。關於具體的取法對象與作法方面，
以「師其意不師其辭」為「作文要法」，這也是韓愈古文的核心理論
之一。我們已可看出他這樣隱然已在「以文為意」、「以文為事」了。

　　二、他又更具體地提出「為文要法」謂：「古人作文，全在用
虛。紆徐操縱，開闔變化，皆從虛生」，這作文用「虛」的主張，雖
其語焉不詳，蓋可從如下兩方面去理解：一是指劉勰〈神思〉篇所謂
「規矩虛位、刻鏤無形」之謂；再者，是就「虛」字而言。前人論文
用「虛」字者，不乏其人，而王龍溪所說的與李東陽所說的有契合之
處，即李東陽謂：「詩用實字易，用虛字難。盛唐人善用虛，其開合
呼喚，悠揚委曲，皆在於此。用之不善，則柔弱緩散，不復可振，亦
當深戒。」[288]可見，雖一論「文」，一論「詩」，不過二人所說的通過
「用虛」所要獲取的效果則一。

　　三、所謂「行乎所當行，止乎所不得不止」，用的是蘇軾的名

---

287 見於〔明〕王畿：《王龍溪全集》（臺北市：華文書局，1970年），卷8，〈天心題
　　壁〉，頁36-38。

288 見於《懷麓堂詩話》，此轉引自張健：《中國文學批評》，頁255。

言[289]，以此為凡「古文、時文皆然」的「天然節奏」。我們知道這「行乎所當行，止乎所不得不止」在蘇軾是「達意」的極至表現[290]。而王龍溪既用此語，也不無此意。

王龍溪還有一篇討論「場中文字」，所述內容幾乎可視為專業的文人論文，其〈與張叔學〉一文謂：

> 吾弟文字比之往年已知入路，然氣格猶欠嚴密，詞句亦少清溜。顯處似入於淺，隱處似涉於晦，要之，還是念頭上欠精明之故。大抵場中文字如走馬看錦。雖七篇都要平稱，然須有一二篇著意處，所謂萬綠枝頭一點紅。主司以此為進退，不可一概忽過，總在吾弟臨機自作主宰而已。[291]

這一篇論其晚輩張叔學練習舉業的文字。可見，雖然文中談論的表面主題還是「場中文字」，但所觸及到的問題比較複雜且深入，已觸及到修辭上的鍛鍊字句問題。篇幅雖小，但對「場中文字」的大小處都能顧及，大則從全體七篇，小則從一字一句著眼。所謂「氣格猶欠嚴密，詞句亦少清溜」，蓋指整篇作品的鍛鍊字句還不夠純熟而言。至於「顯處似入於淺，隱處似涉於晦」，這又涉及到修辭上的

---

289 見於《經進東坡文集事略》卷57，謂：「吾文如萬斛泉淵，不擇地而出……及其與山石曲折，隨物賦形而不可知也；所可知者，常行於所當行，止於不可不止，如是而已。其他，雖吾亦不能知也。」另外在〈答謝民師書〉一文也謂：「大略如行雲流水，初無定質，但常行於所當行，常止於不可不止，文理自然，姿態橫生。」（以上皆轉引自張健：《中國文學批評》（臺北市：五南圖書出版公司，1984年），頁120）。

290 參見張健著：《中國文學批評》（臺北市：五南圖書出版公司，1984年），頁120。

291 見於〔明〕王畿：《王龍溪全集》（臺北市：華文書局，1970年），卷12，〈與張叔學〉，頁33。

「隱」與「顯」的問題，他以「顯」而不「淺」，「隱」而不「晦」為
其理想，將其是否能達到這理想境地的關鍵歸結到「念頭」的精明
與否。

　　接下來「大抵場中文字……」以下頗值得我們注意，這雖然是著
眼於以進退為念的現實問題考量而提出，但也涉及到修辭上的重要問
題。所謂「雖七篇都要平稱，然須有一二篇著意處，所謂萬綠枝頭一
點紅」，雖如上面所提，「場中文字」因其特性上解詩需要而如此作，
但是一般文章也不外如此。

　　其實，這一段文字所觸及到的問題，就是《文心雕龍》〈隱秀〉
篇著重探討的課題，在此且置「顯」不論，而所謂「隱」與〈隱秀〉
篇的「隱」[292]並無二致。大致而言，就是指含蓄而有言外之意，但又
以不晦澀為相對條件。而王龍溪這一段所謂的「隱」也無非如此。至
於〈隱秀〉篇的「秀」[293]，雖主要指篇章中的「秀句」而言，但從
〈隱秀〉篇「凡文集勝篇，不盈十一」看，也指全體中突出的部分。
這與王龍溪所謂「雖七篇都要平稱，然須有一二篇著意處，所謂萬綠
枝頭一點紅」，都有所謂的「警策」之意，故可謂其旨意基本上相同。

　　總上所述，他表面上「只關得時文」，但實際上在借題發揮，即
藉以闡述他對「作文」的諸般見解。他在此文中，雖始終不失為理學
家的面貌，但實際論文時，除了引其前輩理學家的見解以外，還援用
韓、蘇等多數文人的見解。只不過他畢竟不是專業的文學理論家，故
無法融合出一系統來，但其有意吸取並匯合這些前賢的文學理論，這

292　〈隱秀〉篇謂：「隱也者，文外之重旨者也」、「隱以複意為工」、「夫隱之為體，義
　　主文外，秘響傍通，伏采潛發，譬爻象之變互體，川瀆之韞珠玉也。故互體變
　　爻，而化成四象；珠玉潛水，而波瀾表方圓。」、「或有晦塞為深，雖奧非隱」。

293　〈隱秀〉篇形容「秀」謂：「秀也者，篇中之獨拔者也。」、「秀以卓絕為巧。」、
　　「『朔風動秋草，邊馬有歸心』，氣寒而事傷，此羈旅之怨曲也。凡文集勝篇，不
　　盈十一；篇章秀句，裁可百二。」、「雕靴削取巧，雖美非秀矣。」

一點很明顯。[294]另外，從他〈與張叔學〉一文得知，他也非常重視字句的鍛鍊與其所呈現的整體效果，充分顯示了他對文章修辭等問題的造詣。

6 論《擊壤集》

王龍溪這〈擊壤集序〉[295]所述內容主要是針對陳獻章「子美詩之聖，堯夫更別傳」[296]這二詩句而發，提出了與陳獻章有些不同的意見，他說：

> 康節先生《擊壤集》鳴於世，久矣。白沙以詩之聖屬諸少陵，而以康節為別傳。蓋因其不限聲律，不沿愛惡，異乎少陵之工為詩家大成也。夫詩家言志而治本於學。康節之學，洗滌心源，得諸靜養，窮天地始終之變，究古今治亂之原，以經世為志，觀於物有以自得也。於是本諸性情而發之於詩，玩弄天地，闔闢古今，皇王帝伯之鋪張，雪月風花之品題，自謂名教之樂異於人世之樂，況觀物之樂又有萬萬者焉。死生榮辱，輾轉于前，曾未入乎胸中。雖日吟詠性情，曾何累哉？其所謂自得者深矣。予觀晉魏唐宋諸家，如阮步兵、陶靖節、王右丞、

---

294 〔明〕王畿：《王龍溪全集》（臺北市：華文書局，1970年），卷15，頁35-37還有〈北行訓語付應吉兒〉一篇專門討論舉業文章，因這篇是寫給其兒子，故可從中窺見其真實、親切的陳述，不過所述內容大抵不出〈天心題壁〉和王陽明〈示徐日仁應試〉二篇的範圍，因此不再詳加討論。

295 《擊壤集》指宋邵雍著《伊川擊壤集》二十卷，此集收邵雍詩約二千餘首，而因其詩歌十之八九是說理或完全以理語為之，故後來理學家有此傾向的詩歌稱為「擊壤集」派。

296 見於〔明〕陳獻章：《陳獻章集》（北京市：中華書局，1993年），卷5，〈隨筆〉，頁517。

韋蘇州、黃山谷、陳後山諸人，述作相望，雖所養不同，要皆有得於靜中沖淡和平之趣。不以外物撓己，故其詩亦皆足以鳴世。竊怪少陵作詩反以為苦，異乎無名公之樂而無所累，又將奚取焉。說者謂詩之工，詩之衰也，其信然乎！予有荊川唐子專志靜養，工于詩，有意於別傳者，謂康節之詩實兼二妙。……康節云：「先天圖，心法也。吾終日言而未嘗離乎是。」夫言，心聲也，詩尤言之精也。《擊壤集》中，無非發揮先天之旨，所謂別傳，非耶。作者不得其意，漫然欲窺康節之門庭，亦見其難也已。[297]

　　這一段所述的內容，如上面已提到，大致集中在對邵雍及其《伊川擊壤集》的品評問題上。歷來對邵雍詩的評價，褒貶參半，文人多貶而理學家多推崇。其實，陳獻章以「子美詩之聖，堯夫更別傳，後來操翰者，二妙少能兼。」[298]評杜甫與邵雍，而將二人幾乎相提並論，已經對邵雍詩的成就給予了相當高的肯定。而王龍溪在此認為如此評估邵雍還有些不足，因此他就舉出種種理由，提出不應視邵雍詩為詩之「別傳」的意見。不過我們知道陳獻章對邵雍的評估還算反映了世俗文人的意見，那也正反映了陳獻章對詩歌藝術的造詣之深。而王龍溪評估的出發點就擺明了不與世俗意見同調，因此他便不以邵雍詩所有的「不限聲律，不沿愛惡」的傾向為詩之病，卻用「名教之樂異於人世之樂，況觀物之樂又有萬萬者」以護其短，這一點又與陳獻章曾以「言而至者，固不必其類於世」來掩護周、程、張、朱的詩歌

297　見於〔明〕王畿：《王龍溪全集》（臺北市：華文書局，1970年），卷13，〈擊壤集序〉，頁6-8。

298　見於〔明〕陳獻章：《陳獻章集》（北京市：中華書局，1993年），卷5，〈隨筆〉，頁517。

的情形相同,而與龍溪自己批評理學家詩歌帶「頭巾氣」[299]時的情形相抵觸。

他還特別指出邵雍詩歌「吟詠性情」而不為之累、「以物觀物」的「自得」等特色[300],比擬於「阮步兵、陶靖節、王右丞、韋蘇州、黃山谷、陳後山諸人」之「有得於靜中沖淡和平之趣」,同時「怪少陵作詩反以為苦,異乎無名公之樂而無所累。」如此,他從與一般世人不同的觀點出發,想把世人心目中邵雍詩歌的「別傳」地位改為詩歌的主宗地位。

總觀他所論述,王龍溪雖想把「言志」與理學家論詩所強調的「吟詠性情」相聯繫,又舉出「晉魏唐宋諸家」的「沖淡、和平」的風格,欲以之與邵雍的「自得」相比擬。不過,縱然他所舉出的這些與邵雍詩之間有可相聯繫之處,但這些畢竟不過是詩歌風格特色之一片面,而且他舉出的「吟詠性情」、「自得」等這些邵雍詩歌的特色也都具有濃厚的理學家趣味。因此,所論都離不開前期理學家論詩論文的範圍。還有一點值得注意,其所謂「說者謂:『詩之工,詩之衰也』,其信然乎」,所謂「說者」便是陳獻章[301]。由此而看,這一篇序雖主要是針對陳獻章「子美詩之聖,堯夫更別傳。」而發,不過其論詩受到陳獻章的影響的痕跡也處處可見。[302]

---

299 參見〔明〕王畿:《王龍溪全集》(臺北市:華文書局,1970年),卷13,〈讀雲塢山人集序〉,頁16。

300 這「雖曰吟詠性情,曾何累哉」是對魏晉王弼以來有情應物而無累於情物之精神傳統的重申。

301 參見〔明〕陳獻章:《陳獻章集》(北京市:中華書局,1993年),〈認真子詩集序〉,頁4-6。

302 以下原本擬討論羅汝芳(1515-1588),以見後期左派王學者有關文學方面的見解,不過,總觀其著《近溪子文集》,幾無文學理論見解可言,即使有略涉及者,也沒有任何理論意義,只不過是傳統理學家那種以學聖工夫為貴而以詞章之學為不足取的如口號般的言論而已。因此不特別標出來討論。

第四節　末期諸家的文學理論

　　本節將討論的明末諸家包括顧憲成、高攀龍、劉蕺山三人，都是明代最後期的理學大師。顧、高二人是明末「東林學派」的兩大學者，萬曆三十二年顧憲成與高攀龍重建東林書院講學，對陽明學多所批評，在批評中欲將學術帶上另一條路。顧憲成由批評陽明「心即理」一說甚力[303]，深有以朱學矯王學流弊的意味。高攀龍則從更精密的地方批評陽明而顯性理之義，他們那種事上求理，強調實行，能免去沉空溺寂、援儒入釋和倡狂亂道、不辨是非之弊，而格物窮理之義由身心之際延伸到家國天下，即是東林的特色，亦是顧高修正王學的苦心；而其講性、理義的趨向，更是朱學復興的徵兆。[304]

　　劉蕺山是宋明理學最後的一位大家，他的弟子中再也沒有一個像他一樣在理學上有影響力和地位的；弟子中最有名的黃梨洲除了整理了一部《明儒學案》外，也漸漸離開了理學的範圍而轉向經史學，開啟了清代窮研經史的學風，並以此成名。蕺山的生命隨明祚以終，從他疑陽明、信陽明到晚期的辯難不已，卻是始終沒能離開王學發展的影響。[305]以下將此三人的文學理論據其生年按次討論。

一　顧憲成（1550-1612）

　　顧憲成，字叔時，號涇陽，無錫人。憲成姿性絕人，幼即有志聖

303　參見〔明〕顧憲成：《涇皋藏稿》（臺北市：臺灣商務印書館，1983年，《景印文淵閣四庫全書》第1292冊），卷2，〈與李見羅先生書〉頁，18-22。

304　以上自「萬曆三十二年」以下參見古清美先生：《明代理學論文集》（臺北市：大安出版社，1990年），頁132-138。

305　參見古清美先生著：《明代理學論文集》（臺北市：大安出版社，1990年），頁248。

學。暨削籍里居，益覃精研究，力闢王守仁「無善無惡心之體」之
說。邑故有東林書院，宋楊時講道處，憲成與弟允成倡修之，常州知
府歐陽東鳳與無錫知縣林宰為之營構。落成，偕同志高攀龍、錢一
本、薛敷教、史孟麟、于孔兼輩講學其中，學者稱「涇陽先生」。當
是時，士大夫抱道忤時者，率退處林野，聞風響附，學舍至不能容。
憲成嘗曰：「官輦轂，志不在君父，官封疆，志不在民生，居水邊林
下，志不在世道，君子無取焉。」故其講習之餘，往往諷議朝政，裁
量人物。朝士慕其風者，多遙相應和。由是東林名大著，而忌者亦
多。[306]

　　《四庫提要》謂：「明末東林聲氣傾動四方，君子小人互相搏
擊，置君國而爭門戶，馴至於宗社淪胥猶蔓延，詬爭而未已。春秋責
備賢者，推原禍本，不能不遺憾於清流。憲成其始事者也，考憲成與
高攀龍初不過一二人相聚講學，以砥礪節概為事。迨其後標榜日甚，
攀附漸多，遂至流品混殽。上者或不免於好名，其下者甚至依託門
牆，假借羽翼，用以快恩讎而爭進取，非特不足比於宋之道學，並不
得希蹤於漢之黨錮。故論者謂：『攻東林者多小人，而東林不必皆君
子。』亦公評也。足見聚徒立說，其流弊必至於此，實非世所宜有。
惟憲成持身端潔，立朝大節多有可觀。且恬於名利，論說亦頗醇正，
未嘗挾私見以亂是非，究不愧於儒者。」[307]顧憲成著有《涇皋藏稿》
二十二卷行於世。顧憲成有關文學方面的見解不很多，大致可分為如
下幾方面討論。

---

306 參見〔清〕張廷玉等：《明史》，卷231，〈列傳第一百十九·顧憲成〉頁6029-6032。
307 見於〔明〕顧憲成：《涇皋藏稿》（臺北市：臺灣商務印書館，1983年，《景印文淵
　　閣四庫全書》第1292冊），〈提要〉，頁1-2。

1 尊「理學」而卑「文學」

理學家尊「理學」而卑「文學」乃是順理成章之事。顧憲成與鄒孚如的書信中也以此勸謂：

> 文融謂足下不宜舍文學之好而登理學之航。弟意卻恐足下登理學之航而猶不忘文學之好也。足下試思之，天之所以與我者，果何物乎？於此有個入處將焉用文。於此沒個入處將焉用文。況尚行之揭任重道遠，方當萃全體精神以赴之。即欲與遷固諸豪爭執牛耳，不識丈且暇乎否也。[308]

宋代以來文人、學者多在「理學」與「文學」的抉擇中猶豫不決，即使身為理學界人士有時也難免於此而困惑。顧憲成這一段正是對鄒孚如「登理學之航而猶不忘文學之好」的傾向表示出不滿之意。我們看其理由是因為他考慮到「天之所以與我者」為何，而認為「文」遠不足以供其用，況且「尚行之揭任重道遠」，故「當萃全體精神以赴之」方可任此重責，因此無暇與司馬遷、班固等諸文豪「爭執牛耳」。由以上而看，他雖並沒明說，但我們也不難看出他隱然有「文學之好」妨礙「理學之航」之意，即有「作文妨功」之意。再看下一段：

> 吾邑黃門南先生……兄自成邊以來作詩集四五本，何以致多如此。豈將以是自鳴，其習坎心亨之樂耶？或者窮愁羈旅無聊之思而姑托以自遣耶？抑以寫其江湖之憂，而致其去國繾綣不忘

---

308 見於〔明〕顧憲成：《涇皋藏稿》（臺北市：臺灣商務印書館，1983年，《景印文淵閣四庫全書》第1292冊），卷5，〈簡鄒孚如吏部〉，頁1。

之愛如古離騷之作耶？其無亦自擬於鐃歌、鼓吹、遼東都護之
曲而與塞垣橫梁之士，同其慷慨而謳吟耶？不然則枝葉無用之
辭，其足以溺心而愒日也久矣。兄何取焉，日課一詩不如玩一
爻一卦，日玩一爻一卦不如默而成之，此之謂反身，而奚有於
枝葉無用之詞耶。誦斯言也，又惟恐先生之屑屑於文辭。然者
今所行亦僅上下二卷，……及讀先生詩，大都風格遒勁，神情
開拔，其託物寄興往往多深長之思，讀之輒為脈脈心動。[309]

　　他雖一開始便對黃氏作詩之多表示了些許不滿，但從他「豈
將……同其慷慨而謳吟耶」的言論看，雖其中也表示了一些貶意，但
也足見他也不是不懂詩。不過從他將詩歌為「枝葉無用之辭」，可知
他還是以「反身之學」為根本，而以「詞章之學」為無用的枝葉而不
屑。至於他反對詩歌寫作的理由，主要是因為「其足以溺心」，亦即
他認為「作文妨功」、「玩物喪志」，並由此出發認為「日課一詩不如
玩一爻一卦，日玩一爻一卦不如默而成之」，可知完全從「反身之
學」著眼。不過從他「及讀先生詩，大都風格遒勁，神情開拔，其託
物寄興往往多深長之思，讀之輒為脈脈心動」的評語，可看出他對詩
歌的特質有一定的認識，並具備了較高的鑒賞能力。只是他和他之前
諸多理學家一樣，這種認識和鑑賞能力還是改變不了那種重視「反身
之學」而鄙視「詞章之學」的基本態度。

2 論「奇」與「正」

　　顧憲成〈崇正文選序〉一文除了闡述他認為的詩文之「奇」與
「正」的問題以外，從中也涉及了反對模仿等問題。可以說這一篇是

---

309 見於〔明〕顧憲成：《涇皋藏稿》（臺北市：臺灣商務印書館，1983年，《景印文淵
　　閣四庫全書》第1292冊），卷7，〈遼陽稿序〉，頁7。

在他有關文學方面的言論中理論性較高的一篇，因其篇幅較長，故我們分以下幾段來討論，序文謂：

> 吾邑勵菴先生崇正文選成，有過予而問曰：「先生之為茲選也，其旨云何？」予曰：「懼世之爭趨奇而為之坊也。」曰：「奇何容易，吾獨患無奇耳。果有奇，不必坊也。而況世之所謂奇者，亦不必奇也。往往舍大道而旁馳，驚殉影響而工掇拾。是故，奇於古則之而為墳索汲塚，奇於秘則之而為金簡玉冊，奇於博則之而為石簣酉陽，奇於解則之而為貝函靈籙。若然者，果奇耶，非耶。驟而觀之，其所自命倨然直淩千古而上，徐而按之率以艱深之辭文，淺易之識設有人焉。從旁點破，多是向來餘瀋殘瀝，不知為人吐而嚼嚼而吐，凡幾矣。何奇之與有？」

　　這一篇是顧憲成為《崇正文選》寫的序文，主要是與人討論文之「奇」與「正」。從文中談及勵菴先生編這《崇正文選》的原因和目的，顧憲成原先認為其目的在於「懼世之爭趨奇而為之坊」，但是通過一番對話之後便說出「信哉！能知文之『正』者無如先生，能知文之『奇』者，亦無如先生也。先生可謂深於文矣。」顯然可見他以這「先生」[310]的意見為己見。而這「先生」所辯的內容可歸納為：一、文之「奇」不但不必防範，寫文章還「患無奇」，而要辨的是其「奇」所指為何；二、他提出「世之所謂奇者，亦不必奇也。」的質疑，認為世俗之「往往舍大道而旁馳，驚殉影響而工掇拾……奇於解則之而為貝函靈籙。」的那種「奇」，雖乍看之下似乎「直淩千古而

---

310 據文尾的記述，是瞿策。

上」，但實際上是「率以艱深之辭文，淺易之識」所為，故「多是向
來餘瀝殘瀝」而無真正的「奇」可言。接下來，再闡述自己所認為的
真正的「奇」所指為何，以及如何能做到的問題：

> 予曰：「然則如之何而後可以稱奇？」曰：「奇之為言一而無偶
> 之謂也。若茲編其幾之矣。嘗試論之六經畢一變而為左、國
> 矣。乃左、國之後還有左、國乎否？而猶未也再變而為班、馬
> 矣。乃班、馬之後還有班、馬乎否？而猶未也三變而為韓、
> 柳、歐、蘇矣。乃韓、柳、歐、蘇之後還有韓、柳、歐、蘇
> 乎？否之，數君子豈非自性自靈自心自神後，先頡頏與宇宙之
> 間，各各自操把柄，自出手眼，自為千古者耶。故夫先生之所
> 謂正，實予之所謂奇。而世之所謂奇，要不過奇之優孟也。」
> 予曰：「信哉！能知文之正者無如先生，能知文之奇者，亦無
> 如先生也。先生可謂深於文矣。然則今之為文，何尊而可？」
> 曰：「不為左、國也者，乃能為左、國，不為班、馬也者，乃
> 能為班、馬。不為韓、柳、歐、蘇也者，乃能為韓、柳、歐、
> 蘇。先生茲選聊以示鞭影耳，必字擬而句模之，非其指矣，不
> 可不代先生道破。」予為首肯。……其於文也，思過半
> 矣。……先生名策字懋。[311]

　　所謂「一而無偶」便是他所要闡述的「奇」，在此他標舉出了自
「六經」一變為「左、國」，再變為「班、馬」，三變為「韓、柳、
歐、蘇」的「奇」文的演變發展。值得我們注意的是，所標舉的這些

---

311 見於〔明〕顧憲成：《涇皋藏稿》（臺北市：臺灣商務印書館，1983年，《景印文淵
閣四庫全書》第1292冊），卷6，〈崇正文選序〉，頁17。

都著眼於文章上，故未將宋明理學家多尊崇的程、朱、邵等人之文章
納入進來，並且他³¹²在這演變發展中所看重的也是「數君子」「自性
自靈自心自神後……各各自操把柄，自出手眼，自為千古者」的獨創
性，因此對有意將前賢文章「字擬而句模」所致的那種「世之所謂
奇」視為「要不過奇之優孟」，並將其與他所謂的貴獨創所得的
「奇」區別開來。這層意思不但是在他之前一般理學家少有言及的，
也頗有公安派文人反模仿而主獨創³¹³、「獨抒性靈」³¹⁴等的影子。頗
值得我們注意的是，一般理學家都有一定的「復古」、「宗經」等傾
向，所以都並不反對適當程度的模擬學習，不過我們從這一篇序文
看，不但全無「復古」、「模擬」的主張，還以「復古」、「模擬」為
病。這一點還與明末公安派文學主張頗有契合之處，而公安三兄弟與
顧憲成的生卒年代相當，所以他們的文論各自反映了時代文學思潮或
接受了其影響皆不無可能。

3 論舉業

我們在上面的討論中已見到顧憲成有「作文妨功」之意，那是二
程以來大多數理學家都持有的看法。而理學家對舉業文章則常以不同
標準看待，這也是二程以來的老傳統。顧憲成在〈復夏璞齋書〉一文
中謂：

---

312 如上面已提及，因顧憲成借用這「先生（瞿策）」之語，故實際上也就是是顧憲成
　　的意見。

313 袁中郎有一段話與「嘗試論之……乃韓、柳、歐、蘇之後還有韓、柳、歐、蘇
　　乎？」其語意非常相似，中郎謂：「文準秦漢矣，秦漢人曷嘗字字學六經歟？詩準
　　盛唐矣，盛唐人曷嘗字字學漢魏歟？」（轉引自張健《明清文學批評》（臺北市：
　　國家書店，1983年），頁88。

314 筆者認為所謂「自性自靈自心自神後……各各自操把柄，自出手眼，自為千古
　　者」，與公安派所謂「獨抒性靈」之意相通。

舉業不患妨功，只患奪志，乃程先生至言。究竟體之，豈惟不
患妨功，學者須辨得聖賢之心，方能讀得聖賢之言。一畫不已
而六經，六經不已而四子，四子不已而傳註，傳註不已而制
文，只是此理，何精何粗？故曰灑掃應對，便是精義。[315]

他在這一段對舉業的論述中，除了「舉業不患妨功，只患奪志」
值得我們注意以外，所謂「一畫不已而六經⋯⋯不已而制文，只是此
理，何精何粗！」的觀點更值得我們注意。他把從「一畫」到「制
文」看成是一種演變發展，置「制文」於與六經、四書、傳註同列。
這一點與上面所舉的「六經畢一變而為左、國⋯⋯猶未也再變而為
班、馬⋯⋯猶未也三變而為韓、柳、歐、蘇」[316]的說法酷似，同樣從
發展的角度看待這些演變。另外，我們從所謂「灑掃應對，便是精
義」中得知，他顯然也接受了王學左派如「百姓日用即道」般的思想
洗禮。再看下一段：

舉子業小技耳，而聖賢之精蘊寄焉。是故，貴以理勝。然而理
至圓也。深言之，則深；淺言之，則淺；精言之，則精；粗言
之，則粗，亦顧人之所見何如耳。是故，又貴以識勝，夫理者
文之心也，識者文之眼也。心眼合一乃為文家第一諦，未可草
草語也。[317]

315 見於〔明〕顧憲成：《涇皋藏稿》（臺北市：臺灣商務印書館，1983年，《景印文淵
閣四庫全書》第1292冊），卷5，〈復夏璞齋書〉，頁2。
316 見於〔明〕顧憲成：《涇皋藏稿》（臺北市：臺灣商務印書館，1983年，《景印文淵
閣四庫全書》第1292冊），卷6，〈崇正文選序〉，頁17。可參考上面「2 論『奇』
與『正』」部分的討論。
317 見於〔明〕顧憲成：《涇皋藏稿》（臺北市：臺灣商務印書館，1983年，《景印文淵
閣四庫全書》第1292冊），卷14，〈惺復錢公四書制義題辭〉，頁4。

　　此段雖看似不如上段重視「舉子業」，但仍認為「聖賢之精蘊寄焉」，給予了一定的重視和肯定。該文還提出寫「制文」之要：「夫理者文之心也，識者文之眼也。心眼合一乃為文家第一諦」，即提出了「理」與「識」二項，以為「文家第一諦」。而我們從「心眼合一乃為文家第一諦」可推知，這可能不是顧憲成的獨論，而是當時已較普遍地被接受的看法，而且這也不僅限於「制文」，是能適用於一般文章的看法。在此頗值得一提的是，他在「文家第一諦」中提出的這「理」與「識」，是有一定的思想基礎與淵源的，即他在史家、文人所強調的「才、學、識」[318]外，將理學家一向不甚強調的「才」與「學」巧妙地用「理」來代替，可見不是偶然提及的。

二　高攀龍（1562-1626）

　　高攀龍，字存之，號景逸，無錫人。少讀書，輒有志程、朱之學。舉萬曆十七年進士，授行人。四川僉事張世則進所著《大學初義》，詆程、朱章句，請頒天下。攀龍抗疏力駁其謬，其書遂不行。[319]《四庫·提要》謂：

> 攀龍出趙南星之門，淵源有自。其學以格物為先，兼取朱陸兩家之長。操履篤實，粹然一出於正。⋯⋯其講學之語，類多切近篤實，闡發周密，詩意沖澹，文格清遒，亦均無明末纖詭之習。⋯⋯發為文章，亦不事詞藻，而品格自高，此真之所以異

---

318 清初袁枚曾說：「作史三長，才、學、識缺一不可；餘謂詩亦如之，而識最為先，非識則才學俱誤用矣。」見於《隨園詩話》卷3，本文據張健精選：《隨園詩話精選》，頁41。

319 參見〔清〕張廷玉等：《明史》，卷243，〈列傳第一百三十一·高攀龍〉，頁6311。

於偽歟。[320]

正如《提要》所說，其學術要「以格物為先，兼取朱陸兩家之長」之意非常明顯，如他說：

> 朱子一派有本體不徹者，多是缺主敬之功。陸子一派有工夫不密者，多是缺窮理之學。[321]

可見，他指出了兩派學術末流所有的缺失，意即兼取兩家之長以彌補缺失。不過其學似乎還是側重於程朱之學[322]，看他〈晦庵先生〉一文謂：

> 刪述六經者孔子也，傳註六經者朱子也，子以四教文行忠信。子所雅言詩書執禮，孔子之學，惟朱子為得其宗，傳之萬世而無弊。孔子集群聖之大成，朱子集諸儒之大成。聖人復起，不易斯言。[323]

可見，他對朱熹是推崇備至，足見他對朱學的傾倒，朱熹在他心目中的地位是無與倫比的。尤其如「惟朱子為得其宗，傳之萬世而無

---

320 參見〔明〕高攀龍：《高子遺書》（臺北市：臺灣商務印書館，1983年，《景印文淵閣四庫全書》第1292冊），頁329，。

321 見於〔明〕高攀龍：《高子遺書》（臺北市：臺灣商務印書館，1983年，《景印文淵閣四庫全書》第1292冊），卷2，〈劄記〉，頁6。

322 古清美先生認為高攀龍之學「專主程朱之學」，參見古清美：《明代理學論文集》（臺北市：大安出版社，1990年），頁351。

323 見於〔明〕高攀龍：《高子遺書》（臺北市：臺灣商務印書館，1983年，《景印文淵閣四庫全書》第1292冊），卷3，〈晦庵先生〉，頁59。

弊」、「聖人復起，不易斯言」等說法，倘若不是以朱學後人自居者便
很難說出這些話。

　　儘管他有如〈提要〉所謂「詩意沖澹，文格清遒，亦均無明末纖
詭之習」[324]的較高的文學成就和造詣，但是因為他志不在詩文，所以
他有關文學方面的見解不多，大致可歸結到「本末論」上討論。

　　他在〈無錫縣學筆記序〉一文謂：

　　　德行廢而任詞章，既失其本矣。昔之詞章猶不敢判經而亂傳
　　　也；今則傳註廢而士之說經以意矣。……學必以孔孟、程朱為
　　　宗，士必以孝弟、忠廉為貴，如此之謂是，不如此之謂非。德
　　　行由是，詞章由是。[325]

　　這段在闡明以「德行」為「本」而「詞章」為「末」之意，而我
們通過這一段文字可知他所謂「本」不外指「以孔孟、程朱為宗」的
「孝悌、忠廉」等聖賢之教，並以此為是非判斷的唯一標準，也以此
為「詞章」之本。再看下一段：

　　　儒者以玩物為害道，非玩物足以害道也。吾性無外故，夫天地
　　　古今之賾，下至羽鱗、走植、器數、聲律之微，無所不當格。
　　　然而物無窮，知有窮，有外之心不足以載無外之物。或者急其
　　　末，遺其本，於是志喪而道病。雖然，古之人當其小學時蓋已
　　　六藝備焉。及其長也，既得以應世利用，又得以專志於身心性

324 參見〔明〕高攀龍：《高子遺書》（臺北市：臺灣商務印書館，1983年，《景印文淵
　　閣四庫全書》第1292冊），頁329。

325 見於〔明〕高攀龍：《高子遺書》（臺北市：臺灣商務印書館，1983年，《景印文淵
　　閣四庫全書》第1292冊），卷9上，〈無錫縣學筆記序〉，頁36。

命之精微。故上之不流於空疏，下之不徒守其糟粕。後世詩賦
之科興而聲偶之學始重。君子謂：「士無志於聖賢之學者，俗
學壞之。」嗟乎！非學之無志，則無志者之累學也。[326]

這一段的敘述，雖其旨意有些曖昧，所涉及的內容也較複雜，不
過，我們若逐段分析，仍能看出若干端倪：

首先他對宋代二程以來多數理學家持有的「作詩妨功」等「以玩
物為害道」[327]的主張提出質疑和補充，也提出「非玩物足以害道」的
看法。再者，自「吾性無外故……於是志喪而道病」部分對於「格物
窮理」之學，他基本上認為萬事萬物之理「無所不當格」，不過因
「有外之心不足以載無外之物」，所以他只是擔心僅「急」於「窮」
萬殊之「理」而「遺」忘其「本」，導致「志喪而道病」。如此看來，
他是以「志於道」為治學之「本」而以「格物窮理」為治學之
「末」，而這「末」顯然與包括「詩賦」等在內的詞章之學不加分辨
而等同起來。但必須明白的一點是，他這裡的「本」與「末」並不是
那種「根本」與「枝葉」的主從關係，而是先後、尊卑的並列關係。
而這種以「志於道」為「本」而以格物窮理為「末」的觀點是與宋以
來理學家常爭論的「尊德性而道問學」相通的問題。而我們若就「尊
德性而道問學」這一命題而分析，高攀龍是擔心僅「道問學」而忘
「尊德性」，只要不遺忘「尊德性」，那麼他不但不反對一切格物窮理
的「道問學」工夫，還認為必須要雙管齊下。他認為唯其如此，才可
彌補時人已無以像「古之人當其小學時蓋已六藝備焉。及其長也，既
得以應世利用，又得以專志於身心性命之精微。」的缺失，並由此能

---

326 見於〔明〕高攀龍：《高子遺書》（臺北市：臺灣商務印書館，1983年，《景印文淵
閣四庫全書》第1292冊），卷9上，〈塾訓韻律序〉，頁53。

327 這裡所謂的「玩物」無非指作文、寫詩等事。

達「上之不流於空疏，下之不徒守其糟粕。」我們從這一段文字的上下脈絡看，高攀龍所謂的「上之不流於空疏」與「下之不徒守其糟粕」，顯然有其針對性。即前者主要是針對當時王門後學空疏之弊而發，正所謂「陸子一派有工夫不密者，多是缺窮理之學。」[328]而後者雖是針對上面所謂的「急其末，遺其本，於是志喪而道病」者而言，主要還是指那種重詞章之學而「無志於聖賢之學者」。至於最末「君子謂……」，則與開頭所謂的「儒者以玩物為害道，非玩物足以害道也」之意相同。

由以上的討論得知，高攀龍雖把「聖賢之學」與「詞章之學」分別看作「本」與「末」，不過他並不把這「本末」視為「主」與「從」或對立矛盾的關係，而是視為可以並行的關係，因此他不反對「詞章之學」本身，也不認為「詞章之學」就會妨礙「聖賢之學」。

三　劉蕺山（1578-1645）

劉蕺山，字起東，號宗周，山陰人。生於明神宗萬曆六年（1578），約當王陽明（1472-1529）後一百年，卒於崇禎朝亡、南明弘光元年（1645）。他畢生致力於宋明理學的研究，曾師事許敬菴（孚遠），敬菴是和陽明同時的湛甘泉學派下的門人。蕺山為學路徑自始即不由王龍溪、泰州派之途，但這並不表示他完全與陽明學異轍；只是因不滿於陽明後學不重踐履、工夫落空，談「良知」流於發用，故不講「良知」，而將「致良知」之義做了繼承和修正，而轉成「慎獨」、「誠意」之說，以期避開王門後學易犯的弊病。因此，蕺山

---

328 見於〔明〕高攀龍：《高子遺書》（臺北市：臺灣商務印書館，1983年，《景印文淵閣四庫全書》第1292冊），卷2，〈劄記〉，頁6。

之學，不但始終沒離開心學[329]，而且還修正和深化了陽明心學。良知之說傳遍天下之時，亦是各派不滿其流弊而採取修正、補充的措施之時，在各派學說中，蕺山可說是最成熟的一家。[330]

劉蕺山沒有系統性的文學理論可討論，他有關文學方面的言論大多是隻言片語，或者是在其文集的經解中略有涉及。他有關文學方面的這些零星意見，可大致分為如下幾方面討論。

1 「文之為言理」

劉蕺山在〈題文中子〉一文謂：

> 夫文之為言理也，言乎其心之理也。天道之蘊也，生民之紀也，故孟子知言，以知心，又知其害於政事之決。然，今天下詖淫邪遁之言，畢見於經生學士，如魑魅畫現變怪百端，又如妖物憑人笑啼怒罵，總不自主。吾幾病其無心矣。無心，故無文無理，以是，無文無理之人造此無政無聲之世，如影響然。[331]

---

329 他的思想固然以心學為宗，但他因有意取「理學」之長補「心學」末流之弊。因此對宋代理學諸大師仍很推崇，如其謂：「孔孟既沒（一有越字）千餘年（一作載），有宋諸大儒起而承之，使孔孟之道煥然復明於世，厥功偉焉。又（一少又字）三百餘年而得陽明子其傑然（一少然字）者也。夫周子其再生之仲尼乎？明道之不讓顏子、橫渠、紫陽亦曾思之亞而陽明見力直追孟子，自有天地以來前有五子，後有五子，斯道可為不孤。」（見於〔明〕劉宗周：《劉子全書》（臺北市：華文書局，1968年，影印清道光刊本），卷5，〈聖學宗要〉，頁1）。可見他對周、程、張、朱四子都極為推崇。

330 以上參見古清美先生：《明代理學論文集》（臺北市：大安出版社，1990年），頁209-210。

331 見於〔明〕劉宗周：《劉子全書》（臺北市：華文書局，1968年，影印清道光刊本），卷21，〈題文中子〉，頁64。

可見，所謂「文之為言理」與「文者，道之顯」、「文以載道」等
論調及其涵意相通，他由此出發，又批評了那些非「言乎其心之理」
而「詖淫邪遁」之文，並將其斥之為「如魑魅晝現變怪百端，又如妖
物憑人笑啼怒罵」。至於這類文章產生的原因都歸咎於「無心」，而這
「無心」顯然指其「心」中無「理」者而言。他也認為世之「無政無
聲」歸結起來，也肇端於「無心」。至於「理」的內容，則指「天道
之蘊」和「生民之紀」。由此而言，所謂「文之為言理」的「理」的
實際涵意與宋以來理學家的「文以載道」的「道」並無二致。

2 反「辭章」之習

尊「聖人之學」而卑「辭章之學」也是宋以來理學家普遍持有的
典型觀點，他〈別祝開美序〉一文謂：

> 自聖人之學不講於世，而士生其間，惟知有科舉之習，相與沒
> 溺於辭章、聲利，人欲肆而天理亡。極其流禍，所謂率獸食
> 人，人將相食者。……聖人之道，非辭章、聲利之謂也。[332]

這一段所述也就是前面已討論的高攀龍所謂「德行廢而任詞
章」[333]之意。值得我們注意的是，他之所以卑「詞章」、反「詞章」，
是因為他把「辭章」與追求「聲利」、甚至與「人欲肆而天理亡」連
繫在一起，這是把「辭章」看作「聖人之學」的對立面看待。我們已
在前期理學家文學理論中見到他們常把「辭章」與「聲利」連在一起

---

332 見於〔明〕劉宗周：《劉子全書》（臺北市：華文書局，1968年，影印清道光刊本）。
　　卷21，〈別祝開美序〉，頁42-43。

333 見於〔明〕劉宗周：《劉子全書》（臺北市：華文書局，1968年，影印清道光刊本）。
　　卷9上，〈無錫縣學筆記序〉，頁36。

的情形[334]，而他們的動機是相同的。在劉蕺山看來，「人欲肆而天理亡」的主要理由是「聖人之學不講於世」，而他認為「士」「惟知有科舉之習，相與沒溺於辭章、聲利」，正是「科舉」帶來了「相與沒溺於辭章、聲利」的習氣。雖然他也認為「辭章」本身不是直接的肇因，但是也不能否認「辭章」本身是一種媒介，所以在他看來「辭章」似乎也不能完全逃脫導致「人欲肆而天理亡」之嫌。他最後也說「聖人之道，非辭章、聲利之謂」，可見他隱然持有「辭章之學」妨礙「聖人之學」之意。

3 反對「有意於文」而貴「真」

劉蕺山有〈陶石樑今是堂文集序〉一文，評陶淵明詩文謂：

> 夫淵明在當時不過酒人自命耳。間發為詩文，大抵皆寄傲於酒，非有意於文也。而說者以為六朝無文章，惟歸去一辭。豈非以其真勝歟？[335]

從文中可見，他肯定陶淵明詩文為六朝之冠的理由不外是：其「非有意於文」和「以真勝」之故。反「有意於文」是程朱以來理學家普遍持有的典型觀點之一。他在此雖然沒有特別反對「有意於文」，但從他對陶淵明詩文的肯定可以看出，他對「真」的要求還是很明顯的。另外，對陶淵明詩文所反映的「真」，雖在此以前也有許多人指出過，而劉蕺山在此特別拈出這一點，似乎還反映了明代學術

---

334 吳與弼、胡居仁、王陽明等都有類似的意見。

335 見於〔明〕劉宗周：《劉子全書》（臺北市：華文書局，1968年，影印清道光刊本）。卷21，〈陶石樑今是堂文集序〉，頁35。

普遍求「真」的風尚。[336]

　　總觀劉蕺山的文學理論可知，他既無系統性的文學理論，那些偶爾提及的見解，也都不出之前理學家如「文以載道」、「崇道德而卑文藝」、反對「有意於文」等典型文學理論的範圍。[337]

第五節　小結

　　以上我們討論了明代理學家的文學理論，所討論的明代理學家共有十五位，分別為初期有五位；中期有二人，中晚期有五位，末期有三位，可以說明代主要的理學家都包括在內了。我們通過對他們具體文學理論的探討得知，這十五位理學家的文學理論固然多沿襲前人成說，但其中薛瑄、胡居仁、陳獻章、王守仁、羅欽順、王畿、顧憲成等人的文學理論卻頗有可觀者。我們若按次介紹以上的研究所得，則如下：

　　在第一節所討論的「初期」五家文學理論中，方孝孺因其受文人兼理學家的身分以及元代以來學風的影響，他的文學理論也與其師宋濂相同，其理學家論文的色彩很濃厚，又有明顯的文道兼綜的傾向；曹端與吳與弼二人有關文學理論的見解很少，所持有的觀點也多承襲前人舊說，都以「本末論」為其最主要的文學觀點。而薛瑄與胡居仁就與前二人不同，他們二位都有較深的文學造詣，所以他們雖然基本上沒有背離一般理學家的文論觀點，但也提出了頗具理論價值的文學

---

336 關於明代文人學者求「真」是一種風尚，這一問題將在第四章再討論。

337 劉蕺山除了以上有關文學的見解以外，還有些言論見於他的經解文字中，而那些主要集中在《論語學案》中。可是因為那些原本就以解經為主，故受制於其原本的性質，難以擺脫前人解釋的影響，因此發揮自己見解的空間也相對減少。其中論「文質」、「思無邪」、「樂而不淫」、「哀而不傷」等，不無其一定的參考價值，只是因所討論都不是以文學為課題，故本文不擬討論。

理論。薛瑄有關文學方面的言論有時因其創作體驗與其作為理學家的
立論立場之故,往往有些出入,因此我們討論時也應避免「以偏概
全」。雖說那是一種矛盾,但實際上凡在文學方面有所成就的理學家
都有這種理論上的矛盾[338],而這些矛盾又往往造就了其文學成就。胡
居仁論詩雖顯示了相當高的詩學造詣,但其總體表現還是屬於理學家
的。

　　第二節「中期」討論陳獻章、王守仁二大家的文學理論。他們二
人不但在理學史上的地位重要,且在有關文學理論方面的意見也很
多。尤其,陳獻章與一般理學家不同,他不但有豐富的創作經驗和成
就,也很喜歡談論詩文。他如「子美詩之聖,堯夫更別傳,後來操翰
者,二妙少能兼。」有欲兼綜二家之長之意。

　　陳獻章在其「本末論」、「詩之工,詩之衰也」、「以真情為文」、
「詩,小用則小,大用則大」、「論風格」、「道可不狀」等處的言論,
大致與前代理學家的文學理論相差不多,但在「忌安排而尚自然」、
「重悟入」等處的言論,便多與他的理學思想密切聯繫,具有的理論
意義也比較大。之外,在「當理會處一一要到」、「崇古」、「論詩之
難」、「講求字句之鍛鍊」等處所表現的言論,則與一般理學家有很大
的不同,顯示了幾近專業文論家論文的造詣。

　　王守仁的文學理論,雖大致不出他之前理學家文學理論的範圍,
但也提出了一些較獨到的看法。如他的「本末論」、「去文尚實」、「修
辭立誠」、「忌勝心」等則皆以其「本末」論為理論依據,而他在這一
方面的看法,大抵固守前代理學家的藩籬。不過其「修辭立誠」觀點
雖以「舉子業」為討論對象,但也有較為獨特的見解,對文學創作產
生了一定的影響。在「詩樂教論」、「論元聲」方面的言論,雖是舊題

---

338 如南宋朱熹,明代宋濂、方孝孺、薛瑄、陳獻章等都有此傾向。

重談，但仍能顯現出了其身為心學大師的面貌。至於其「直寫胸中實見」、「學古」、「言意」等問題上的見解大抵也因襲了前人，但在「論舉業文章」表現了幾近行家之見，最後從「論刪詩、思無邪」部分的討論中，也能看出其與前期理學家不太一樣的心學大師的面貌。

　　第三節「中晚期」討論到了共五位理學家，在這五人中，除羅欽順之外，其他都是王門中人。

　　羅欽順雖其文學理論見解不多，但所提出的見解多與一般理學家的觀點有很大的不同。如他那種「道學」、「詞章」「兩不相嫌而交致顯其用」的觀點，就是針對宋以來理學家常視二者為對立面的傳統看法而發，公開表露其兼取「道學」、「詞章」之意，這是非常罕見的例子。另外，從這種觀點出發，他也很重視文詞表達的工巧，具有比較積極的「辭達」觀。

　　王艮在其文集中幾乎不談文學之事，其略有涉及者都可歸結到「先道德而後文藝」這一點上。這「先德行而後文藝」雖從字面看似前儒的「文從道中流出」、「有德有言」、「先質後文」等，不過實際上是不同層次的問題。即一般理學家提出「文從道中流出」、「有德有言」主要基於其「本末」觀點，所談的是屬於個人道德涵養與文辭的主從關係問題，亦即「內在」與「外現」的問題；而王艮的這「先德行而後文藝」主要是為現實問題而考量的務學優先地位的問題。他這種論「道德」、「文藝」而純以現實生活為考量的提法，與他那種「百姓日用即道」般的世俗化的心學思想不無關係。

　　聶豹有關文學的見解也很少，在文集中幾未談及詩文，所以我們只能從其他言論中揣摩。所涉及的文學方面的意見也只有「復古」、「立本」兩則上，而其所論也沒有什麼創新意義。

　　鄒守益有關文學方面的見解也不多，大致也可歸結到「尊道卑文」、「詩以理性情」等理學家傳統觀點。此外，他言論偶爾涉及的

「修辭立誠」層次的理論在他有關文學的見解中頗有積極意義。

王畿文學理論見解之多，就明代而論，僅次於陳獻章，雖其文學理論多承襲他之前理學家和文人諸多方面的意見，但是觸及面還是比較廣泛的。他如「文者，道之顯」之類的觀點大抵也不出理學家「本末論」、「文以載道論」的範圍；不過他還有忌「頭巾語」、「修辭達意」論、「道必待言而傳」、「直抒胸中所見」等較具積極意義的言論。此外，他對「舉業」和「擊壤集」也提出了不少意見，而其中也引用了許多前輩理學家和文人的觀點，雖然他沒有系統地整理出一套理論來，但其中處處顯露出欲兼綜、融合之意，因此他那些言論所具有的內涵還是很豐富的。

第四節討論到了兩位「東林」代表人物和明代最後一位理學家劉蕺山的文學理論。

顧憲成在基本態度上還是採取尊「理學」而卑「文學」的立場，但他在〈崇正文選序〉一文中除了主要闡述詩文之「奇」與「正」的問題以外，也提到了「反模仿」、「獨抒性靈」等幾近晚明公案派的文學主張。還有，他在討論舉業文章的〈復夏璞齋書〉一文中，除了提及「舉業不患妨功，只患奪志」的程明道的話以外，所謂「一畫不已而六經……不已而制文，只是此理，何精何粗！」的觀點，把「一畫」到「制文」看成是一種演變發展，並置「制文」於與六經、四書、傳註同列，從發展的角度看待這些演變，是很進步的觀點。另外，從他所謂「灑掃應對，便是經義」中可見，他接受過王學左派「百姓日用即道」思想的洗禮。

高攀龍儘管有《四庫・提要》所謂「詩意沖澹，文格清遒，亦均無明末纖詭之習」[339]的較高的文學成就和造詣，但是因為他志不在詩

---

339 參見〔明〕高攀龍：《高子遺書》（臺北市：臺灣商務印書館，1983年，《景印文淵閣四庫全書》第1292冊），頁329。

文，所以他有關文學方面的見解不多，大致可歸結到「本末論」上，高攀龍雖把「聖賢之學」與「詞章之學」看作「本」與「末」的關係，不過他並不把這「本末」視為「主」與「從」或對立矛盾的關係，而是可以並行的關係，因此他不反對「詞章之學」本身，也不認為「詞章之學」就會妨礙「聖賢之學」。

劉蕺山沒有系統性的文學理論可討論，他有關文學方面的言論大多散見於其文集中。他偶爾提及到的那些有關文學的見解大抵不出在他之前理學家如「文以載道」、「崇道德而卑文藝」、反對「有意於文」等文學理論的範圍。

以上論述了明代十五位理學家的主要文學理論，至於這些文學理論所具有的理論意義及時代意義，則擬在下一章中集中討論。

第四章
影響與淵源

　　本章將探討的「影響」並非指對後世的影響，而主要是指理學家文學理論與明代相應時期文學理論之間的交互影響。

　　關於理學家文學理論對後世文學或文學理論的影響問題，洪光勳在《兩宋道學家文學論研究》[1]第五章中對宋以來元、明、清等時期受到兩宋理學文學觀點的影響較顯著的文人、學者的文論進行過較詳細的介紹和討論。至於宋明理學與文學的關係問題，已有的研究主要集中在理學思潮與其相應時期個別文學現象或文學思潮之間的關係問題上，對王學與晚明文學等課題已有非常深入的研究[2]，所以此不贅言。本章將以明七子派文學復古思潮為主要考論對象，觀察明代理學家的文學理論和這復古思潮中的主要文學理論之間的交互影響，從中觀察他們之間的內在聯繫。至於具體探討範圍，將以七子派文人為主，七子派又將以李夢陽為主要討論對象。另外，在討論方法上，對於筆者認為與文學理論無大相干的某些文學現象，或是某些文人與理學家有何淵源關係等問題，除非有必要，否則都不予討論。筆者之所以選定這復古文學思潮為討論重點，主要是因為：這思潮常被視為明代文學、文學批評史中較具特色和代表性的文學思潮，也常被稱為與明代理學的演變有較深關係的思潮。

　　本章第一節探討明代理學家文學理論與七子派復古文學理論之間

1　洪光勳：《兩宋道學家文學論研究》（臺北市：臺灣大學中國文學系博士論文，1993年）。

2　在諸多著作中馬積高著《宋明理學與文學》和韓經太著《理學文化與文學思潮》二本最值得我們參考。

的互相影響關係；第二節探討在明代文學史、文學批評史裡常被稱述的晚明文學思潮中的文人文論；第三節「傳統儒家與理學家的文學理論」，簡單討論在宋明理學家的典型文學理論與所謂的傳統儒家文學理論之間的異同以及之所以造成這異同的主要原因等問題。

本章之所以要探討這些問題，主要是因為：如前已見到，明代諸位理學家的具體文學理論，除了薛瑄、胡居仁、陳獻章、王陽明、羅欽順、王畿、顧憲成等幾位的文學理論頗具規模和特色以外，其他諸家大都幾無系統性的文學理論可稱述。加上他們各自對文學的基本認識和態度以及其著重點又不盡相同，故很難看出諸位理學家文學理論所具有的客觀意義。因此，筆者認為通過梳理，把這一些理學家的個別、零散的文學理論放在中國文學理論史上頗具地位的文學思潮與傳統儒家文學理論體系中觀察、比較，以便窺探出其在中國文學理論史中所具有的客觀理論意義。

第一節　明代理學家與七子派

如上所述，這一節擬討論的影響僅以前後七子的詩文「復古」理論以及以公安派的文學理論為討論之限，而七子派又以李夢陽為主；公安派則以袁宏道為主。至於本論文用「交互」二字，是因為筆者認為凡在學術史上某受某的影響關係一般不是單向的，而多是雙向的，且其影響往往也有正、負兩面，而明代理學家與文人的文學理論之間正有如此複雜的關係。關於明代理學與文學理論的交合，蕭華榮概括了心學家陳獻章（白沙）與詩學家李東陽、心學家王守仁與詩學家李夢陽、心學的泰州學派與文學的公安派這三組對應關係[3]以後，認

3　參見蕭榮華：《中國詩學思想史》（上海市：華東師大學出版社，1996年），頁227。

為：「在明代，心學與詩學的關鍵性演變大致同步。說心學思想的流行是明代詩學思想的底色。」[4]而就筆者看來，明代詩學的演變，不僅是與心學相聯繫，還有其他諸多因素促成，因此他這種提法雖有過於簡化之嫌，但若由理學與詩學的演化發展的大脈絡看，還算比較正確地指出了明代理學與文學交錯的梗概，故具有一定的概括性，因此本節也將主要沿著這幾條脈絡討論。

關於七子派文人與理學家的交互影響問題，簡錦松著《明代文學批評研究》[5]敘述得甚詳，該著主要在第五章「正、嘉理學與復古派[6]文學批評之轉變」中分別在明代正德、嘉靖時期對理學影響下的復古派作家進行了詳盡的考究，並舉了不少實證[7]，謂：「余嘗以為與其言復古派等人傾向理學，不如言其人內心皆隱然有此理學之念。」[8]至於理學家薛瑄、陳獻章、王守仁等人具有的文學傾向，本文已在前面章節中做了詳細的論述，茲不重述。唯簡錦松此著主要把重點放在理學家與復古文人之間的交流情形以及某受某的影響以後有何轉變等大方向，而沒把重點放在他們具體文學批評意見上。筆者將探討的焦點放在明理學家的文學理論與七子派文學理論皆予以關注的「情」、「復古」這兩項共通課題上，以視其異同。其實，如前所述，七子派論復古，而以「情」為其實質內涵，因此「情」與「復古」本可一併討論，唯因理學家的論「情」與「復古」之間就沒有必然的關連，故筆者還是認為分開討論為妥當。

早在馬積高著《宋明理學與文學》也已指出了類似的觀點。馬積高：《宋明理學與文學》（長沙市：湖南師範大學出版社，1989年），頁136-178。

4　見於馬積高：《宋明理學與文學》（長沙市：湖南師範大學出版社，1989年），頁228。

5　簡錦松：《明代文學批評研究》（臺北市：學生書局，1989年）。另如左東嶺著：《李贄與晚明文學思想》（天津市：天津出版社，1997年），頁38-74亦有所論述。

6　他所謂「復古派」雖也包括王慎中等唐宋派，但主要還是以七子派為主。

7　參見簡錦松著：《明代文學批評研究》（臺北市：學生書局，1989年），頁275-359。

8　見於簡錦松著：《明代文學批評研究》（臺北市：學生書局，1989年），頁332。

　　因為本節旨在通過這番討論，凸顯出明代理學家文學理論所具有
的客觀、普遍的意義，因此不擬討論其餘與理學或理學家有所牽連的
文學現象、文人行跡等前人多已注意到的問題。

一　論「情」

　　「情」是自古文學作品賴以產生的最主要動力，也是構成文學作
品的最主要的要素，所以早在漢代〈毛詩序〉就有以詩為「發乎情，
止乎禮義」者的認識，並成了自此論詩者最普遍持有的認識。而今人
蕭華榮[9]更以「情禮衝突」與「情理衝突」兩端概括自先秦至清末的
中國詩學史，並將自先秦至唐與自宋至清分別歸屬於「情禮衝突」與
「情理衝突」二階段。這種分法與概括從表面看不無其合理因素，但
總不免有過於簡化之嫌。或許我們也可以這麼說：「情禮衝突」與
「情理衝突」是其一面，而從另一角度看不只有「衝突」的一面，又
有折衷調和的一面。

　　眾所周知，七子派的出現主要是對明代初中期臺閣、性氣詩風的
一大反彈[10]，不過其中的來龍去脈沒那麼簡單，在他們表面對立的旗
幟底下有許多互相交合滲透的地方。這一點，已有許多論著[11]自其內
因和外因出發指出了他們之間的關係。而我們若從「情」這個線索出
發探索，便可窺探他們文學理論之內在衝突、抵制、吸收等複雜關係

9　參見蕭華榮著：《中國詩學思想史》（上海市：華東師大學出版社，1996年）。

10　馬積高著《宋明理學與文學》，認為：「正如提倡秦漢文目的在於反理學影響下的文
　　風一樣，前後七子提倡學習盛唐以前的詩也是主要針對理學影響下的詩風。」參見
　　馬積高著：《宋明理學與文學》（長沙市：湖南師範大學出版社，1989年），頁166。

11　如簡錦松著《明代文學批評研究》、馬積高著《宋明理學與文學》、蕭華榮著《中國
　　詩學思想史》、韓經太著《理學文化與文學思潮》都有所指出。

之底層。七子派論詩主「情」則自不待言[12]，而理學家論詩文也未嘗完全忽略「情」，只是差在七子派與理學家所謂「情」的實質內涵不盡一致而已。眾所周知，明朝在七子派之前的一百多年間有以宋濂、方孝孺為代表的文人兼理學家、以三楊為代表的臺閣文人、以李東陽為首的茶陵詩派文人以及以陳獻章、莊昶為代表的性氣詩派[13]等，這四派所主的「情」的內涵固然不盡相同，但他們吟詠的「情」基本上還是指合乎「禮義」、「性理」的純正之「情」，即指「情性之正」者而言，也就是「止乎禮義」的「情」[14]。而七子派與其復古派後學所倡導的「情」則與此四者不同，他們所追求的主要是既合於審美要求、又不悖於儒家正統思想的「情」。

　　如上所提，七子派主要還是因不滿於延續宋人「主理」傾向的臺閣、性氣詩單調乏味的文風，故想借用「復古」、「復情」以振興明初文壇的沈悶局面。儘管前後七子派諸人對「文必秦漢，詩必盛唐」[15]

---

12 關於此，蕭華榮著《中國詩學思想史》謂：「按照通常的是邏輯推想，明代詩學的主流既然是七子派，七子派的核心口號既然是『擬議變化』，『擬議』既然是古人的格調，而且公安派又明確宣稱以『性靈』矯『格套』，那麼詩學思想的出發點應是格調、法度等形式因素，但實際上卻並非如此。可以說：主情，這才是明代詩學思想的根本出發點。」蕭華榮著：《中國詩學思想史》（上海市：華東師大學出版社，1996年），頁225。

13 據杜蔭堂輯錄《明人詩品》謂：「成化間，陳白沙與莊定山齊稱，號『陳莊體』。」此轉引自陳書錄著：《明代詩文的演變》（南京市：江蘇教育出版社，1996年），頁186。

14 參見〈毛詩序〉：「發乎情，止乎禮義」。

15 此語見於《明史》〈李夢陽傳〉「夢陽才思雄鷙，卓然以復古自命，弘治時，宰相李東陽主文柄，天下翕然宗之。夢陽獨譏其萎弱，倡言『文必秦漢，詩必盛唐』，非是者不道。」和《明史》〈文苑傳〉評王世貞謂「其持論，文必秦漢，詩必盛唐，大曆以後詩勿讀……晚年攻者漸起，世貞顧漸造平淡。」不過這「文必秦漢，詩必盛唐」是後人對他們詩學傾向的概括，不是他們親口提出的口號。以上可參見張少康等著：《中國文學理論批評發展史（下）》（北京市：北京大學出版社，1995年），頁170。

的「復古」口號的接受態度以及對具體「復古」方式的意見不盡相同，但皆以臺閣、性氣詩所主導的文風成為其主要針砭的對象，他們都以「復古」為他們詩學理論的首要法門，這一點二者是相通的。其實，如我們所知，不滿於宋以來文學的「主理」傾向而嚮往抒情的唐詩，這不單是七子派詩學所獨有的特徵，而是整個明代諸派詩學普遍有的總傾向。對宋人的主「理」傾向，宋代就有嚴羽的發難，而到了明代李東陽也曾對宋詩甚表不滿，但其表現最突出的還是七子派諸人。這種詩學的反宋思潮，經過前後七子而直到明末也未曾間斷，如明末陳子龍還攻訐謂：「宋人不知詩而強作詩，其為詩也，言理而不言情，故終宋之世無詩焉」[16]，甚至反七子派「復古」、「模擬」的公安派袁宏道也對宋人的「以文為詩，流而為理學，流而為歌訣，流而為偈頌」[17]的缺失表示了不滿之意，可知詩學反「理」而主「情」的主張是貫穿整個有明一代的一重要特徵。

　　以下我們擬通過明代理學家與七子派人對「情」的具體描述，觀察他們看法的異同以及其異同所代表的意義。

1 明代理學家論「情」

　　明代理學家論詩文大抵仍因宋儒之舊，因此「情」在他們的文學理論中雖偶爾提及，但並不是很突出的因素，甚至有的理學家論詩文幾乎不提及「情」字。不過，如我們已看到薛瑄、胡居仁、陳獻章、王守仁、王畿等人確曾提及「情」字，而其中薛瑄、陳獻章二人不止提及，還有「以真情為文」的主張。我們為了與七子派進行比較，舉

---

16 見於〈王介人詩餘序〉，此轉引自蕭華榮著：《中國詩學思想史》（上海市：華東師大學出版社，1996年），頁229。

17 見於〈雪濤閣集序〉，此轉引自蕭華榮著：《中國詩學思想史》（上海市：華東師大學出版社，1996年），頁229。

薛瑄、陳獻章為例，觀察他們所謂「真情」的實質內涵。我們在第三章的討論中已看到薛瑄等雖有「以真情為文」的主張，但薛、陳二人所謂的「真情」主要還是指已把人之「情欲」排除於外的「性之用」的「情」，即指「性情之正」者而言。理學家多把這種已純化的「情」，用「性情」或「情性」二字連用以區別於一般情感或情欲之情。但我們也已看到薛瑄又有時論文還有些彈性，有的頗近一般文人論「情」，如他謂：

> 凡詩文出於真情則工，昔人所謂「出於肺腑」者是也。如三百篇、楚辭、武侯〈出師表〉、李令伯〈陳情表〉、陶靖節詩、韓文公〈祭兄子老成文〉、歐陽公〈瀧岡阡表〉，皆所謂出於「肺腑」者也，故皆不求工而自工。故凡作詩文，皆以真情為主。[18]

如已指出，薛瑄在文學方面所得的成就大概主要得力於這種認識，他在這裡所謂的「真情」固然不至悖離於理學家所謂的「性情之正」者，但也並不只拘泥於此，而已隱然含有文人的審美意識，庶幾已入於文人之域了。我們再舉陳獻章之例：

> 須將道理就自己性情上發出，不可作議論說去，離了詩之本體，便是宋頭巾也。[19]

> 學古人詩，先理會古人性情是如何，有此性情，方有此聲口，

---

18 見於〔明〕薛瑄：《薛瑄全集・讀書錄》（太原市：山西人民出版社，1990年），卷7，頁1190。

19 見於〔明〕陳獻章：《陳獻章集》（北京市：中華書局，1993年），〈次王半山韻詩跋〉，頁72。

只看程明道、邵康節詩，真天生溫厚和樂，一種好性情也。[20]

　　他身為理學家，雖也作了不少「性氣詩」，又被稱作是明代性氣詩之代表作家[21]，不過我們由這兩段文字看來，他也很明確地認識詩歌不該以發議論為主，而主張詩有「詩之本體」，不得脫離，以免詩歌帶有頭巾氣。陳獻章作為性氣詩的主要作家，卻有如此的自覺，知道此乃詩之病，已屬難得。不過，我們從他接下來所謂「只看程明道、邵康節詩，真天生溫厚和樂，一種好性情也」可發現，他所謂的「性情」顯然還是離不開一般理學家所說的「性情之正」者，再看：

　　　承示近作，足見盛年英邁之情。大抵論詩當論性情，論性情先論風韻，無風韻則無詩矣。今之言詩者異於是，篇章成即謂之詩，風韻不知，甚可笑也。情性好，風韻自好，性情不真，亦難強說，幸相與勉之。[22]

　　由此足見陳獻章對「性情」何等重視，他所謂「性情」固然不悖離理學家所說的「性情之正」者，不過從他將詩歌「風韻」與「性情」聯繫在一起這一點更能看出，他對「性情」的認識又與一般理學家不完全相同，而且有所拓展。其所謂「今之言詩者異於是，篇章成即謂之詩，風韻不知，甚可笑也」，顯然是對明初臺閣體、性氣詩的

---

20 見於〔明〕陳獻章：《陳獻章集》（北京市：中華書局，1993年），〈批答張廷實詩箋〉，頁74。
21 論者每以陳獻章與莊昶為明代性氣詩的代表作家。據杜蔭堂輯錄《明人詩品》謂：「成化間，陳白沙與莊定山齊稱，號『陳莊體』。」此轉引自陳書錄著：《明代詩文的演變》（南京市：江蘇教育出版社，1996年），頁186。
22 見於〔明〕陳獻章：《陳獻章集》（北京市：中華書局，1993年）〈與汪提舉〉，頁203。

不良習氣而發。由以上可見，對「歌訣」、「偈頌」般的性氣詩，不但
明中葉以李夢陽為首的前七子起而反對，而且其自身為性氣詩的代表
作家的陳獻章也對理學家以理為詩的不良習氣表示了很大的不滿。陳
獻章能有此自覺，顯然是拜他為茶陵詩派領袖的李東陽的「知音」[23]
的詩學造詣所賜。

2 七子派的論「情」

通過以上薛、陳二人所論的「情」可發現，他們身為明代理學大
師，其所謂的「情」主要還是指「性情之正」者，但是因他們都有深
厚的詩學造詣，所以對「情」在詩歌作品中的功能和重要性都有較深
入的認識。這一點是我們可通過與七子派文人有關言論的比較看出
來。七子派內部在文學理論的問題上雖也有爭論，也有前後的變化，
但他們特別強調「情」的緣由則基本一致。我們茲舉李夢陽為例，聊
作比較之資。李夢陽謂：

> 詩至唐而古調亡矣，然自有唐調可歌詠，高者猶足被管弦。宋
> 人主理而不主調，於是唐調亦亡。……宋人主理，作理語，於
> 是薄風雲月露，一切劃去不為。又作詩話教人，人不復知詩
> 矣。詩何嘗無理，若專作理語，何不作文而詩為耶？[24]

可見，他對唐詩由古詩的新變予以相當程度的肯定，而對宋詩之
「主理」傾向則表示很大的不滿。從表面上看來，這是在批評宋人，

---

23 見於李東陽《懷麓堂詩話》，此轉引自蕭華榮著：《中國詩學思想史》（上海市：華
   東師大學出版社，1996年），頁227。
24 見於〔明〕李夢陽：《空同集》（上海市：上海古籍出版社，1994年），卷52，〈缶音
   序〉，頁5。

但實際上是在抨擊瀰漫於當時詩壇的臺閣、性氣詩人「主理而不主
調」的傾向，這也是七子派諸文人之所以興起並能風靡詩壇七、八十
年之久的主要理由。再看他論詩論情：

> 夫詩，發之情乎？聲氣，其區乎？正變者，時乎？夫詩言志，
> 志有通塞，則悲歡以之，二者小大之共由也。[25]

> 情者動乎遇者也……遇者物也，動者情也。情動則會，心會則
> 契，神契則音，所謂隨遇而發者也。……天下無不根之萌，君
> 子無不根之情，憂樂潛之中，而後感觸應之外，故遇者因乎
> 情，情者形乎遇。[26]

從以上可見，他論「情」而與理學家有顯著的不同：以詩為「發
之情」者，並以「情」為「形乎遇」者，但完全不提約束此「情」的
任何因素，又強調其「遇」與「感」的積極作用。這與理學家每稱
「性情」或「情性」，而以「性」約「情」、度「情」合「理」者不
同。其實，如上所提，總觀包括李夢陽在內的七子派諸人論「情」，
基本上都越不出傳統儒家「止乎禮義」的「情」的範圍，不過至少在
表面上看，他們都不太強調「止乎禮義」這一層意思。可知，他們顯
然有意突出「情」的地位，以便糾正自宋儒以來的詩學「主理」所產
生的弊端。我們再看他討論詩歌創作上的「情」：

---

25 見於〔明〕李夢陽：《空同集》（上海市：上海古籍出版社，1994年），卷51，〈張生
  詩序〉，頁5。
26 見於〔明〕李夢陽：《空同集》（上海市：上海古籍出版社，1994年），卷51，〈梅月
  先生詩序〉，頁6。

夫詩有七難：格古、調逸、氣舒、句渾、音圓、思沖、情以發之。七者備而後詩昌也。然非色弗神，宋人遺茲矣，故曰無詩。[27]

蕭華榮先生舉此引文後解釋謂：「七難之中，除『句渾』、『音圓』兩項外，正是格古調逸、氣舒思沖之旨，換言之，也就是簡古清逸、舒暢沖和。而這不正與宋儒春風和氣之性與蕭散簡遠之格相吻合嗎？此皆『情以發之』，是以其『情』者必以『古、逸、舒、沖』為內容。」[28]所言極是。不過，我們還可補充指出的是所謂「句渾」無非也是朱熹所主的表示詩句整體美的「句法渾成（混成）」[29]之意，由此而言，這七者[30]幾乎都是宋儒以及自宋以來學者、文人標榜、追求的審美特徵，基本上也符合「格古調逸、氣舒思沖之旨」。再者，他先舉出「格古調逸」等六者，又言「情以發之」，從中可知，顯然有以「情」為其「格調」論的關鍵之意。

從以上李夢陽對「情」的描述看，他對「情」是非常執著的，但我們也知道，這種對「情」的重視，在理學家薛瑄與陳獻章處已見端倪，唯在理學家處還是相對地重視「性」之約「情」作用，而在七子派李夢陽處則在「情」與「理」的關係上，即相對地突出了「情」的地位而不再強調「性理」之制約「情」的作用。如已所見，這「情」論是七子派「復古」理論的很重要的組成部分，這一點，我們從李夢

---

27 見於〔明〕李夢陽：《空同集》（上海市：上海古籍出版社，1994年），卷48，〈潛虯山人記〉，頁11。

28 見於韓經太：《理學文化與文學思潮》（北京市：中華書局，1997年），頁201。

29 參見張健著：《中國文學批評》（臺北市：五南圖書出版公司，1984年），頁178。如所引：「詩須是……句法混成。如唐人玉川子輩，句語雖險怪，意思亦自有混成氣象。」（語類140）。

30 至於「音圓」，蓋指通過音韻之和諧，讀之而有圓滑的感覺者而言。

陽這種以「情」為主調的「格調論」到與之在意見上多所衝突的徐禎卿便發展出「因情立格」[31]的美學原則中更能看出這是七子派共有的觀點。關於此，亦擬在下面論「復古」時再加以補述。

二 論「復古」

明代理學家與七子派文人，雖主張「復古」的動機不盡相同，但都有不同程度的復古主張。以下，主要舉陳獻章、王守仁與李夢陽之言論為例，加以分析討論。

1 明代理學家論「復古」

凡儒家思想較濃厚的文人都有一定程度的「復古」思想，這主要是儒家思想本身具有的「慕古」、「尊古」傾向使然。不過，宋明理學家雖多以孔孟後人自居，但因為大多理學家從觀念上「崇性理而卑文藝」[32]，普遍鄙視詩文而不喜歡談論詩文，所以多數理學家就根本談不上在文學創作方面是否主張「復古」的問題。這一點，我們已通過明代諸位理學家文學理論的討論，看得很明白。我們前文所討論的十數位元明時代理學家裡面較具積極意義的文學「復古」主張[33]的只有

---

31 《談藝錄》謂：「詩以言其情，故名因象昭。合是而觀，則情之體備矣。夫情既異其形，故辭當因其勢。譬如寫物繪色，倩盼各以其狀；隨規逐矩，圓方巧獲其則。此乃因情立格，持守圓環之大略也。」此轉引自陳書錄著：《明代詩文的演變》（南京市：江蘇教育出版社，1996年），頁248。

32 語見周密《浩然齋雅談》卷上云：『宋之文治雖盛，然諸老率崇性理，卑藝文。』此轉引自廖可斌著：《明代復古運動研究》（上海市：上海古籍出版社，1990年），頁32。

33 如上所提，因儒家思想本身所具有的特質，理學家論古時，普遍都有「尊古」傾向，而這所謂的文學「復古」與單純的「慕古」、「尊古」不同，而指具有學習古人詩文意味的、較具積極意義的而言。

陳獻章、王守仁兩人，其餘如薛瑄、鄒守益、王畿等也稍論及，但畢竟並不很突出。

　　我們通過前文中的討論得知，陳獻章論詩有以「風雅」為極致的「崇古」觀點。尤其，他站在理學家的立場發言時更加顯著。不過因他有較深的詩學造詣與體驗，所以他論詩往往出入於文人之域，因而有較明顯的文學「法古」觀念時時表露在文字當中。如他所說：

> 莊定山所以不可及者，用句、用字、用律極費工夫。初須倣古，久而後成家也。今且選取唐宋名家詩數十來首，諷誦上下，效其體格、音律，句句字字一毫不自滿，莫容易放過。若於此悟入，方有蹊徑可尋。[34]

> 詩不用則已，如用之，當下工夫理會。觀古人用意深處，學他語脈往來呼應，淺深浮沉，輕重疾徐，當以神會得之，未可以言盡也。到得悟入時，隨意一拈即在，其妙無涯。[35]

　　陳獻章這種學詩「須倣古」的主張，顯然與他豐富的親身經驗以及當時文壇「復古」思潮有關。他基於「詩不用則已，如用之，當下工夫理會」的認識，提出了這種模倣論。當然，他之所以如此主張模倣古人，主要是為了通過「觀古人用意之深處」、「神會」以達「悟入」的境界。我們在前一章的討論中也見到他這種學詩須模倣的言論並不是偶然提及的，而是比較一貫的看法。再看：

34　見於〔明〕陳獻章：《陳獻章集》（北京市：中華書局，1993年），〈批答張廷實詩箋〉，頁74。

35　見於〔明〕陳獻章：《陳獻章集》（北京市：中華書局，1993年），〈與張廷實主事〉，頁167。

　　　拙菴記文字議論好，非拙者可及，但不知較於古人情性氣象又
　　何如也？更須自討分曉，大作規模不墮落文士蹊徑中乃佳也[36]

　　可見在陳獻章的心目中古人永遠是完美無缺的圭臬，當然他所謂
的古人是指「古之有好性情者」而言。他還有一段，說：

　　　封去某近作記文一首，據拙見，詞格不古，終傷安排。[37]

　　這是以詞入不入古人之格為評判作品優劣的標準，並認為唯有以
此為標準加以努力，方可避免墮入文士蹊徑。還有一點值得注意，即
他對這「格」的注意。明代自李東陽重視「格律」[38]以來，前後七子
都很重視詩歌的「格」與「調」。陳獻章這所謂的「詞格」之「格」
雖語焉不詳，但可推斷出他所謂的「格」與復古論者所謂的「格
調」、「格律」之「格」也不無關係。陳獻章主要活動時期與茶陵李東
陽相當[39]，是屬於明代文學「復古」思潮開始醞釀抬頭的階段，陳獻
章作為李東陽的「知音」，對文學又有那麼濃厚的興趣和深厚的造
詣，所以他受到這復古的時代思潮的影響也是順理成章之事。
　　在前文的討論中已看到，王守仁也有如下文學「復古」理論：

　　　學文須學古，脫俗去陳言。譬若千丈木，勿為藤蔓纏。又如崑

---

36 見於〔明〕陳獻章：《陳獻章集》（北京市：中華書局，1993年），〈與張廷實主
　事〉，頁167。
37 見於〔明〕陳獻章：《陳獻章集》（北京市：中華書局，1993年），〈復李世卿〉，頁
　220。
38 參見張健著：《中國文學批評》（臺北市：五南圖書出版公司，1984年），頁249。
39 陳獻章生卒年為西元一四二八至一五〇〇年；李東陽則西元一四四七至一五一六年。

崙派，一瀉成大川。人言古今異，此語皆虛傳。吾苟得其意，今古何異焉？子才良可進，望汝師聖賢。[40]

　　值得我們注意的是，他說「須學古」，而其旨在「脫俗去陳言」。他有如此明顯的「學文須學古」的「復古」主張，這顯然是在其「得其意」的前提下，想以古之長補今之短，因為唯有如此才可避免陷入「學古」與「去陳言」的矛盾衝突之中。他這種以古治今的精神方向，不但與陳獻章倣古論一脈相承，也與七子派文人的「復古」思想有所相通。我們認為他之所以能有這種主張，除其身為儒者原有的「崇古」觀念以外，和陳獻章一樣，與他豐富的創作經驗和年輕時期的文學活動也分不開關係。[41]

2 七子派的「復古」論

　　在中國文學、文學批評史上曾出現過幾次的「復古」思潮，而其中威力最大且影響最深遠的應屬唐宋古文運動中的「復古」思潮，再次則非明代文學的復古思潮莫屬。而在明代漫長的文學「復古思潮」[42]中，威力和影響力最大的也應是「前後七子」帶動的文學復古思潮了。《明史‧文苑傳》謂：「李夢陽、何景明倡言復古，文自西京，詩自中唐而下，一切吐棄，操觚談藝之士，翕然宗之，明之詩文於斯一

---

40 見於〔明〕王守仁：《王陽明全集》（北京市：中華書局，1992年），卷29，〈贈陳宗魯〉，頁1072。

41 《王龍溪全集》〈魯舜徵別言〉謂：「弘正間，京師倡為詞章之學，李、何擅其宗，陽明先師結為詩社，更相倡和，風動一時。練意繪辭，寖登述作之壇，幾入其髓。」參見〔明〕王畿：《王龍溪全集》（臺北市：華文書局，1970年），卷16，〈魯舜徵別言〉頁17-19。

42 眾所周知，明代文學的復古思潮，自從茶陵李東陽起，經過前後七子，以至晚明竟陵派文人都有其不同程度的文學復古主張。

變。」可見時人眼目中文學「復古」聲勢之大。如前所述,明代理學以及在理學影響下產生的性氣詩的流弊,又為七子派詩文復古主張的掀起提供了其最直接的原因。即七子派由於看到了臺閣體詩、性氣詩的流弊,所以想通過模擬古人之詩以「復」詩之「古格」、「古調」,以期針砭「古調」、「唐調」皆「亡」[43]的時病。至於李夢陽有關詩歌「復古」的言論,我們在前面論「情」時已見之一斑。再看以下李夢陽其他有關「復古」的言論:

> 僕少壯時,振翮雲路,周旋鵷鷺之末,謂學不的古,苦心無益。又謂文必有法式,然後中諧音度如方圓之於規矩。古人用之,非自作之,實天生之也。今人法式古人,非法式古人也,實物之自則也。……諺有之曰:「一年二年,與佛齊;三年四年,佛在一邊。」言志之難久也。[44]

這一段所表現出的文學「復古」理論,可以說是貫穿李夢陽所有復古理論的最主要的言論。眾所周知,前後七子派諸人對「法古」的具體方法上往往有異見,但對李夢陽的這個結論還都是有共識的。這一段透露了他「復古」理論上的重要資訊,我們若逐條分析則如下:第一,「學不的古,苦心無益」,表示他對「法古」的基本態度,即認為「法古」不但有益,還不可或缺;第二,「文必有法式,然後中諧音度如方圓之於規矩」,這又是在申說「法古」的必然性;第三,所

---

43 參見〔明〕李夢陽:《空同集》(上海市:上海古籍出版社,1994年),卷52,〈缶音序〉,頁5。〈缶音序〉謂「詩至唐而古調亡矣,然自有唐調可歌詠,高者猶足被管弦。宋人主理而不主調,於是唐調亦亡。」

44 見於〔明〕李夢陽:《空同集》(上海市:上海古籍出版社,1994年),卷62,〈答周子書〉,頁15-16。

謂「古人用之，非自作之，實天生之也。今人法式古人，非法式古人也，實物之自則也。」這又在說明「法式」古人的真正目標不在古人作品本身，而在領會古人作品所呈現的「物之自則」[45]，藉以強調「法古」的必然性，「法古」乃變成順理成章之事；第四，「諺有之曰：『一年二年，與佛齊；三年四年，佛在一邊。』言志之難久也。」這在說明「法式」古人，必須持之以恆，在長久「法式」古人的過程中體會出「物之自則」。由以上而言，這短短一段話幾可說明李夢陽對「法古」的基本認識、態度、動機和目的以及對象、方法等。他這種言論，雖然說得還不是很詳細，但大抵而言，其旨意與上面所討論的陳獻章那種「莊定山所以不可及者，用句、用字、用律極費工夫。初須倣古，久而後成家也。今且選取唐宋名家詩數十來首，諷誦上下，效其體格、音律，句句字字一毫不自滿，莫容易放過。若於此悟入，方有蹊徑可尋。」[46]所透露的內容頗有相契之處。由以上而言，李夢陽的「法古」目的在於體會「物之自則」，這一點，若從遠處言之，雖其內容性質不同，但在方法上頗有朱學格物窮理的意味；若從近處言之，則與陳獻章學詩文主張「倣古」以悟入者頗有契合之處。我們也已看到李夢陽以「真情」為「復古」的實質內涵，而其「真」顯然指包括人之「性情之真」在內的接近「真理」的「物之自則」者。由而言之，他想通過以「真情」為實質內涵的文學復古理論，擺脫理學籠罩之下的文壇風氣，但在一些重要理論問題的思考中，卻又受到一些理學的某種影響。其實這也難怪，李夢陽「以文章

---

45 關於此，後七子之一鉅子王世貞也有類似的意見，他說：「詩不云乎？有物有則。夫近體為律，夫律，法也。法家嚴而寡恩，又於樂亦為律，律亦樂法也。其禽純皦繹，秩然而不可亂也。」（見於《弇州山人四部稿》卷65，〈徐汝思詩集序〉）可見這在七子派復古文人是一種普遍具有的認識。

46 見於〔明〕陳獻章：《陳獻章集》（北京市：中華書局，1993年），〈批答張廷實詩箋〉，頁74。

挾持一世，而晚年歉然不足於理道，幾有盡棄前學之意。」[47]而他這種理學之念，想必也不是一時所形成的，更何況我們將之與當時七子派何景明、王廷相、顧璘、徐禎卿、鄭善夫等晚年皆折向理學的事實[48]聯繫而看，便不難理解了。

由以上簡單的討論和比較，可以看出明代初中期的理學家與正德、嘉靖年間的七子派文人，雖然表面上針鋒相對，但從他們對「情」、「復古」二項的討論中可發現他們之間也有互相滲透之跡。如此而言，馬積高先生所謂「前七子中的李、何同陽明都是朋友，政治上也同道，然陽明既未接受他們的詩文復古主張，李、何也未沾染陽明的心學。」[49]則顯然不是很正確的。

第二節　理學與晚明文學思潮

關於「晚明文學思潮」，在本論文第一章中已指出其有特殊涵意。而本文沿用此名稱與內涵，並不代表筆者對學界流行的那些看法完全認同。本文所以要附帶討論這一課題，是因為我們只要翻開近期出版的有關晚明文學思潮的著作[50]，幾乎千篇一律地以晚明文學思潮

---

47 參見簡錦松著：《明代文學批評研究》（臺北市：學生書局，1989年），頁280，主要據〈與霍渭先書‧別祇〉而有此說。

48 參見簡錦松著：《明代文學批評研究》（臺北市：學生書局，1989年），頁275-320。

49 參見馬積高著：《宋明理學與文學》（長沙市：湖南師範大學出版社，1989年），頁179。

50 主要都是中國大陸方面的著作，其主要者有：馬積高著《宋明理學與文學》、韓經太著《理學文化與文學思潮》、陳書錄著《明代詩文的演變》、蕭華榮著《中國詩學思想史》、袁震宇等著《中國文學批評通史》（明代卷）、成復旺等著《中國文學理論史》、張少康‧劉三富著《中國文學理論批評發展史》、陳居淵著《清代詩歌與王學》、夏咸淳著《晚明士風與文學》、左東嶺著《李贄與晚明文學思想》、周明初著《晚明士人心態及文學個案》、黃卓越著《佛教與晚明文學思潮》、樸鐘學著《晚明文學思想研究》等。

與王學左派相聯繫，且津津樂道王學及左派王學對晚明文學思潮的影響。並且，我們看那些著作每當論及晚明文學思潮時，大都把王學→王學左派（泰州學派）→ 李贄 → 公安派視作一種公式。

另外，我們在前一章的討論中發現，所謂王學左派（泰州學派）的兩位中心人物王艮與王畿的文學理論，除了王艮的「先德行而後文藝」的理論頗有「俗化」的傾向以外，其餘則基本上與一般宋明理學家的文學理論相差不是很遠，更無庸說王守仁了。而至於李贄、徐渭、湯顯祖、公安派諸家等，我們若僅以其思想的某一些方面的傳承關係而言，他們與王學確實有師承關係，有一些脈絡可循。比如，李贄是王心齋的三傳弟子[51]，亦即王守仁的四傳弟子，不過我們知道黃宗羲曾把與他相好的顏、何等人視作「非名教所能羈絡」者[52]，並排除李贄、徐渭等人於《明儒學案》之外。至於黃宗羲為何如此做，不可否認是一定程度上受到了黃氏個人的學術立場的限制。儘管如此，學界既然如此重視王學與晚明文學的關係這一課題，加上他們之間確有師承淵源及有些脈絡可循，筆者認為也有必要以實事求是的態度探討一番。不過，筆者無力也無意討論整個晚明文學思潮與王學或泰州派的複雜關係，而主要想以前幾章節討論所得的結果為資，探討明代理學與李贄、公安派等的晚明文學理論之間的內在聯繫問題。本文所謂的內在聯繫問題，擬僅就「真情」這單一主題去考察。

眾所周知，明代文學史上由七子派倡導的「復古」、「擬古」思潮是一股巨大的時代風尚，故凡是與明代七子派文人同時期的文士、學者，鮮有未染此習者。正如上面的討論所見，即便是表面上與七子派對立的理學家也在所難免，這種局面直至晚明才有所改變。而在這種

51　參見古清美著：《明代理學論文集》（臺北市：大安出版社，1990年），頁124、128。
52　見於〔清〕黃宗羲：《明儒學案》《明儒學案》（北京市：中華書局，1992年），〈泰州學案‧序〉。

改變上，成果最突出的還是公安派，該派文人是因不滿於明代由七子派主導的那種「復古」、「擬古」思潮而興起的文學流派。不過，值得我們注目的是，如蕭華榮所說：

> 他們兩派之間的對立並不在於公安派所強調的真、神、趣、自然、性靈等，因為七子派裡面如何景明、謝榛、王世貞等人處，早已經涉及到這些要求。因此，其根本的對立還是在於對復古、格調的態度上。公安派以真、性靈為破除七子派的「擬古」、「格調」之說有力武器。……公安派所以能衝決了擬議、格調的束縛，是因他們以當時的異端思想為思想基礎，而七子及其後學則始終沒有越出正宗儒家思想的規範。這是一個根本的分野。[53]

公安派雖以「真」、「性靈」為破除七子派「復古」、「格調」的有力武器，但是我們也知道「真情」、「性情」[54]卻也是七子派用以破除臺閣、性氣詩的有力武器。我們也知道包括性氣詩作家在內的理學家文學理論也未嘗不提「真」、「性情之真」等問題。故由此而言，明代的文學理論之建立大都圍繞著那「真」、「情」、「真情」、「情真」等字眼而展開[55]，只不過各人所用的具體含意不盡一致，這一點我們也在

---

53 以上參見蕭華榮著：《中國詩學思想史》（上海市：華東師範大學出版社，1996年），頁275。

54 雖「真」、「情」、「真性情」、「性情」等用的字眼不同，但其實質內涵無非指無假純真的「情」而言。

55 邵曼珣指出：「明代以前對藝術作品求『真』的觀念，早已存在，只是歷代關於『真』的觀念論述，所佔比率不高。反觀明代文人對於『真』的討論卻特別熱烈，不論在學術思想、文學創作或是生活形態方面處處以『真』為準則。」邵曼珣：《論真──以明代詩論為考察中心》（臺北市：東吳大學中國文學研究所碩士論文，1991年），頁2。

前面討論明代理學家與七子派文學理論時窺見一斑了。

　　至於七子派與公安派等晚明文人都主張以「真情」為文，而公安派等如何能衝破復古、擬古文學理論，則正如蕭氏所指出「他們以當時的異端思想為思想基礎」，即他們給「情真」、「真情」注入了新的、與前人不同的內涵，才得以衝破七子派影響之下的文壇風氣。以下我們通過明代理學家與晚明文人有關言論的比較分析，進行簡單的討論。因為我們在上面的討論中與七子派進行比較時，對明代理學家所謂「真情」的內涵已做了較詳盡的討論，故以下以晚明文人的有關言論為主要討論對象，探討以公安派為主的晚明文人所謂的「真情」、「情真」與明代理學家所說的之間有何內在關係，並由此而討論理學與晚明文學思潮之間的內在聯繫等的問題。

一　王學、左派王學論「情」論「真」

　　關於明代復古文學家與理學家皆有主「情」的言論，我們已在上文中較仔細地論述過。我們也知道無論是理學家或者是文學家，所謂的「情」多指人的「真實感情」而言。若再仔細看，理學家所說的「情」與文士所說的「真情」的內涵頗不一致，這一點也在前文討論薛瑄、胡居仁、陳獻章的「以真情為文，就性情而發」、寫「性情之正」、「直抒胸臆」等言論時剖析了其中內涵的異同：薛瑄、胡居仁、陳獻章等理學家在文學創作上所說的「情」，雖有時稍具彈性，但大抵而言，主要還是指已把人之「情欲」排除於外的「性之用」的「情」，即指「性情之正」、「止乎禮義」者而言。

　　以下，我們擬以第三章討論為基礎，討論王陽明以及王學左派人物論文論「情」、「真」方面的特色。

　　王陽明文學理論沒有直接談及「真情」或「性情」者，不過他有

寫文章要「直寫胸中實見」[56]的主張，這和陳獻章那種「直抒胸臆」以及基於求「真」而主張「率吾情盎然出之」等頗有相契之處。王陽明另有「修辭立誠」論，頗具分量[57]，也與此相通，如他謂：

> 凡作文字要隨我分限所及。若說得太過了，亦非修辭立誠矣。[58]

> 凡作文，惟務道其心中之實，達意而止，不必過求雕刻，所謂修辭立誠者也。[59]

可見，陽明「修辭立誠」不外指修飾文辭要以作者真實情感的表達為目的，而不可做虛飾浮文。因此，這「修辭立誠」論所強調的實際上也就是要「以真情為文」。王陽明有關「真」、「真情」的言論大抵有以上「直寫胸中實見」與「修辭立誠」二端。

至於被認為與晚明文人的關係最密切的泰州王門的開山祖王艮，筆者翻閱他那整本《王心齋全集》，發現他幾乎不談文學，所談也全不論及「真」或「真情」的問題[60]。不過我們知道，泰州派學人雖以心齋為宗主，但多兼宗二王[61]，而且王龍溪有關文學方面的見解之

---

56 見於〔明〕王守仁：《王陽明全集》（北京市：中華書局，1992年），卷6，〈寄鄒謙之〉，頁204。可參見本論文第三章第二節。

57 可參見第三章，第二節，二「王守仁」。

58 見於〔明〕王守仁：《王陽明全集》（北京市：中華書局，1992年），卷3，《傳習錄》下，頁96。

59 見於〔明〕王守仁：《王陽明全集》（北京市：中華書局，1992年），卷27，〈與汪節夫書〉，頁1001。

60 參見本論文第三章第三節。

61 《明儒學案》〈師說〉「王龍溪」條則謂：「心齋、龍溪，學皆尊悟，故世稱二王。心齋言悟雖超曠，不離師門宗旨。至龍溪，直把良知作佛性看，懸空期個悟，終成玩弄光景，雖謂之操戈入室可」。以上參見古清美先生：《明代理學論文集》（臺北市：大安出版社，1990年），頁124。

多，是王門後學之冠。龍溪論文多與其師陽明相似[62]，他有關「真」、「真情」方面的言論也多集中在「修辭達意」與「直抒胸中所見」兩端上，如他論舉業文章時謂：

> 於作文也，修辭達意，直書胸中之見，而不以靡麗為工。[63]
> 須當以哀思發之，方不落言詮，瑣瑣步驟未免涉蹊徑，非極則也。[64]

可見，王畿有關這「修辭達意」與「直抒胸中所見」言論大抵不出其師王陽明所論範圍，至於所謂「瑣瑣步驟未免涉蹊徑」，無非在說過於在乎修辭雕琢，便難免「落言詮」，故只有「以哀思發之」方可避免「落言詮」。而所謂「以哀思發之」也就是「直書胸中之見」而不用假情假意為之之意，即要以真實情感為主之意。

二　晚明文人論「情」論「真」

如上所言，已有的研究每當論及晚明文學或文人時，都與王學左派思想相聯繫起來。這一點從上面所舉的蕭華榮那一段話中已看到。另外，如馬積高謂：「隆慶、萬曆間的公安派詩文和當時的一些戲曲，較為明顯地受到左派王學的代表李卓吾的直接或間接的影響。」[65]這

---

62 如在本論文第一章所述，徐渭、李贄等雖有其師承關係可討，但因其思想非以理學可羈落者，故筆者認為另當別論為妥。這於有關王畿文學理論的討論可參見本論文第三章第三節。

63 見於〔明〕王畿：《王龍溪全集》（臺北市：華文書局，1970年），卷7，〈白雲山房問答〉，頁35-36。

64 見於〔明〕王畿：《王龍溪全集》（臺北市：華文書局，1970年），卷12，〈與張叔學〉，頁33。

65 見於馬積高著：《宋明理學與文學》（長沙市：湖南師範大學出版社，1989年），頁8。

在以往中國大陸方面的研究著作中是一較典型的說法。而在此，儘管我們是否可視李卓吾為左派王學的代表本身大有可商榷之處，但是公安派「獨抒性靈，不拘格套，非從自己胸臆中流出，不肯下筆」[66]的「性靈說」，湯顯祖「第云理之所必無，安知情之所必有耶」[67]的「重情論」[68]，這些近則與李贄的「童心說」、遠則與包括七子派復古論者以及理學家在內的整個有明一代的文學思潮有一定的關係。

以下將僅舉李贄「童心說」與公安派的「性靈說」，觀察他們「真情」觀的演變概況，並從中窺探與理學家「情」論的內在聯繫。唯因這些晚明文人文學理論規模之大，非本論文所能涵蓋，故僅將二人這些「說」的關鍵段落引出來，觀察這些「說」中包含的「真」、「真情」等的內涵。

1 李贄「童心說」

李卓吾的文學理論的規模之大，並非本文的一篇短章所能涵蓋。不過他那規模宏大的文學理論，都以「童心說」為理論出發點及基本綱領。其〈童心說〉謂：

> 夫童心者，絕假純真，最初一念之本心也。若失卻本心，便失卻真心；失卻真心，便失卻真人……天下之至文，未有不出於童心焉者也。苟童心常存，則道理不行，聞見不立，無時不

---

66 見於袁宏道〈敘小修序〉，收於〔明〕袁宏道著，錢伯誠箋校：《袁宏道集箋校》（上海市：上海古籍出版社，1981年），卷4。

67 見於湯顯祖〈牡丹亭題辭〉。

68 很多著作根據他的「情有者理必無，理有者情必無」而認為湯顯祖乃主「唯情說」者，但其實這話只不過引用達真和尚之語，湯氏雖曾對此表示佩服之意，但他仍表不予認同之意。因此筆者認為我們只能說他是「重情論」者，而不是「唯情論」者，這一點將在下文中加以補充。

文，無一樣創制體格文字而非文者。詩何必古選，文何必先
秦。降而為六朝，變而為近體；又變而為傳奇，變而為院本，
為雜劇，為《西廂曲》，為《水滸傳》，為今之舉子業，皆古今
至文，不可得而時勢先後論也。

　　他把「童心」解釋謂：「夫童心者，真心也。」又謂：「夫童心
者，絕假純真，最初一念之本心。」他是把「童心」視作一切文學作
品賴以產生的最大動力，並由此反對一切既有的「聞見道理」。從他
以《西廂》、《水滸》為「至文」，可知他是以「童心」為評判文學作
品優劣的最高準則，所以他評判文學作品的優劣，不必論「古今」、
「體格」，唯以「絕假純真」的「真心」為標準。
　　李贄在文學創作理論方面又提出了「自然情性論」，其實這又與
其「童心說」分不開關係。因為他以「童心說」為其心性論的思想基
礎，卻不以「心性」為源於道德之上的「理」，因此所謂「童心」實
際也就是指「自然情性」了。他說：

　　　自然發於情性，則自然止乎禮義，非情性之外復有禮義可止
　　　也。惟矯強乃失之，故以自然之為美耳，又非於情性之外復有
　　　所謂自然而然也。故性格清徹者音調自然宣暢，性格舒徐者音
　　　調自然疏緩，曠達者自然浩蕩，雄邁者自然壯烈，沉鬱者自然
　　　悲酸，古怪者自然奇絕。有是格，便有是調，皆情性自然之謂
　　　也。莫不有情，莫不有性，而可以一律求之哉？……蓋聲色之
　　　來，發於情性，由乎自然，是可以牽合矯強而致乎？[69]

---

69 見於〔明〕李贄：《焚書》，〈讀律膚說〉。

　　雖然這主要說的是詩歌的內容與格調的問題，但實際上更著重闡說自然的情性與禮義的關係問題，也就是〈毛詩序〉的「發乎情，止乎禮義」的問題。在此他不是認為「禮義」在「性情」之外，而是認為「自然發於性情」、「止於禮義」，即在強調「自然情性」之純然性。又從「惟矯強乃失之，故以自然之為美耳」看，這又與其〈童心說〉所闡說的「聞見道理」之障蔽「童心」，「失卻童心，便失卻真心，失卻真心，便失卻真人」頗為相似。「故性格清徹者……可以一律求之哉？」反映的是他基於人有各自不同的性情這一認識，主張「格」與「調」不可一律要求，他認為「格」與「律」、「聲」與「色」都由「情性」決定，是要「由乎自然」的。

　　如多數研究者所言，李贄這種「童心說」與「自然情性論」也許主要來源於王學及左派王學[70]，不過筆者認為，這種思想更接近薛瑄「凡詩文出於真情則工……出於「肺腑」者也，故皆不求工而自工。故凡作詩文，皆以真情為主。」[71]與陳獻章「詩之發，率情為之，是亦不可苟也已，不可偽也已。」[72]、「率吾情盎然出之，無適不可。」[73]等。我們也已看到陳獻章論學以「自然」為宗旨，無論其論學論文，處處提倡「自然」之旨，這又與李贄的說法頗有相契之處。

---

70 大多研究者認為李贄「童心」主要來自王陽明的「良知」與羅汝芳的「赤子之心」。參見邵曼珣：《論真——以明代詩論為考察中心》（臺北市：東吳大學中國文學研究所碩士論文，1991年），頁97。陳書錄著：《明代詩文的演變》（南京市：江蘇教育出版社，1996年），頁376。

71 見於〔明〕薛瑄：《薛瑄全集·讀書錄》（太原市：山西人民出版社，1990年），卷7，頁1190。

72 見於〔明〕陳獻章：《陳獻章集》（北京市：中華書局，1993年），〈澹齋先生挽詩序〉，頁9。

73 這〈序〉文是為朱英的《認真子詩集》的，朱英，字時傑。此〈序〉收於〔明〕陳獻章：《陳獻章集》（北京市：中華書局，1993年），頁4-6。

2 公安派之「性靈說」

李贄的「童心說」對晚明文學的影響固然不可低估，但是在復古文風瀰漫於整個文壇的中晚明時期，打破那種局面並形成最大聲勢的非公安三袁莫屬。而其中能代表三袁的袁宏道與李贄有交往，公安兄弟對李贄的由衷敬慕和服膺，在多篇作品中都曾直言不諱。[74]因袁氏與李贄有這一段淵源，袁氏兄弟受有李贄部分文論的影響則自不待言。如上所述，一般認為公安派主要是以七子派復古文學思潮之一對立面而出現的，主要主張以「性靈」矯「格套」。我們看袁宏道所提出的最具代表性的一段話：

大都獨抒性靈，不拘格套，非從自己胸臆中流出，不肯下筆。[75]

這是宏道在批評其弟小修時所提出來的，也是我們常引以為公安派主「性靈說」的標誌。公安派的「性靈說」以「自然之趣」為審美特徵。[76]袁宏道有「詩以趣為主」[77]的主張，他這所謂「趣」是「世人所難得者唯趣……夫趣得之自然者深，得之學問者淺。」[78]者。由此而看，他是在相對地否定聞見的道理與知識，這顯然是受了李贄那

---

74 參見蕭華榮著：《中國詩學思想史》（上海市：華東師大學出版社，1996年），頁279。另外，根據陳書錄著《明代詩文的演變》所列的簡表，袁宏道論及李贄的詩文有十一篇之多；中道有十二篇之多。陳書錄著：《明代詩文的演變》（南京市：江蘇教育出版社，1996年），頁374。

75 見於〔明〕袁宏道著，錢伯誠箋校：《袁宏道集箋校》（上海市：上海古籍出版社，1981年），卷4，〈敘小修序〉。

76 參見陳書錄著《明代詩文的演變》（南京市：江蘇教育出版社，1996年），頁386。

77 見於〔明〕袁宏道著，錢伯誠箋校：《袁宏道集箋校》（上海市：上海古籍出版社，1981年），卷51，〈西京稿序〉。

78 見於〔明〕袁宏道著，錢伯誠箋校：《袁宏道集箋校》（上海市：上海古籍出版社，1981年），卷10，〈敘陳正甫會心集〉。

種「絕假純真」而無「聞見道理」之障的「童心」說以及「發乎情，由乎自然」而「不一律求之」（格調）的「自然情性論」的影響，也受到了唐順之那種「直據胸臆，信手寫出」[79]的啟迪[80]。

我們通過以上的論述可知：公安派的「性靈說」受到了李贄的「童心說」與「自然情性論」的影響；李贄的「自然情性論」又與他之前薛瑄、陳獻章等「真情」論有一脈相承的關係；陳獻章等理學家的「真情論」與七子派論「真情」之相契。如此而言，在明代文學史、文學批評史裡，表面上看似乎對立衝突的是「理學家」與「心學家」、七子派與理學家、七子派、唐宋派等復古文學家與公安派等，這幾組的對應也不盡然是對立衝突的關係，而是有很多契合、滲透之處，這一點我們由「情」這一線索觀察便可見之一斑了。

第三節　傳統儒家與理學家的文學理論

眾所周知，理學家雖與傳統儒家同樣以孔、孟等儒家聖賢之旨為圭臬，同樣以學聖成聖為其治學最終目標。不過，因為自宋以來理學家著力下工夫處已有所轉移，因此他們對文學的基本認識和態度也各有所側重，這自然也影響到了他們文學理論的形成與發展。在此我們需要說明的是：一般而言，傳統儒家應可包括理學家，因此甚至有些人論傳統儒家文學理論而以理學家文學理論為其代表的[81]。不過，本論文所謂的傳統儒家文論與此不同，而在界定「傳統儒家的文學理

---

79 見於〔明〕唐順之：《荊川先生文集》，卷7，〈答茅鹿門知縣〉。

80 關於這唐順之之對三袁起的啟迪作用，張健著：《中國文學批評》（臺北市：五南圖書出版公司，1984年），頁277指出過。

81 參見郭紹虞著：《照隅室古典文學論集（上編）》（上海市：上海古籍出版社，1983年），〈所謂傳統的文學觀〉。

論」這一點上，筆者認為若以典籍中所見的孔子的有關言論以及〈詩大序〉、韓愈的古文運動、白居易等的新樂府運動中的文學理論為傳統儒家的文學理論，應無太多爭議。筆者如此選擇主要是因為這些文學理論在宋代理學建立之前就已定型，且其中的思想成分也比較純正，並在中國文學批評史上具有一定的代表性。眾所周知，理學家的文學理論也是來自傳統儒家文學理論的，只不過他們主要是按其需要及關心而對之有所揚棄而已。即，有的部分加以張揚發揮；有的部分根本略而不論，或論而不加強調。

　　以下，將按這些範圍，討論理學家文學理論對傳統儒家文學理論的揚棄問題。在討論方法上，我們不打算一一介紹或闡說所有理學家文學理論和傳統儒家的文學理論並加以排比對照，而只是想觀察傳統儒家的哪些文學觀點在理學家文學理論中得到了響應，哪些沒有，而這些基於何種原因等。

一　孔子與理學家的文學理論

　　一般而言，孔子的文學理論可分為「尚用論」、「文質論」兩大方面。在「尚用」方面的文學理論可以「以詩為教」的「詩教」為其代表。而他有關「詩教」方面的見解又可分為詩歌功用論和教育論。詩歌功用論方面主要有：「誦詩三百……使於四方，不能專對，雖多亦奚以為？」[82]、「不學詩，無以言」[83]，以及其「興、觀、群、怨」論；詩歌教育論方面以「思無邪」[84]說與「溫柔敦厚」[85]說為代表。

82　見於《論語》〈子路〉篇。
83　見於《論語》〈季氏〉篇。
84　參見《論語》〈為政〉篇。
85　參見《禮記》〈經解〉引。

「文質論」方面，就整體而言，孔子是取「文質彬彬」即「並
重」的態度的，但從部分文論看似乎有時側重於「文」；有時側重於
「質」。他在這一方面的言論主要者有：「質勝文則野，文勝質則史。
文質彬彬，然後君子。」[86]、「有德者必有言，有言者不必有德。」[87]、
「辭達而已矣。」[88]、「言以足志，文以足言。不言誰知其志？言之不
文，行而不遠。」[89]等。

我們通過前幾章的討論已看到孔子這些「尚用論」、「文質論」兩
方面的文學理論到理學家那兒幾乎都得到了相當程度的響應。分別而
言，「詩教說」主要在明代陳獻章、王守仁的文學理論中受到重視並
有所發展；「思無邪」這一觀點也在王守仁與鄒守益處獲得新的解釋
與發揮；「溫柔敦厚」自宋代程頤提倡以來，多數理學家都承襲了這
一觀念，到了明代胡居仁又曾再度發揮其旨，陳獻章論風格時也頗重
視此一觀點。至於「興、觀、群、怨」，在理學家的文學理論中得到
的響應比較少，尤其是「怨」（應以「怨刺」解釋），因與理學家自程
頤以來極重視的「溫柔敦厚」之旨相衝突，因此宋明二朝理學家幾乎
未曾有人提及。

再看「文質論」方面，大致而言，理學家雖然不完全反對「文質
並重」，但其整體傾向還是比較偏重「質」方面。理學家雖然不完全
否定「修辭」的必要與價值，但總的來說還是喜倡「有德者必有
言」、「文從道中流出」等程朱以來喜以提倡的口號。因此在論及「修
辭」時，如王陽明「修辭立誠」與王畿「修辭達意」等，大都採取低
調，只有明代羅欽順基於其道德、文章「兩不相嫌而交致其用」的認
識，暢言「修辭」的必要。

86　見於《論語》〈雍也〉篇。

87　見於《論語》〈憲問〉篇。

88　見於《論語》〈衛靈公〉篇。

89　見於《左傳》〈襄公二十五年〉引。

因此，我們可以這麼說，孔子的「文質論」在理學家文學理論中雖偏重於「質」方面，大抵都繼承下來了。如此說來，郭紹虞先生說[90]後儒[91]專主於「用」而不尚「文」，只是就一種總體傾向而言的，否則就有待商榷了。

二 〈詩大序〉與理學家的文學理論

如郭紹虞先生所說，〈詩大序〉可以看作是先秦儒家詩論的總結。[92]我們可把主要內容概括為以下幾端[93]：一、闡明詩歌的言志抒情的特徵以及詩歌與音樂、舞蹈的相互關係；二、指出詩歌音樂與時代政治的密切關係；三、提出「六義」之說；四、說到「變風」的言情特點時，提出了「發乎情，止乎禮義」的觀點；五、在詩歌的社會功用方面指出「上以風化下，下以風刺上」的觀點。

而在理學家的文學理論中，第一、二點到明代王陽明的文學理論中較突出的是「詩（樂）教」論獲得了些反響；第三點，「六義」之說，除了在朱熹的〈詩集傳〉中有詳細的闡說之外，一般理學家少有提及者；第四點「發乎情，止乎禮義」的觀點雖不直接被理學家引用，但闡說「溫柔敦厚」之旨時以及凡理學家言及「性情」、「情性」、「真情」等時都牽涉到這一層意思；第五點是在〈詩大序〉中頗有特色的文學理論，其謂：「上以風化下，下以風刺上。主文而譎諫，言之者無罪，聞之者足以戒，故曰風。」是在解釋「六義」之風

---

90 參見郭紹虞著：《照隅室古典文學論集（上編）》（上海市：上海古籍出版社，1983年），頁127-128。

91 主要是指理學家而言。

92 參見郭紹虞編著：《中國歷代文論選》（上海市：上海古籍出版社，1979年），頁67。

93 主要根據郭紹虞編著：《中國歷代文論選》（上海市：上海古籍出版社，1979年），頁67的概括。

時提出的，不過這「上以風化下，下以風刺上」在理學家「詩教」理論中只有上句「上以風化下」被吸收進來，下句「下以風刺上」則便不再被提起，這大概是因為理學家自二程以來過分強調「溫柔敦厚」這層義思所導致的結果。因此，朱熹的〈詩集傳〉解釋「六義」之「風」時，不取〈詩大序〉「諷」之意而另取「風土」之意，大概也與此有關。

由以上而言，〈詩大序〉中提出來的這幾點詩歌文學的觀點，到理學家文學理論中雖大致都得到了一定的反響與發揮，不過那「怨刺」的觀點就完全沒有受到重視。我們知道這「怨刺」的觀點，在中唐時期白居易所主導的「新樂府運動」中不但獲得了最大的反響，也成了最主要的運動精神。因為新樂府運動繼承了〈詩大序〉這一方面的精神，所以不失為傳統儒家的文學理論，唯因這與理學家文學理論之間沒有交合點，故下面不討論新樂府運動與理學家文學理論的問題。

三　韓愈「古文」理論與理學家文學理論

本文討論傳統儒家文學理論，而在古文家部分單取這韓愈的古文理論，筆者自有理由。我們可以說韓愈是古文運動的發起者，也是他古文理論的最忠實的實踐者。我們也知道，在古文運動的推行方面，他的至友柳宗元和門人皇甫湜、李翱、李漢等的功勞也不可沒，但是柳宗元的儒家思想不如韓愈純正，其門人的理論大抵繼承其師韓愈，但其「道」的內涵已逐漸有所轉移。至於宋代古文大家，則因學術、文學的環境與韓愈當時迥然不同，加上與理學多所交涉[94]，因此就區別於理學家的傳統儒家來討論，則有些不妥之處。

---

94 關於宋代古文家與理學家的交涉，何寄澎先生：《北宋的古文運動》（臺北市：幼獅文化事業公司，1992年），頁451-484中有詳細的探討。

　　韓愈的古文理論，我們大致可概括為：一、文以貫道（文以明道）；二、陳言務去；三、在復古觀點上主張「師其意而不師其辭」等幾端。

　　古文理論與理學家文學理論之間衝突最多的還是「文」與「道」的問題，其爭論點主要在「道」的內涵與「文」與「道」的關係問題上。由這「文道」關係的不同理解而派生出「文以貫道」、「文以明道」、「文以載道」等層次不一的觀點。至於理學家朱熹對古文家韓愈和蘇東坡「文道」觀的批評以及其所具有的意義等問題，我們在本論文第二章中已詳細討論過。儘管古文家與理學家所謂「道」的內涵不盡一致，不過總而言之，古文家主要取「文道並重」的態度；而理學家則傾向於「重道輕文」。

　　就第二項「陳言務去」而言，宋代理學家不提這一點，但明代王陽明、王畿論舉業文章時都有「脫俗去陳言」、「盡去陳言」等主張，這顯然是受韓愈的影響。

　　至於第三點「師其意而不師其辭」，其實這是與第二點有相通之處的。只不過，「陳言務去」未必與「復古」、「學古」有關，而這「師其意而不師其辭」是在「復古」的前提下提出的。這一觀點也很少直接得到理學家的響應，不過如我們已看到，王畿曾直引而謂：「『師其意不師其辭』，乃是作文要法。」[95]可知他是直接受到韓愈這一說的影響的。

　　總觀傳統儒家與理學家的文學理論，儘管宋明每位理學家的關注點不盡一致，但對「文道」的態度上，宋代理學家的態度比較拘謹嚴肅，大都偏重於「道」、「德」。一般很少涉及「文」的問題，他們一貫以文為「從道中流出」者。而明代理學家的情況與之不同。雖然基

---

95 見於〔明〕王畿：《王龍溪全集》（臺北市：華文書局，1970年），卷8，〈天心題壁〉，頁36-38。

本上還是傾向於「重道輕文」，也信奉「有德者必有言」，不過儘管每人程度不一，但其論詩論文往往涉及「文」的問題，相對來說也不那麼拘謹嚴肅。這一點大概是因為明代理學家雖基本上承襲了宋代理學家的文學理論，但畢竟經歷了學術思想風氣比較開放的元朝[96]。因此，如我們在第二章中所看到的元代理學家和明代的先驅宋濂等都有兼綜理學與文學的傾向，尤其宋濂那種具有身分地位的大師開啟明代文壇風氣，在無形中助長了這種傾向也是順理成章之事。還有，這一章所看到的明代理學家與文人文學理論的重合，又是一個不可忽略的重要因素。

---

96 郭紹虞〈明代文學批評的特徵〉謂：「宋人沈溺於道學的氣氛中間，其思想與生活態度是主敬而嚴肅的，是主靜而節欲的。元人則不然，道學只成為一部分人表面的裝飾。大部分人都是生長於文藝的園地中間，其思想是頹廢的，其生活是縱慾的。」參見郭紹虞：〈明代文學批評的特徵〉，《照隅室古典文學論集（上編）》（上海市：上海古籍出版社，1983年），頁514。

第五章
結 論

　　以上，我們通過前四章的討論，對明代理學家文學理論批評有了較全面的理解。筆者在幾無前賢研究的情況下擬定這個題目時，也曾顧慮到：一、明代理學家輩出不絕，其文翰又汗牛充棟，如何去翻閱並篩選出研究對象；二、既然沒有人專門去研究，也許明代理學家的文學理論真的沒什麼可研究的。不過從另一方面想，因為明代理學的盛況既不減於兩宋，又從一些跡象可以看出：明代包括文學在內的整個學術都受到該朝理學影響的痕跡非常明顯，故又可預估：若直接翻閱明代理學家文集中的文字，該不至於全無其文學理論可討論，並想到通過這一研究或能理出一些端緒來，由此能更深入地去理解明代文學及理論，以澄清前人不加分辨而謂：程朱派與王學派，以及理學家與文人的針鋒相對、對立衝突等種種似是而非的說詞。筆者最後還是從這個認識出發著手撰寫該論文，同時也將第一、二個顧慮視作是能設法克服的問題。

　　而拙稿以上探討的結果顯示，大抵與筆者當初所預料的相差不遠。即筆者這些顧慮和假設都得到了一定程度的驗證：有些所擔心的變成事實，另有一些預設也得到了印證。總之，儘管總難免有「半折心始」之嘆，但所獲得的成果也不少。

　　茲首先概述本論文各章節的主要討論結果，並評述各章節研究的得失，如下：

　　第一章「緒論」，主要論述了研究旨趣、研究概況和研究範圍、方法以及研究大綱等，用以提示本論文的主旨與整體規模。其中對研

究概況的論述，幾乎網羅到所有近期的研究成果，並對各著作的得失進行了簡單的評述。

第二章「明以前的理學家文學理論」，此章作為研討明代理學家文學理論之資而討論。第一節「宋代程朱的文學理論」，主要對宋代理學家二程與朱熹的文學理論進行評介，並對前賢研究著作中的具體問題提出了一些管見；第二節「元代許、郝、宋的文學理論」，對元代許衡、郝經、宋濂三位理學家的文學理論進行了較仔細的討論，由而窺見了介於宋明二朝的理學家文學理論的概況，以當作明代理學家文學理論之先驅來討論。

這一章的討論主要作為討論明代理學家文學理論之資，雖然我們通過以上的討論大抵可以看出明代以前理學家文學理論發展演變的軌跡，但本文因將重點放在明代，故在元代部分只舉許衡、郝經以及元末明初的宋濂來討論，難免有意有未盡之感。

第三章「明代理學家文學理論」，以方孝孺與劉宗周為其上、下之限，共討論了十五位理學家。此章共分五節，探討了有明一代主要理學家文學理論及其整體特色和不同特點。

我們通過對他們具體文學理論的探討得知，他們的文學理論固然多承襲宋以來理學家的文學觀點，但也有部分言論是他們自己創新發明的。關於各家文學理論的內涵，本論文已在第三章小結中做過比較詳盡的總評，茲不重述。

本論文討論這十五位，因為在幾無前賢研究的情況下進行，這可以說是一個很不利的條件，但是正因幾可擺脫前人的先入之見，故能從第一手資料中搜索可用的材料，再排比組織，由此反能獲得比較客觀的事實。另外，總觀這十五位的具體文學理論，可發現這十五位的文學理論受時代文學理論影響的痕跡很顯著，當然他們那些帶有理學氣息的文學觀點與作風也對當時文壇產生了不少正、負面的影響。他

們十五位的文學理論，除了在「本末論」上都予以關注而且意見大致一致以外，都有些各自不同的關注點與側重點。至於他們的「本末論」，我們大抵可按其內涵分為兩個層面：一是以「本」為「主」，「末」為「從」，即就「主從」關係而言，這可舉「有德必有言」、「文從道中流出」、「文者，道之顯」等觀點為代表；另一是「本」「尊」而「末」「卑」，即就「尊卑」觀點而論，亦即一重一輕的關係，這可舉聖人之學為第一等德業而以詞章之學為「技之末」的觀點為代表。這兩個層次的「本末論」固然是可互為表裡者，並都是理學家文學理論的骨幹，但總的說來，在理學家文學理論裡面還是第一層意的「本末論」比較突出，其理論意義也比較大些。

這一章所討論的十五位理學家，分別為初期有五位；中後期有七位；明末有三位。但本論文在篩選這十五位時有意無意也遺漏了幾位重要人物[1]。選這十五位，筆者雖自有筆者的考量，但若都能納入進來討論，想必更加完備。

第四章為「影響與淵源」，第一節「明代理學家與七子派」，主要以七子派復古文論為討論對象；第二節「理學與晚明文學思潮」討論明代理學家文學理論與晚明文學思潮之間的內在聯繫問題；第三節「傳統儒家與理學家的文學理論」，看到了明代理學家文學理論在中國文學批評史上以及在中國悠久的儒家文學理論批評傳統中的客觀價值。因為這一章討論所得的價值與意義，已在討論中詳細論述過，茲不重述。

綜合概括通過本論文的討論所得的結果如下：

一、明代理學家的文學理論，就整體而言，其創新意義固然不如文人論文那麼豐富，多沿襲宋以來理學家執持的文學觀點，不過也有一些理學家如薛瑄、胡居仁、陳獻章、王陽明、王畿、顧憲成等人的

---

1 如莊昶、湛若水、王廷相、王慎中、唐順之、耿定向、何心隱等。

文學理論頗有可觀者，不但其內涵比較豐富，也有些部分內容頗有其
獨到之處。又如羅欽順，雖其有關文學的言論不多，但就理學家而
言，他的文學理論還算頗有特色。總而言之，比之於宋代，明代理學
家文學理論所牽涉的範圍比較廣泛，議論也比較活潑、多彩。這一
點，我們在第四章中與傳統儒家文學理論的比較中更能顯見。

　　二、通過本研究發現，學界對明代理學家文學理論沒有給予應有
的關注，因此近期的批評史類著作雖然也提及明代薛瑄、陳獻章、王
陽明等幾位理學家的文學理論，但受其討論篇幅和方向的限制，所論
不但大多偏於片面，又率多以偏概全，所以有嚴重誤導讀者之嫌。這
一點在學術上評價很高的著述中也在所難免。這些在本論文的討論中
都有一定程度的指正。比如：當今可見的一般文學史或文學批評史，
每論及王學影響下的文學時，常以陽明心學為程朱理學的對立面而看
待，又同樣以陽明心學影響下的文學、文學理論為與程朱理學影響下
的文學、文學理論相對立者看待。不過我們通過對明代諸位理學家的
具體文學理論的觀察，發現他們至少在有關文學、文學理論的觀點上
不但不以對立面而存在，而且在「本末論」這一點上幾乎沒什麼差
別，有許多互相參通滲透之處。

　　三、通過對明代諸理學家與文學家、文論家文學理論的粗略比較
觀察得知，理學家與文學家的文學理論不像一般論者所認為的那樣只
有針鋒相對、對立衝突；從表面上看似對立衝突，而實際上有許多互
相重合、滲透之處。這一點我們可以說是因為明代文學家自開國文臣
宋濂等人以來，臺閣文人、茶陵派、七子派、唐宋派、晚明公安派
等，儘管他們各自所接受的理學影響的成分不盡相同，但他們大都接
受了較深的理學思想的薰陶，甚至如王廷相、王慎中、唐順之等根本
就是兼有理學家身分的文人。因此就明代文人的理學氣息而言，與宋
代相比，顯然也有過之而無不及。

　　四、凡論明代理學與文學之間的關係的研究者，都喜歡把王學或左派王學與晚明思潮相聯繫在一起，不過本論文的討論結果顯示：其實，與李贄等晚明文人的文學理論的關係密切者不只是王學或王學左派，而在前期薛瑄、胡居仁、陳獻章等的文學理論中已有頗接近於晚明文人的觀點。尤其，李贄的文學觀點似乎得力於陳獻章處者還不少。還需要指出的是通過討論得知，至少在文學理論方面，受各學派意見的影響比之受相應時期文人及個人因素的影響還淡泊些，即從文學理論的角度看其學派的壁壘並不是那麼森嚴。

　　五、總觀明代理學家，因他們多實際參與詩文的創作，故對詩文時有己見，但對明代盛行的小說與戲曲，則幾乎不談，雖然薛瑄對小說，王陽明對戲子有所談及，但全無理論意義。

　　從以上的討論中，已能粗略看出明代理學家的文論以及它在中國儒家文學理論史和中國文學理論史上所具有的價值。

　　總觀包括明代理學家在內的理學家文學理論，他們還是多片面強調作者的德性修養，而多將文辭、形式美的追求視之為「逐末」的行為而否定。我們認為，理學家這種認識無疑對文學的良性發展有負面的影響，也不符合傳統儒家所主的「文質並重」的審美要求。儘管理學家這種言論的提出都有其針對性，但總未免有矯枉過正之嫌。不過在明代「復古」、「擬古」的文風風靡於文壇，而那些「復古」、「擬古」實際也太過側重於形式上的模擬，這時理學家在文學創作理論上突顯「性情」、「情性」、「真情」等的重要地位和作用，對文學創作也可以說是有著積極的影響的。儘管其實質內涵與七子派等一般文人不盡一致，但這與七子派文人、晚明文人所主張的「真情」、「性靈」等也有一脈相傳之處。至於理學家所主的「情性」、「真情」等的內涵過於「理」化這一點，我們可從理學家如「存天理，滅人欲」所呈現的精神方向去理解，關於這一點，陳來先生的一段話頗有參考價值，他說：

如果人用以指導行為的原則是基於對快樂或痛苦的感受性,那麼,儘管這個原則可以成為他自己的人生準則,但決不可能成為社會的普遍性道德法則。……康德強調,真正的道德行為必須是服從理性的命令……很明顯,從孔子的「克己」,孟子的「取義」到宋明理學的天理人欲之辨,與康德的基本立場是一致的。宋明儒者所說的「存天理、滅人欲」,在直接的意義上,「天理」指社會的普遍道德法則,而人欲並不是泛指一切感性欲望,是指與道德法則相衝突的感性欲望。……理學所要去除的「人欲」並非現代文學家過敏地理解的那樣特指性慾,更不是指人的一切生理欲望。[2]

同樣的道理,理學家文學理論中對「情」與「理」的問題也是如此。如在前一章所見,蕭華榮將宋明清詩學的演變視為「情理衝突」的歷史,不過我們從實際看來,至少在明代理學家的文學觀念裡「情」與「理」並不是那麼針鋒相對的概念,而是要調和折衷的概念。以往的研究每當論及晚明文學思潮時多認為晚明文學重「情」乃是反對理學家重「理」的一種表現,我們已看到,這「重情」,不但早在薛瑄、胡居仁、陳獻章、王守仁、王畿等處已見端倪,而且有所發展。因此如果我們說理學家重「理」而輕「情」,若與一般文士相對而言,這確是事實,但是也不能完全如是觀。至於明代理學家主「真情」的同時要求以「性理」制約「情」這一點,可由陳來先生這一段話去解釋並理解。

2　參見陳來:《宋明理學》(瀋陽市:遼寧教育出版社,1991年),頁2-3。

參考資料

壹　古人專著

《周易》

《論語》

《莊子》

〔宋〕　周敦頤　《周子全書》

〔宋〕　程顥、程頤　《二程集》

〔宋〕　程顥、程頤　《二程遺書・二程外書》　上海市　上海古籍
　　　　出版社　1995年

〔宋〕　張　載　《張載集》

〔宋〕　朱　熹　《晦庵集》　文淵閣四庫全書　第197冊　臺北市
　　　　臺灣商務印書館　1983年

〔宋〕　朱　熹　《朱子性理語類》　上海市　上海古籍出版社
　　　　1995年

〔清〕　王懋竑　《朱子年譜》　臺北市　世界書局　2009年

〔宋〕　陸九淵　《陸象山全集》

〔明〕　宋濂　《文憲集》　文淵閣四庫全書　第1223-1224冊　臺
　　　　北市　臺灣商務印書館　1983年

〔明〕　方孝孺　《遜志齋集》　文淵閣四庫全書　第1235冊　臺北
　　　　市　臺灣商務印書館　1983年

〔明〕 曹端 《曹月川集》 文淵閣四庫全書 第1243冊 臺北市
臺灣商務印書館 1983年

〔明〕 吳與弼 《康齋集》 文淵閣四庫全書 第1251冊 臺北市
臺灣商務印書館 1983年

〔明〕 薛瑄 《讀書錄・續錄》 文淵閣四庫全書 第11冊 臺北
市 臺灣商務印書館 1983年

〔明〕 薛瑄，孫玄常等點校 《薛瑄全集》 太原市 山西人民出
版社 1990年

〔明〕 薛瑄 《敬軒文集》 文淵閣四庫全書 第1243冊 臺北市
臺灣商務印書館 1983年

〔明〕 羅欽順 《困知記、續錄・附錄》 文淵閣四庫全書 第
714冊 臺北市 臺灣商務印書館 1983年

〔明〕 羅欽順 《整菴存稿》 文淵閣四庫全書 第1261冊 臺北
市 臺灣商務印書館 1983年

〔明〕 胡居仁 《胡文敬集》 文淵閣四庫全書 第1260冊 臺北
市 臺灣商務印書館 1983年

〔明〕 祝允明 《懷星堂集》 文淵閣四庫全書 第1260冊 臺北
市 臺灣商務印書館 1983年

〔明〕 崔銑 《士翼》 文淵閣四庫全書 第714冊 臺北市 臺
灣商務印書館 1983年

〔明〕 呂柟 《涇野子內篇》 文淵閣四庫全書 第714冊 臺北
市 臺灣商務印書館 1983年

〔明〕 魏校 《莊渠遺書》 文淵閣四庫全書 第1266冊 臺北市
臺灣商務印書館 1983年

〔明〕 陳獻章 《陳獻章集》 北京市 中華書局 1993年

〔明〕 王守仁 《王陽明全集》 北京市 中華書局 1992年

〔明〕　王廷相　《王氏家藏集》　臺北市　偉文圖書公司　1976年

〔明〕　何塘　《柏齋集》　文淵閣四庫全書　臺北市　臺灣商務印書館　1983年

〔明〕　鄭善夫　《少谷集》　文淵閣四庫全書　第1269冊　臺北市　臺灣商務印書館　1983年

〔明〕　李夢陽　《空同集》　上海市　上海古籍出版社　1991年

〔明〕　何景明　《大復集》　文淵閣四庫全書　第1267冊　臺北市　臺灣商務印書館　1983年

〔明〕　徐禎卿　《迪功集》　文淵閣四庫全書　第1268冊　臺北市　臺灣商務印書館　1983年

〔明〕　羅洪先　《念菴文集》　文淵閣四庫全書　第1275冊　臺北市　臺灣商務印書館　1983年

〔明〕　王畿　《王龍溪全集》　臺北市　華文書局　1970年

〔明〕　耿定向　《耿天臺先生文集》二十卷　明萬曆二十六年安福劉元卿編刊本

〔明〕　鄒守益　《東廓鄒先生文集》十二卷　明嘉靖末年刊本

〔明〕　鄒守益　《東廓鄒先生遺稿》八卷　明嘉靖末年刊本

〔明〕　聶豹　《雙江聶先生文集》十四卷　明嘉靖甲子（四十三年）永豐知縣吳鳳瑞刊本

〔明〕　李贄　《焚書、續焚書》　臺北市　漢京文化事業有限公司　1993年

〔明〕　焦竑　《焦氏澹園集》　臺北市　偉文書局　1977年

〔明〕　焦竑　《歇菴集》　臺北市　偉文書局　1976年

〔明〕　王艮　《王心齋全集》　廣文書局

〔明〕　羅汝芳《羅近溪先生明道錄》　廣文書局

〔明〕　高攀龍《高子遺書》　文淵閣四庫全書　第1292冊　臺北市　臺灣商務印書館　1983年

〔明〕　顧憲成《涇皋藏稿》　文淵閣四庫全書　第1292冊　臺北市
　　　臺灣商務印書館　1983年

〔明〕　顧憲成《小心齋劄記》　臺北市　廣文書局　1975年　臺北
　　　市　臺灣商務印書館　1983年

〔明〕　顧允成《小辨齋偶存》文淵閣四庫全書　第1292冊　臺北市
　　　臺灣商務印書館　1983年

〔明〕　劉宗周　《劉子全書》　華文書局股份有限公司

〔明〕　袁宏道著，錢伯誠箋校　《袁宏道集箋校》　上海古籍出版
　　　社　1918年

〔清〕　顧炎武　《亭林詩文集》　北京市　中華書局

〔清〕　黃宗羲　《梨洲遺著彙刊》　臺北市　隆言出版社　1969年

〔清〕　黃宗羲　《黃梨洲文集》　北京市　中華書局　2009年

〔清〕　黃宗羲　《黃梨洲全集》　杭州市　浙江古籍出版社　1985年

〔清〕　黃宗羲　《宋元學案》

〔清〕　黃宗羲　《明儒學案》　北京市　中華書局　1992年

〔清〕　王夫之　《宋論》　北京市　中華書局　1995年

〔清〕　高廷珍　《東林書院志》　臺北市　廣文書局　1968年

〔清〕　孫奇逢　《理學宗傳》　臺北市　藝文印書館　1969年

〔清〕　周海　《聖學宗傳》

〔清〕　張伯行　《續近思錄》　上海市　上海古籍出版社　1994年

〔清〕　沈德潛著，周華編　《明詩別裁集》　香港　中華書局
　　　1977年

〔清〕　陳田編撰　《明詩紀事》　上海市　上海古籍出版社　1993年

貳　今人研究專著

一　思想、歷史方面

許杭生等著　《魏晉玄學史》　西安市　陝西師範大學出版社 1989年

牟宗三著　《才性與玄理》　臺北市　學生書局　1993年

王毓銓、曹貴林主編　《明史（中國歷史辭典之一冊）》　上海市　上海辭書出版社　1995年

古清美著　《明代理學論文集》　臺北市　大安出版社　1990年

蒙培元著　《理學的演變——從朱熹到王夫之戴震》　北京市　文津出版社　1990年

錢穆著　《宋明理學概述》　臺北市　學生書局　1977年

陳來著　《宋明理學》　瀋陽市　遼寧教育出版社　1991年

呂思勉著　《理學綱要》　北京市　東方出版社　1996年

張立文著　《走向心學之路——陸象山思想的足跡》　北京市　中華書局　1992年

龔鵬程著　《晚明思潮》　臺北市　里仁書局　1994年

嵇文甫著　《左派王學》　臺北市　國文天地雜誌社　1990年

嵇文甫著　《晚明思想史論》　北京市　東方出版社　1996年

蕭萐父、許蘇民著　《明清啟蒙學術流變》　瀋陽市　遼寧教育出版社　1995年

〔美〕艾爾曼著，趙剛譯　《從理學到樸學》　南京市　江蘇人民出版社　1997年

二 文學・文學批評方面

黃啟芳編 《中國文學資料彙編（北宋）》 臺北市 成文出版社
　　　1978年

張健編 《中國文學資料彙編（南宋）》 臺北市 成文出版社
　　　1978年

葉慶炳、邵紅編 《明代文學批評資料彙編（上、下集）》 臺北市
　　　成文出版社 1979年

郭紹虞編著 《中國歷代文論選》 上海市 上海古籍出版社 1979年

郭紹虞著 《中國文學批評史》 上海市 上海古籍出版社 1979年

郭紹虞著 《照隅室古典文學論集（上・下編）》 上海市 上海古
　　　籍出版社一九八三年

王運熙、顧易生主編 《中國文學批評史（上・下）》 上海市 上
　　　海古籍出版社 1985年

　　　黃保真等著 《中國文學理論史》 北京市 北京出版社
　　　1987年

敏澤著 《中國文學理論批評史（上・下）》 長春市 吉林教育出
　　　版社 1993年

袁震宇、劉明今著 《中國文學批評通史（五）──明代卷》 上海
　　　市 上海古籍出版社 1996年

袁行霈等著 《中國詩學通論》 合肥市 安徽教育出版社 1994年

陳良運著 《中國詩學批評史》 南昌市 江西人民出版社 1995年

蕭華榮著 《中國詩學思想史》 華東師範大學出版社 1996年

莊嚴、張鑄著 《中國詩歌美學史》 長春市 吉林文學出版社
　　　1994年

蕭馳著 《中國詩歌美學》 北京市 北京大學出版社 1986年

張少康、劉三富著　《中國文學理論批評發展史》　北京市　北京大學出版社　1995年

張少康著　《中國古代文學創作論》　臺北市　文史哲出版社　1991年

張健著　《中國文學批評　臺北市　五南圖書出版公司　194年

張健著　《明清文學批評》　臺北市　國家書店有限公司　1983年

張健著　《朱熹的文學批評研究》　臺北市　台灣商務印書館　1980年

何寄澎著　《北宋的古文運動》　臺北市　幼獅文化事業公司　1992年

朱榮智著　《元代文學批評之研究》　臺北市　聯經出版事業公司　1982年

簡錦松著　《明代文學批評研究》　臺北市　學生書局　1989年

廖可斌著　《明代文學復古運動研究》　上海市　上海古籍出版社　1990年

陳書錄著　《明代詩文的演變》　南京市　江蘇教育出版社　1996年

饒龍隼著　《明代隆慶、萬曆間文學思想轉變研究（詩文部分）》　重慶市　西南師範大學出版社　1995年

吳兆路著　《中國性靈文學思想研究》　北京市　文津出版社　1994年

王鎮遠、鄔國平著　《清代文學批評史》　上海市　上海古籍出版社　1995年

陳居淵著　《清代詩歌與王學》　北京市　文津出版社　1994年

王小舒著　《神韻詩史研究》　北京市　文津出版社　1994年

馬積高著　《宋明理學與文學》　長沙市　湖南師範大學出版社　1989年

馬積高著　《清代學術思想的變遷與文學》　長沙市　湖南出版社　1996年

韓經太著　《理學文化與文學思潮》　北京市　中華書局　1997年

林保淳著　《經世思想與文學經世——明末清初經世文論研究》　北京市　文津出版社　1991年

李岩著　《朝鮮李朝實學派文學觀念研究》　北京市　北京大學出版
　　　社　1994年

王平著　《中國古代小說文化研究》　濟南市　山東教育出版社
　　　1996年

夏咸淳著　《晚明士風與文學》　北京市　中國社會科學出版社
　　　1994年

左東嶺著　《李贄與晚明文學思想》　天津市　天津人民出版社
　　　1997年

周明初著　《晚明士人心態及文學個案》　北京市　東方出版社
　　　1997年

黃卓越著　《佛教與晚明文學思潮》　北京市　東方出版社　1997年

周裕鍇著　《中國禪宗與詩歌》　上海市　上海人民出版社　1992年

周裕鍇著　《宋代詩學通論》　成都市　巴蜀書社　1997年

張毅著　《宋代文學思想史》　北京市　中華書局　1995年

張伯偉著　《禪與詩學》　杭州市　浙江人民出版社　1992年

任訪秋著　《中國古典文學論文集續編》　開封市　河南大學出版社
　　　1990年

徐中玉主編　《意境・典型・比興編》　北京市　中國社會科學出版
　　　社　1994年

黃強著　《李漁研究》　杭州市　浙江古籍出版社　1996年

陳萬益著　《金聖歎的文學批評考述》　臺北市　國立臺灣大學文學
　　　院　1976年

丁錫根編著　《中國歷代小說序跋集（共三冊）》　人民文學出版社
　　　1996年

許總主編　《理學文藝史綱》　江蘇教育出版社　2001年

吳承學、李光摩編　《晚明文學思潮研究》　湖北教育出版社　2002年

查洪德著　《理學背景下的元代文論與詩文》　中華書局　2006年

三　學位論文

碩士論文

邱素雲撰　《陳白沙思想研究》　臺北市　臺灣師範大學國文研究所
　　　　碩士論文　1982年

黃明理撰　《「晚明文人」型態之研究》　臺北市　臺灣師範大學國
　　　　文研究所碩士論文　1989年

謝佩芬撰　《宋代道學家美學觀念探究——美善合一的理論意義》
　　　　臺北縣新莊市　輔仁大學中國文學研究所碩士論文　1994年

李淑芬撰　《明儒論學宗旨述要》　臺北市　臺灣師範大學國文研究
　　　　所碩士論文　1995年

邵曼珣撰　《說真——以明代詩論為考察中心》　臺北市　東吳大學
　　　　中國研究所碩士論文　1991年

博士論文

崔完植撰　《王陽明詩研究》　臺北市　臺灣師範大學國文研究所博
　　　　士論文　1984年

金周漢撰　《中、韓理學家之文學觀及其影響》　臺北市　中國文化
　　　　大學中國文學研究所博士論文　1985年

洪光勳撰　《兩宋道學家文學論研究》　臺北市　國立臺灣大學中國
　　　　文學研究所　博士論文　1995年

樸鐘學撰　《晚明文學思想研究》　北京市　北京師範大學中國古代
　　　　文學專業博士論文　1997年

元鍾禮撰　《明代前後七子的詩論研究（中譯）》　韓國首爾市　韓
　　　　國・SEOUL大學中文科博士論文　1989年

朴錫撰　《宋代理學家文學觀研究》　韓國首爾市　韓國‧SEOUL
　　　大學中文科　博士論文　1992年
石明慶撰　《理學詩論與南宋詩學》　天津市　南開大學中國古代文
　　　學專業博士論文　2003年

四　期刊論文

丁放、孟二冬　〈試論宋代理學的詩學理論〉　安徽大學學報：哲社
　　　版　1992年第1期　頁69-75
高小康　〈明清之際文藝思潮的轉折〉　文藝評論（京）　1992年第
　　　1期　頁115
楊乃喬　〈儒道文學理論在言意衝突中走向互補的學術文化背景〉
　　　社會科學輯刊（瀋陽）　頁124-131
沈金浩　〈論明代文學的演進軌跡、內容結構及成因〉　廣州師院學
　　　報（社科版）　1994年第2期　頁37-44
陳書錄　〈明代詩文創作與理論批評的交叉演進〉　文學遺產　1994
　　　年第3期　頁118-119
董國炎　〈明代理學與文學思想〉　山西大學學報　1995年第3期
　　　頁24-29

文學研究叢書・古典文學叢刊 0803012

明代理學家文學理論研究

作　　者　安贊淳
責任編輯　蔡雅如
特約校稿　林秋芬

發 行 人　林慶彰
總 經 理　梁錦興
總 編 輯　張晏瑞
編 輯 所　萬卷樓圖書股份有限公司
　　　　　臺北市羅斯福路二段 41 號 6 樓之 3
　　　　　電話 (02)23216565
　　　　　傳真 (02)23218698

發　　行　萬卷樓圖書股份有限公司
　　　　　臺北市羅斯福路二段 41 號 6 樓之 3
　　　　　電話 (02)23216565
　　　　　傳真 (02)23218698
　　　　　電郵 SERVICE@WANJUAN.COM.TW
香港經銷　香港聯合書刊物流有限公司
　　　　　電話 (852)21502100
　　　　　傳真 (852)23560735

ISBN 978-986-478-029-7

2016 年 10 月初版一刷
定價：新臺幣 360 元

如何購買本書：

1. 劃撥購書，請透過以下郵政劃撥帳號：
　　帳號：15624015
　　戶名：萬卷樓圖書股份有限公司

2. 轉帳購書，請透過以下帳戶
　　合作金庫銀行 古亭分行
　　戶名：萬卷樓圖書股份有限公司
　　帳號：0877717092596

3. 網路購書，請透過萬卷樓網站
　　網址 WWW.WANJUAN.COM.TW

大量購書，請直接聯繫我們，將有專人為
您服務。客服：(02)23216565 分機 610

如有缺頁、破損或裝訂錯誤，請寄回更換

國家圖書館出版品預行編目資料

明代理學家文學理論研究 / 安贊淳著. -- 初
版. -- 臺北市：萬卷樓, 2016.10
　　面；　　公分. -- (文學研究叢書. 古典文學叢
刊)
ISBN 978-986-478-029-7(平裝)

1.CST: 明代文學　2.CST: 宋明理學　3.CST:
文學理論

820.906　　　　　　　　　　　105016927